石黑一雄

KAZUO
ISHIGURO

諾貝爾文學獎
得主

克拉拉與太陽

KLARA
AND
THE SUN

專文推薦

愛即學習

朱嘉漢

儘管「得了諾貝爾文學獎後，很難再有好作品」一說，已經是被多次證偽的魔咒，然而我們不免好奇，在二〇一七年獲得諾貝爾文學獎後的石黑一雄，首度出手的長篇《克拉拉與太陽》是否功力仍在？

我猜想，作為石黑一雄的讀者，關於這點實在毋須多慮。

如同作者自陳，這回的新作《克拉拉與太陽》介於《長日將盡》與《別讓我走》之間。以個人的閱讀感覺，《克拉拉與太陽》以「陪伴型AI機器人」為基本設定的科幻小說類型，很容易讓人想到以複製人為設定的《別讓我走》。然而，本作主角克拉拉，作為一個陪伴小孩的AI機器人，有自身的任務與尊嚴，一面從旁理解狀況，同時守護著主人，並準備好無私的奉獻自身。以這點而言，有點老派的倫理感，確實令人懷念起《長日將盡》裡令人尊敬又心疼的老管家。

《克拉拉與太陽》不僅再度發揮石黑一雄運用類型文學的能力，更採用他較為擅長的第一人稱敘事。攤開他的作品，可以清楚看見他將小說「不可靠的敘事者」的敘事技巧發揮得淋漓盡致。敘事者「我」的主觀看法、感受，尤其記憶，在限制的觀點下，所有的敘事，並不等同於事實。擅長處理記憶與遺忘的石黑一雄，在許多的作品中，就是讓敘事者的敘事經過迷宮般的探尋，最後敘事本身與事實終於相互確認。

是以，無論情節安排如何，他的作品通常有個基調，是敘事者的敘事，最後終於貼近了現實。也許也可以這麼說，這是失語的主體找到語言的歷程，敘事者終於能用一個恰如其分，既不背棄於現實，又不會僭越距離地去述說自己。

《克拉拉與太陽》的敘事者與過往不同。《別讓我走》雖然是複製人，不過敘事者擁有自身的回憶，情節的推展也在於敘事者透過回憶，重新認識自我。克拉拉作為機器人，她一開始的記憶只有在櫥窗裡或收藏架上。在小說裡，她的記憶的累積，幾乎與故事的推進同步。

過往的作品，石黑一雄的角色多半是處理自身過去的回憶，以及回憶當中的他者。《克拉拉與太陽》的克拉拉則是小心翼翼地，服從與體貼之餘，一直保持著細心觀察，去學習了解主人一家的狀況。

可以說，克拉拉是個比他過去的角色，更純粹去理解他人的主體。有趣的是，反倒從這樣的對照，讓我們窺見了石黑一雄的另一個基本論題。模擬人性的機器人，是逐漸透過觀察、學習、模仿，以及對於身邊的人不可理解的黑暗之心的接受，原有人性的弱點、矛盾與反覆，才真正的認識到人性。從這點來看，他過去小說裡的角色又何嘗不是如此？作為一個人，也是需要學習的。

像克拉拉這樣的愛芙機器人，主要的功用是陪伴，讓小孩不孤單。而我們很快清楚看見，其實孤單是人類的共同處境，是永遠無法消除的，就連機器人都能（或更能）理解這份限制。然而，孤獨即便如此確定，但連繫也是。我們永遠能夠關心他者，在接受也許真正完全的理解並不存在的前提下，仍然願意去傾聽，與共感。共感的基礎，其實也是因為每一位個體，本身都是如此孤獨。

說到這裡，也許我們會再度記得石黑一雄的異鄉人情境了。人生於世，最熟悉的感受，莫過於陌生感。我們隨時在與陌生的情境、陌生的世界互動，我們找不到言語來表述，亦找不到言語理解，所以我們才需要學習，學習與世界溝通的語言。

學習一種語言，為了理解他者。而理解他者，終究通向於理解自己。

石黑一雄過往的作品，是在一種失語的狀態，透過回溯，面對真相，去找到一種聲音將故事說出來。《克拉拉與太陽》則是一個謹慎的、溫柔的人工智慧，學習人類表面上的語言與行為背後真正的含義，學習傾聽沉默而無法訴說的話語，去重構遭抹去的記憶。

克拉拉，事實上也是個人類世界的移民，從被製造的那一刻起就是。更為異鄉人的情境，是她無論如何像人類，甚至可能可以取代人類，她都不會真正被視作人類。

過去，石黑一雄的許多角色都在回憶中打轉，去探索遺忘的模樣，遺忘是如何掩蓋同時保留著記憶。而我們又該如何想起，且不在回憶起時，否認當初活在遺忘時的歲月。《克拉拉與太陽》

則試圖去回答，該怎樣記憶，又如何守護重要的事物不被遺忘。看似容易，實則需要有犧牲的覺悟。

《克拉拉與太陽》在一定程度上，也是種成長小說。甚至也照亮了過去的作品，突然，我們發現石黑一雄一直以來所寫的，也是某種相當特別的成長小說。

克拉拉的學習歷程，其實就是愛的歷程。學習與認識這個世界，關於自己、關於他者，關於過去或關於未來。這些，都是試著去愛。

反之亦然：愛的本質，其實就是學習。

本文作者為小說家

專文推薦

科幻寓言的新浪漫主義

鄧鴻樹

二〇一七年十月，石黑一雄獲頒諾貝爾文學獎，瑞典學院常任祕書談及石黑的美學世界有以下妙喻：把珍奧斯汀與卡夫卡混合起來，再添加少許普魯斯特，慢慢攪拌後就能調出石黑作品的精華。

喜愛石黑的讀者都能體認這番話的道理。他的作品雖然不多，但每部皆為超凡之作。代表作《長日將盡》刻畫人性壓抑，技法號稱完美，奠定他於文學史的地位。《浮世畫家》、《別讓我走》發揚珍奧斯汀式世情小說的洞察力，以更微妙的手法處理人性矛盾；長篇巨作《無可慰藉》以卡夫卡式的魔幻敘事傳達人生的不可控；近作《被埋葬的記憶》則弘揚普魯斯特追憶逝水的旨意，追尋人類總體回憶。

瑞典學院通知獲獎當天，作家手邊正在進行中的寫作計畫就是《克拉拉與太陽》。這部小說延續他創作的一貫風格，寫理性也寫感性，捕捉時光痕跡，傳達生命魔幻。石黑表示，《克拉拉與太陽》並未受諾貝爾獎得獎的影響而有所改變：「這只是我另一本普通的書。」不過，若浪漫詩人可從一粒沙窺見世界，石黑大師自謙的「普通」作品可一點也不平凡。

探索人性真諦的寓言小說

《克拉拉與太陽》主角是一個太陽能驅動的人造人，所謂「愛芙」——陳列於櫥窗販售的人造朋友（AF, Artificial Friend）。有天，克拉拉很幸運被女孩裘西選上，住進主人家中成為彼此玩伴。後來，愛芙逐漸發覺女孩跟一般人很不一樣，並從大人言談間發現了家庭祕密。克拉拉決定要為主人盡一份心力，向萬能的太陽尋求協助。克拉拉與太陽有何約定？愛芙的「愛」能否複製人類的真愛？答案就在溫暖的陽光中……

克拉拉倚賴特殊感官觀察人類世界，學習融入，最大的挑戰就是理解人類情感的奧妙：「我知道如果我沒有多少理解這些諱莫如深的現象，到時候就無法盡責地照顧我的孩子」。

愛芙擁有高度進化的人工智慧，理論上應能掌握人類心底「沒有形貌而隱藏起來的東西」。如裘西父親的一位科學家友人指出：

> 我們這一代仍舊懷著過去的種種情感。我們心裡有個部分拒絕放手。那個部分想要一直相信我們每個人心裡都有無法觸及的東西。獨一無二而無法轉移的東西。可是我們現在都知道，世上並沒有那種東西。

對克拉拉來說，「任何東西都可以修復」，無論有形或是無形；人類的內心世界就像「一棟有許多房間的屋子」：「一個忠實的愛芙，只要有足夠的時間，就會走遍每個房間，一間間仔細探究它們，直到它們變成她自己的房間。」

可是，克拉拉在幫助裘西的過程中，原本的信念卻逐漸動搖：人類心底可能有某種東西是「現代工具沒辦法挖掘、複製和轉換的」。科技無法探觸的事物究竟以何種形式存在？故事結尾，克拉拉望著太陽，將有驚奇的發現。

「表象平靜」蘊藏澎湃情感

《克拉拉與太陽》呈現一種返璞歸真的寓言手法，延續《被埋葬的記憶》超越族群的「無國界」寫作動向。此風格可視為石黑寫作生涯的必然演變。一九八九年石黑接受日本作家大江健三郎訪談時表示，自己的作品看似並未記錄國家大事，常被誤認為「不敢發聲」。可是，石黑並不贊同這種看法。他指出，自己的作品之所以呈現「表象平靜」，是因為他要避免族群意識的框架，「被迫以國際性風格寫作」。大江致力營造跨文化的想像世界，於一九九四年獲得諾貝爾文學獎，很能認同石黑欲打破國族語言的創作意向。

石黑無國界的寫作觀與其移民身分有直接關聯。他自視並未背負特定歷史包袱，所關切的議題皆屬人類共通大事。因此，《克拉拉與太陽》的「表象平靜」實蘊藏洶湧澎湃的創作渴求，欲觸及「小而私密」的情感世界，以求文學的普世性。石黑於諾貝爾獎領獎致詞時強調，無論小說形式與媒介如何演變，情感交流仍會是核心所在：寫作永遠會是作者「對另一個人說：這是我的感想。你能理解我的想法嗎？你有同感嗎？」

《克拉拉與太陽》透過人造人的觀點，傳達一個真誠感想：若要認識生命本質，需先肯定存在的價值。克拉拉樂於觀察人類，設法理解人性，義無反顧擁抱命運。愛芙學習成為人，不自覺愈來愈像「人」：「若干記憶開始莫名其妙地重疊在一起」。克拉拉的意識歷經人工智慧所無法預期的認知發展，宛如人工意識自我觸發的奇妙演化。

克拉拉以赤子之心看世界，擺脫制式反應，窺探人類忽視的美。愛芙與太陽的情誼象徵「科技」與「自然」的連結。偉大自然不僅賦予人造人「生命」，也激發「情感」，塑造「信仰」。人造人自我意識的誕生正如散發能量的陽光般燦爛。就此而言，石黑的科幻視野展現一種新的浪漫主義：文明發展終將回歸自然，導正科技，以情感為導向航向一個真正美麗的新世界。在人類文明面臨嚴峻挑戰的今天，盼《克拉拉與太陽》的讀者皆能體認愛芙正念，在日出日落的寧靜裡一同讚嘆：「有太陽的養料灑在我們身上，已經是很美好的事了。」

本文作者為台東大學英美語文學系副教授

各·界·好·評

★諾貝爾文學獎得主石黑一雄重回他熟悉的反烏托邦基調，以深具啟發性的角度檢視令人惶惶不安的未來……描述一個孤獨又令人挫敗的世界，一則如此真實又餘韻繞梁的寓言。

——柯克斯書評 *Kirkus Reviews*

★如同石黑一雄向來深具開創性的小說，《克拉拉與太陽》以獨特且敏銳的視角，探尋愛與人性的主要課題。

——時代雜誌 *Time*

★《克拉拉與太陽》本質上是一本有關人與人的關係以及是什麼讓人類之所以獨特的小說。「什麼是愛？我們愛的人可以被取代嗎？」石黑一雄問道。在這本小說中，他不斷尋思「愛是否只是個浪漫的主張，以及愛能夠被科技取代是否純然只是幻覺」。

——出版人週刊 *Publishers Weekly*

★《克拉拉與太陽》之美在於巧妙承接了石黑一雄二〇〇五年的反烏托邦傑作《別讓我走》，透過科幻的鏡頭，探索愛與犧牲的問題。它拆解我們如何編織關係又如何否認的盤根錯節，再度展現石黑擅長刻畫人失去連結的痛。

——*Vogue* 雜誌

★《克拉拉與太陽》是孤單時刻的最佳伴讀，探究異化、情緒勞動、溝通失敗，以及何謂愛一個拒絕以愛回報的世界。

——*Vulture* 雜誌

★《克拉拉與太陽》是典型的石黑一雄，卻也是大膽的嘗試，從一個全新世界出發，但在結構和情感上與石黑其他的小說曲諧。而他所有作品的連結就在於獨創性與連續性。

——英國 Faber & Faber 出版社出版總監暨《克拉拉與太陽》編輯 Angus Cargill

★這是石黑一雄作品中我最喜歡的一部。克拉拉是一個出色的敘事者，具有天真與充滿好奇的特質。這也是一本關於人心有多深多廣的小說，克拉拉形容它是「房間裡還有房間」；它同樣探討了記憶和悲傷與愛的關係。

——美國 Knopf 出版社總編輯暨《克拉拉與太陽》編輯 Jordan Pavlin

第一部

我們剛來的時候，蘿莎和我被分派到店裡的中排櫃位，坐在平臺上，可以看到半扇窗子。所以我們看得到外頭行色匆匆的上班族、計程車、跑步的人、觀光客、乞男和他的小狗，還有亞波大樓的底層。等到一切安頓好了以後，經理讓我們走近櫥窗，我們才看見亞波大樓有多高。如果時間湊巧，我們也可以看到太陽的旅程，從這邊的大樓跨越到對面亞波大樓的屋頂。

每當有幸親睹太陽的模樣，我都會把臉龐往前探，盡可能地汲取他的養料。如果蘿莎也在一旁，我會叫她跟著我做。一、兩分鐘以後，我們就必須回到位置上。初來乍到時，我們經常會擔心在中排櫃位看不到太陽，因而會越來越虛弱。愛芙（AF, Artificial Friend）男孩雷克斯那時候和我們坐在一起，他要我們別擔心，不管我們在哪裡，太陽都會想辦法找到我們的。他指著樓板說：「那裡就有個太陽灑下的圖案。如果妳們不放心的話，可以去摸摸它，妳們就會恢復力氣的。」

當時沒什麼客人，經理正忙著擺設紅櫥櫃，我不想冒冒失失地打擾她問她行不行。於是我朝蘿莎使個眼色，她面無表情地看了我一眼，我往前走兩步，蹲下去摩娑樓板上的太陽圖案。但是我的指頭才摸到它，那個圖案就暗下來了，我拍打它原本的位置，可是不管用，於是又用手摩擦地板，我想盡辦法它還是不肯回來。我無奈起身，雷克斯對我說：

「克拉拉，妳太貪心了。妳們愛芙女孩總是那麼貪心。」

儘管我是新來的，有些無妄之災卻立刻找上我。我一摸到那個圖案，太陽就剛好把它收回去。愛芙男孩鐵青著臉。

「妳把所有養料都吸走了，克拉拉。妳瞧，它幾乎整個暗下來了。」

店裡變得一片闃黑，就連外頭人行道街燈上的拖吊區告示牌也灰濛濛的模糊不清。

「真不好意思，」我向雷克斯致歉，接著轉身對蘿莎說：「真抱歉，我不是故意全部吸光的。」

「都是妳害的，」雷克斯說：「到了晚上我就會沒力氣了。」

「你真愛說笑，」我對他說：「我知道你是在開玩笑的。」

「我不是在講笑話。我可能馬上就會生病。而且後排櫃位的那些愛芙們怎麼辦？他們本來已經有點不對勁了，現在一定更糟糕。妳真是貪得無饜，克拉拉。」

「我才不相信你，」我說，心裡卻不再那麼篤定。我瞧了蘿莎一眼，她依舊面無表情。

「我覺得不舒服了，」雷克斯彎下腰來。

「可是你剛才自己也說了，太陽總是有辦法找到我們。我敢說你是在開玩笑的。」

最終我想盡辦法說服自己愛芙男孩是在捉弄我。然而那天我只覺得我無意間讓雷克斯提起店裡的愛芙們都不想啟齒的某個困擾。沒多久那個麻煩事也找上了雷克斯，使得我不禁認為即使他是在說笑，心裡也有一部分是認真的。

那是個晴朗的早晨，雷克斯不再跟我們坐在一起，因為經理把他移到前排櫃位的壁龕。經理總是說每個位置都要考慮周到，我們隨時都會被挪到任何位置。即使如此，我們都知道來到店裡的顧客，視線首先會落在前排櫃位那裡。雷克斯當然很開心終於輪到他了。我們從中排櫃位這裡看得到他抬高下巴，太陽的圖案投射在他身上。有一次蘿莎湊過來說：「唉呀，他看起來真棒！他沒多久一定會找到一個家的！」

雷克斯待在前排櫃位壁龕的第三天，一個女孩和她母親一起進到店裡。我不是很會猜測人家的年紀，不過我記得當時我估算那女孩約莫十三歲半，現在我想我是對的。她母親是個上班族，從她穿的鞋子和套裝看來，應該是個高階主管。女孩直接走向雷克斯，駐足在他前面，她母親則是信步走到我們這區，看了我們一眼，又踅到後排櫃位，那裡有兩個愛芙坐在玻璃檯上，按照經理的指示隨意擺動著雙腿。母親叫喚女孩，但是她沒有理會，兀自端詳著雷克斯的臉龐。那孩子伸手撫摸雷克斯的手臂。雷克斯自然是不發一語，只是靜靜地對著她微笑；我們被告知說，顧客對我們特別感興趣的時候，我們就要這麼做。

「妳瞧，」蘿莎悄聲說。「她選中他了！她喜歡他。他真幸運！」我趕緊用手肘推了她一下，要她別作聲，因為我們不能讓人聽到我們在說話。

現在輪到女孩呼喚媽媽，接著她們都站在愛芙男孩雷克斯面前上下打量著他，女孩時或伸手觸摸他。她們倆輕聲商討，我聽到女孩說：「媽媽，可是他很完美呀。他很好看。」過了一會兒，那孩子又說：「唉呀，可是……媽媽，拜託啦。」

這時候經理默默跟在她們後頭。母親轉身問經理說：

「他是哪一型的？」

「B2型，」經理回答。「第三系列的。雷克斯是孩子們的完美玩伴。特別的是，我覺得他會鼓勵年輕人養成認真負責和勤奮好學的態度。」

「嗯哼，我們這個小姐應該會很需要。」

「唉呀，母親，他很完美啦。」

接著母親說：「B2型，第三系列。這個款式有太陽能吸收的問題，是吧？」

她在雷克斯面前大剌剌地那麼說，臉上仍然掛著笑容。雷克斯也保持微笑，而那孩子則是一臉茫然地看看雷克斯又看看她母親。

「的確，」經理說：「第三系列起初是有點小問題，不過那些報導太誇大其詞了。在一般光度的環境下，其實不會有什麼問題的。」

「我聽說太陽光能吸收不良會導致更多的問題，」那位母親說：「甚至是行為方面的問題。」

「女士，老實說，第三系列帶給許多孩子莫大的快樂。除非您是住在阿拉斯加或是礦井裡，否則大可不必擔心。」

那位母親又端詳了雷克斯一會兒。最後她搖搖頭說：「抱歉，嘉蘿琳。我看得出來妳很喜歡他，可是他不屬於我們。我們會替妳找到最合適的。」

雷克斯依舊滿臉堆笑，直到顧客們離開，甚至沒有絲毫難過的表情。可是當我想起他開的那個玩笑，我敢說關於太陽的問題，以及我們可以攝取多少養料這件事，其實一直盤旋在他心裡。

當然，現在我明白雷克斯不會是唯一的替罪羊。根據官方說法，那根本不是什麼問題，我們身上各自都有說明書，保證我們不會因為諸如在屋子裡的位置之類的因素而產生問題。話雖如此，如果幾個小時沒有曬太陽，愛芙就會覺得自己昏昏欲睡，並且開始擔心是不是哪裡有毛病——怕自己有什麼特殊的瑕疵，萬一讓人發現，他就永遠找不到一個家了。

這就是為什麼我們總是想要待在櫥窗裡的其中一個理由。經理承諾說，每個愛芙有一天都會輪到的，而我們也都渴望那一天的到來。另一個理由則是經理所說的「殊榮」，也就是代表本店對外展示商品。而且不管如何，我們都明白，在櫥窗裡雀屏中選的機會要大得多。但是我們都心照不宣的大事，其實是太陽和他的養料。在輪到我們的不久之前，蘿莎悄聲對我提及這件事。

「克拉拉，妳想一旦我們能在櫥窗裡展示，我們會得到很多稍縱即逝的養料嗎？」

那時候我還是新人，不知道該怎麼回答她，雖然同樣的問題一直在我心裡縈迴不去。

那一天總算來臨了。某天早晨，蘿莎和我踏上櫥窗，小心翼翼不要像上個星期那對活寶一樣踢翻展示品。店門還沒有開，我以為花格子捲門都拉下來了，可是當我們坐在條紋沙發上的時候，我看到捲門底下有一道細縫，那一定是經理故意留的，以便檢查我們是否都就緒了。從縫隙折射進來的陽光在平臺上映成一塊灼粲的四方形，而那道直直的光影就在我們跟前。我們只要伸出腳就可以感受到它的溫暖。於是我明白了，不管蘿莎的問題的答案是什麼，我們將要攝取到未來一段時間所需的所有養料。就等經理揿下按鈕，拉起花格子捲門，我們會全身覆滿炫目的陽光。

我必須承認，我想要待在櫥窗裡，始終不只是為了攝取陽光或是被顧客挑中。不同於其他愛芙，也不同於蘿莎，我一直渴望多看看外面的世界，而且要鉅細靡遺地觀照它。因此當花格子捲門一拉起來，我和人行道之間只隔著一片玻璃，往昔只能窺見一鱗半爪的地方，現在都盡收眼底，我感到興奮莫名，有時候甚至幾乎忘記了太陽以及他對我們的仁慈。

我第一次看到亞波大樓原來是磚砌的，而且它並非如我所想的那種白色，而是淡黃色。它也比我想像的還要雄偉，有二十二層樓高，每一扇相似的窗子都有獨特的窗檻。太陽在亞波大樓外牆上劃了一條對角線，其中一片三角形看起來幾近是全白的，另一片則籠罩在陰影下，雖然我知道它們其實都是淡黃色的。現在不只是整棟樓的窗戶都一覽無遺，我還看得到裡頭的人，他們或坐或立，或是到處走動。大街上熙來攘往的行人，林林總總的鞋子、紙杯、肩背包、小狗，如果我願意的話，也可以目送行人消失在第二個拖吊區告示牌後面。有兩個檢修男站在下水道的人孔蓋旁邊指揮交通。計程車減速讓人群通過斑馬線的時候，我也可以看到坐在車裡的人，司機的手拍打著方向盤，乘客則戴著一頂便帽。

時光在暗中偷換，太陽溫暖了我們，我知道蘿莎開心極了。不過我也注意到她對於周遭事物幾乎瞧也不瞧一眼，只是直愣愣地注視著我們正前方的拖吊區告示牌。每當我指著某個東西要她看看時，她才會轉過頭來，隨即又興趣缺缺地回頭凝望人行道和告示牌。

唯有當某個過客駐足櫥窗前，蘿莎才會暫時轉移視線。遇到那種情況，我們會依照經理的指示，露出「中性的」笑容，直視著對街的某個地方。我們會忍不住想要端詳路過的人，但是經理說，在這種時候四目相接是很無禮的事。只有當那些過客對我們招手，或是隔著櫥窗和我們說話，我們才可以回應；在那之前，不可以有任何動作。

有些停下腳步的人，其實對我們一點興趣也沒有。他們只是想要脫下一隻運動鞋不知道要對它做什麼，或者只是按幾下他們拿在手上的長方物。不過還是會有人迎面走到玻璃櫥窗前往裡頭瞧，多半是小孩子，我們最適合陪伴的年紀，而他們看到我們似乎都很開心。孩子們會興沖沖地走過來，不管是一個人或是和大人一起，對著我們指指點點，笑逐顏開，扮扮鬼臉，拍打玻璃，揮揮手。

沒多久我就知道怎麼遙望亞波大樓，同時又流眄窺看櫥窗外的人。偶爾會有個孩子跑來凝睇我們，鬏鬏然有一抹悲傷掠過，有時候又流露某種憤怒，彷彿我們做錯了什麼似的。這樣的孩子往往下一秒鐘就會變了個人，和其他孩子一樣開懷大笑，朝我們揮手。第二天之後，我就知道如何分辨其中的差異。

有個那樣的孩子跑來三、四回以後，我對蘿莎提到這件事，而她只是笑笑說：「克拉拉，妳太多慮了。我確定那個孩子開心得很。在這種日子裡，她怎麼會不開心呢？今天整個城市都很歡樂。」

不過到了第三天結束的時候，我還是跟經理說了這件事。那時候她正滿口誇獎我們，說我們在櫥窗裡「漂亮又端莊」。店裡的燈光變暗了，我們坐在後排櫃位倚著牆壁，有些愛芙在睡前翻閱著有趣的雜誌。蘿莎在我身旁，我看看她的背影，知道她差不多要睡著了。於是當經理問我今天開不開心的時候，我趁機向她提起櫥窗前那個神情悲傷的孩子。

「克拉拉，妳真是了不起。」經理柔聲說，或許是因為不想打擾蘿莎和其他愛芙。「沒想到妳這麼觀察入微又善解人意。」她搖搖頭一副不可置信的模樣。接著她說：「妳要知道，我們是一家很特別的商店。外頭不知道有多少孩子會渴望挑上妳，挑上蘿莎，或者是你們當中的任何一個。可是他們沒辦法。對他們而言，你們是可望而不可及的。那就是為什麼他們貼著櫥窗，夢想擁有你們。可是他們也會因而感到沮喪難過。」

「經理，那樣的孩子，他們家裡會有個愛芙嗎？」

「也許不會。當然不會是像妳這樣的。所以啊，如果有個孩子用古怪的眼神看妳，不管是憤懣或是悲傷，隔著玻璃說些什麼不中聽的話，妳不必在意它。記得，那樣的孩子多半是因為太沮喪的緣故。」

「那樣的孩子，又沒有愛芙，一定很寂寞吧。」

「沒錯，那也是原因之一，」經理若有所思地說。「寂寞。沒錯。」

她閉上眼睛，沉吟不語，我靜靜等候著。接著她轉瞬間又露出笑容，輕輕拿走我手裡那本有趣的雜誌。

「晚安，克拉拉。明天要像妳今天這麼棒喔。而且別忘了，對這整條街而言，妳和蘿莎就是代表著我們。」

我們被陳列在櫥窗的第四天上午，我看到一輛計程車減速下來，司機探出右窗外，要其他計程車讓他穿過快車道到我們店前方的路邊來。裘西一下車踏到人行道上，視線就沒有離開過我。當然那時候我還不知道她的名字。她看起來蒼白瘦弱，當她朝著我們走來的時候，我注意到她的步伐不同於其他路人。她走得不算慢，但是似乎每走一步都要仔細檢查一下，確定自己安全無虞沒有跌倒。我估算她大概十四歲半。

她走近我們，行人在她背後穿梭，然後她停下腳步朝我盈盈一笑。

「嗨，」她隔著玻璃說：「妳聽得到我嗎？」

蘿莎依照規定直視前方的亞波大樓。而一旦有人和我攀談，我就可以正視對方，報以微笑並且頷首鼓勵。

「真的嗎？」裘西說。「我幾乎聽不到我自己。妳真的聽得到我嗎？」

我又點了點頭，她搖搖頭，一副感動的模樣。

「哇，」她回頭瞧了一眼剛才下車的計程車，就連這個動作她都顯得很謹慎。車門還是開著的，橫擋著人行道。後座有兩個人在聊天，還對著後方的行人穿越道指指點點。裘西似乎很高興大人們不打算下車，她湊近一步，臉頰幾乎要貼到櫥窗上。

「我昨天有看到妳，」她說。

我搜尋前一天的記憶，卻怎麼也想不起裘西，只好一臉錯愕地望著她。

「噢，不必感到抱歉或什麼的，妳不可能看到我啦。昨天我搭計程車路過這裡，而且沒有這麼慢悠悠的。可是我看到妳在櫥窗裡，所以今天我要媽媽在這裡停車。」她轉頭看了看，依舊是一副斂色屏氣的神情。「哇，她**還在**和傑弗瑞太太聊天，真是昂貴的聊天方式，不是嗎？計程車還一直在跳表呢。」

現在我才發現她笑的時候非常和善親切。但是說也奇怪，在那個當下，我心裡卻思忖著，裘西會不會也是經理說的那些寂寞的孩子其中之一。

她打量了蘿莎一會兒，而蘿莎依然盡責地凝望亞波大樓。接著她回頭看著我說：「妳的朋友真可愛。」她又靜靜看了我幾秒鐘，我有點擔心計程車上的大人們會不會在她來得及多說些什麼之前就下車。她接著又說：

「妳知道嗎？妳的朋友一定會和外頭某個人相處得很好。可是昨天我們開車經過，我看到了**妳**，我心想『就是她了』，妳就是我尋尋覓覓的愛芙！」她又笑起來了。「不好意思。也許聽起來有點失禮。」她再度轉身看看計程車，後座的人沒有要下車的樣子。「妳是法國人嗎？」她問：

「妳看起來有點法國人的味道。」

我微笑搖搖頭。

「上一次我在這裡遇到兩個法國女孩，」袞西說：「她們和妳一樣，都有一頭整齊清爽的短髮。看起來很可愛。」她又默默端詳我一會兒，我隱約察覺到一抹悲傷的神情，不過那時候我還是新手，不是很確定。接著她嫣然笑說：

「喂，妳們這樣坐在裡頭不嫌太熱嗎？妳要不要喝點飲料什麼的？」

我搖搖頭，雙手掌心向上，意思是說，有太陽的養料灑在我們身上，已經是很美好的事了。

「噢，是啊，我沒想到這點。妳喜歡在太陽底下，是嗎？」

她再度轉身，這次是望著大樓頂端。就在那一刻，雲破日出，袞西立即閉上眼睛轉向我。

「真不知道妳是怎麼辦到的。我是說那樣一直盯著太陽看而不覺得目眩，我一秒鐘都沒辦法。」

她用手遮在額頭上又轉過身去，這次不是凝視太陽，而是亞波大樓頂樓的某個地方。過了五秒鐘，她回過頭來。

「我猜從妳們的角度望去，落日一定會被大樓遮住，是嗎？意思是說，妳應該沒有**真正**看過夕陽。大樓一直擋在那裡。」她匆匆回頭確認大人們是否還在計程車裡頭，接著又說：「我們住的地方可以一覽無遺，妳可以從我的房間裡看到太陽在哪裡下山。到了晚上他就待在那裡。」

我的神情一定看起來驚訝萬分。我瞥見原本心不在焉的蘿莎也一臉詫異地瞪著袞西看。

「可是看不到日出，」裘西說：「被丘陵和樹木擋住了。我猜有點像這裡一樣，老是有什麼東西擋著。可是到了傍晚，那就是兩回事了。從我的房間看出去，風景遼闊又空曠。如果妳來和我住在一起，妳就會看到。」

車上兩個大人一前一後下車走到人行道上。裘西沒有看到她們，不過她或許聽到什麼，所以話越說越急促。

「我敢保證，妳一定看得到他落下的地方。」

兩位女士都穿著正式套裝。身材高䠷的那個，我猜是裘西的母親，因為她就算和同伴吻頰道別，還是一直盯著裘西。接著那個同伴轉身離去，消失在人群中，而母親則朝我們走過來。才一秒鐘的光景，她銳利的目光不再投向裘西，而是轉向我。我趕緊轉移視線，仰望著亞波大樓。裘西繼續對著櫥窗說話，儘管輕聲細語，卻依舊清晰可聞。

「我得走了，可是我很快就會回來。下次我們再多聊一會兒。」接著她用只有我才聽得見的耳語說：「妳不會丟下我吧，是嗎？」

我搖頭微笑以對。

「好極了。那麼我們該道別了，不過只是暫時的。」

這時候裘西的母親就站在她後面，一頭黑髮，身材瘦削，雖然不像裘西或某些慢跑選手那樣瘦得皮包骨。現在她靠得更近了，臉龐更加清晰可辨，我提高我的估算，覺得她應該有四十五歲。我說過我不大會猜人家的年紀，但是這次我差不多是對的。遠遠望去，我起初以為她是個更年輕的小姐，但是近看之下，我看到她嘴角的木偶紋刻得很深，眼睛裡也有些疲憊的血絲。我也注意到她伸出手來，似乎有點猶豫不前，甚至想要縮回去的樣子，好一會兒才把手搭在女兒肩頭。

她們沒入川流不息的人群，朝著第二個拖吊區告示牌走去。裘西的步伐戰戰兢兢，母親一路上都摟著她。在她們消失在我的視線之前，裘西回頭看了我一眼，雖然打亂了她們的步調，她還是朝我揮手道別。

那天午後，蘿莎說：「克拉拉，妳不覺得有什麼不對勁嗎？我一直以為我們坐在櫥窗裡會看到外頭有許多愛芙，那些已經找到家的愛芙。可是其實沒有這麼多。我很納悶他們都到哪裡去了。」

這是蘿莎的許多優點之一。她可能沒有那麼觀察入微，就算我指著外頭什麼東西要她看，她也不覺得那有什麼特別或有趣的。可是她偶爾也會注意到這種事。她這麼一說，我就想到我原本也以為會看到外頭有許多愛芙開開心心地陪著他們的孩子路過，甚或是自顧自地忙著各種瑣事。對此我其實感到訝異而且有點失望，只是沒有說出口。

「妳說的沒錯，」我說，視線從右邊掃到左邊。「就像現在，在所有這些路人當中，一個愛芙都沒有。」

「那邊那個不是嗎？剛剛從逃生梯大樓走過去的那個？」

我們又仔細看了一下，接著不約而同地搖搖頭。

雖然關於外面的愛芙這個問題是蘿莎提出來的，可是她一如往常很快就失去興趣。等我終於看到一個年輕男孩和他的愛芙行經亞波大樓那邊的果汁攤，蘿莎卻懶得瞧他們一眼。

可是她的話在我腦海裡徘徊不去，而且每當真的有愛芙經過，我都會仔細打量。不久我就注意到一件怪事：亞波大樓那邊的愛芙總是比我們這邊多。而且如果有個愛芙和孩子走到我們這邊，行經第二個拖吊區告示牌，他們往往會走行人穿越道，而不會路過我們的店。每當愛芙真的從我們前面走過去，他們的舉止都顯得怪異，還會加快腳步，把臉別過去。我猜想也許我們，或者這整家店，會讓他們很尷尬。我不知道一旦蘿莎和我也找到自己的家，卻有人提醒我們不是一直都和孩子們在一起的，而是來自某家店裡，我們會不會也覺得尷尬。不過我實在很難想像，不管是我或是蘿莎，對於我們的店、經理以及其他愛芙會有這種感覺。

我繼續觀察外頭的世界，想到了另一種可能：那些愛芙不是感到尷尬，而是害怕。因為我們是新型的，所以他們會害怕，擔心孩子們哪一天會把他們扔掉。他們擔心會被像我們這樣的愛芙給取代。那就是為什麼他們總是尷尬地別過頭，步履蹣跚地踅過去。那也是為什麼從我們的櫥窗望去，總是看不到幾個愛芙。就我們所知，亞波大樓後面的另一條街上有滿坑滿谷的愛芙。外頭的愛芙會想盡辦法迂迴繞道，就是不要經過我們的店，因為他們一點兒也不想讓他們的孩子看到我們，然後湊近櫥窗。

我沒有把這些想法告訴蘿莎。每當我們注意到外面有愛芙經過，我會好奇地說，不知道他們和孩子以及他們的家人處得好不好，而蘿莎聽了總是興致滿滿。她像是在玩遊戲似的，對著他們指指點點說：「妳看，那裡！妳看到了嗎，克拉拉？那個男孩真的很喜歡他的愛芙！噢，妳瞧他們一起開心大笑的模樣！」

當然，很多孩子和他們的愛芙確實看起來焦孟不離。可是蘿莎忽略了許多訊息。只要有孩子和愛芙經過我們的視線，她就會開心歡呼，而我則會注意到，就算一個女孩對著她的愛芙微笑，她可能其實是在氣他，而且在那個當下或許正想著要怎麼整他。我總是會察覺到這種事，卻選擇沉默不語，讓蘿莎相信她自己的觀察是對的。

我們在櫥窗裡展示的第五天，我看到亞波大樓那邊有兩輛計程車緩緩駛近，它們前後貼得很緊，乍看下會以為它們是一輛車，宛如加長型的計程車。接著前面那輛稍微加速，露出了縫隙，透過那個縫隙我看到人行道上有個大約十四歲的女孩，穿著一件卡通上衣，朝著行人穿越道走去。沒有任何愛芙或大人陪著她，但是她看起來充滿自信而且有點迫不及待，由於她的步伐和計程車差不多快，我可以從縫隙裡觀察她好一會兒。兩輛計程車的間隔拉大，我才看到原來有個愛芙陪著她，一個愛芙男孩，走在她後面三步的距離。我看到他刻意維持不要落後她太遠，那應該是那個女孩決定的走路方式——她走在前面，他跟在後面幾步。那個愛芙男孩也接受如此，儘管其他路人看在眼裡會覺得女孩不喜歡他。愛芙男孩的步伐看起來有氣沒力的樣子，我心想找到了一個家，卻心知肚明孩子不想要你，那會是什麼感覺。直到看見這一對，我才想到愛芙也可能會遇到既鄙視他又想要把他扔掉的孩子，而儘管如此，他們還是得一起生活下去。接著前面的計程車因為行人穿越道而減速，後面那輛車子也停下來，我便再也看不到他們。我一直張望他們是否穿過馬路，可是他們沒有在人群中，而且由於其他計程車絡繹不絕，我再也看不到對面了。

在櫥窗的那些日子裡，我應該不會想要讓蘿莎以外的人陪我，但是那段相處卻也突顯了我們在心態上的差異。並不是說我比蘿莎更渴望認識外面的世界，她其實也相當興奮而且觀察力敏銳，和我一樣盼望做個親切且樂於助人的愛芙，只是她的方式有所不同。我看得越多，就會想要知道更多事情，而且不同於蘿莎，路人對我們流露的神祕情緒讓我感到茫然不解，也越來越讓我心醉神馳。我知道如果我沒有多少理解這些諱莫如深的現象，到時候我就無法盡責地照顧我的孩子。於是我開始探索人行道上、路過的計程車裡、行人穿越道上等候的人群當中，那些我必須知道的行為。

起初我要蘿莎跟我一起這麼做，沒多久我就明白這樣毫無意義。在櫥窗的第三天，當太陽落到亞波大樓後面，有兩輛計程車停在我們這邊，司機一下車就開始互毆。這不是我們第一次看到人家打架，我們剛來的時候，就曾經湊在櫥窗前面找個好角度，觀看三個警察在拱廊前面和乞男以及他的狗在打架。然而那不算是什麼惡鬥，經理後來解釋說，警察只是擔心那個乞男，因為他喝醉了，他們想要幫他。可是那兩個計程車司機和警察不一樣，他們揎袖攘臂一副要打個你死我活的樣子。他們的臉孔猙獰扭曲，初來乍到的愛芙可能搞不清楚他們是人類，而且他們不斷拳腳相向，嘴裡也罵聲不絕。一開始路人都嚇得站得遠遠的，接著有幾個上班族和一個慢跑者上前勸架。儘管其中一個司機滿臉血汙，後來他們還是回到各自的計程車上，一切又恢復正常。不一會兒我又注意到那兩輛計程車，雖然司機剛才還在打架，此刻卻在相同的車道上一前一後耐心等候燈號轉換。

當我跟蘿莎說我看到了什麼，她卻一臉茫然地說：「打架？我沒看到啊，克拉拉。」

「蘿莎，妳不可能沒有注意到，剛才他們就在我們面前打起來。那兩個司機。」

「噢，妳是說計程車司機！我不知道妳說的是他們。我的確有看到他們，我當然看到了，可是我不覺得他們是在打架。」

「蘿莎，他們當然是在打架。」

「噢，才不是呢，他們只是做做樣子，鬧著玩的啦。」

「蘿莎，他們是在打架。」

「別傻了，克拉拉！妳滿腦子都是這種怪念頭。他們只是鬧著玩的，而且他們樂在其中，路人也是。」

最後我只好說：「也許妳是對的，蘿莎，」我覺得她不會對這種意外多想些什麼。

可是我沒辦法那麼容易就把那兩個計程車司機忘掉。我會凝望著人行道上的某個路人，心想他會不會像他們一樣勃然大怒。我也會想像某個路人氣得齜牙咧嘴的模樣。尤其是，我試著在心裡感受那兩個司機的憤怒，對此蘿莎一定無法理解。我試著想像我和蘿莎都在生對方的氣，以至於像他們那樣互毆，存心想要弄傷對方的身體。這個念頭太荒唐了，可是我看到計程車司機的行為，這樣的感覺就不由得襲上心頭。不過那終究是無益妄想，到頭來我只是一笑置之。

我們透過櫥窗還會看到其他東西，一些我起初不是很明白的情緒，而我也總是會在心裡替它們找到一個說法，即使它們或許只是像花格子捲門拉下來的時候，吸頂燈灑在地板上的斑駁圖案。例如「咖啡杯女士」的事件。

那是我第一次遇到裘西的兩天後。整個早上大雨傾盆，行人都半閉著眼睛走路，撐著傘，頭上帽子也淋濕了。亞波大樓在滂沱大雨中看起來並沒有什麼兩樣，只不過它的許多窗戶燈火通明，宛如已經夜幕低垂。它隔壁的逃生梯大樓正面左側濕了一大片，彷彿屋頂一角有果汁滲漏下來似的。隨後陽光驀地穿透雲層，照耀著濕漉漉的大街以及計程車頂，許多路人見狀都走出來。在行色匆匆的人群當中，我注意到一個穿著雨衣、身材矮小的男人。他站在亞波大樓那頭，我估算他大概有七十一歲了。他走在人行道邊緣招手叫喚，我很擔心他會一個不小心撞上路過的計程車。那個時候經理剛好來到櫥窗前，她一直在調整我們沙發前面的標示牌，我們不約而同地注意到那個不停招手的男人。他穿著褐色雨衣，束帶垂在腰間，幾乎要碰到他的足踝，可是他似乎沒有注意到，不停朝著我們這邊揮手叫喚。我們店門口聚集了人群，倒不是要來看我們的，而是因為人行道上突然喧嚣起來，每個人都動彈不得。接著不知怎的，人群漸漸疏落，我看到一個嬌小的婦人站在我們前面，背對著我們，望著在川流不息的四線車道另一頭招手的男人。我看不見她的臉，但是從她的身材和姿態來看，我估算她大概六十七歲。我在心裡替她取了個名字，叫作「咖啡杯女士」，因為她穿著羊毛厚外套，背影又矮又寬，肩膀圓滾滾的，活脫是一只在紅櫥櫃上面倒覆著的骨瓷咖啡杯。儘管那個男人不停地招手呼喚，而且她也看到他了，她卻沒有對他揮手或回應他。她始終默默佇立著，即使兩個慢跑者朝她跑來，再分別從她兩側跑過去，接著又並肩聯袂一起跑遠，慢跑鞋在人行道上濺起不起眼的水花。

然後她總算有點動作了。她往人行道走去，那個男人作勢要她走過去的，起初有些慢騰斯禮，接著就加快腳步。到了路口，她不得不停下腳步，像其他人一樣等候燈號，那男人也不再招手，神情焦急地望著她，而我依舊很擔心他會撞上計程車。他冷靜下來，走到行人穿越道那頭等她。計程車都停下來了，咖啡杯女士和其他人一起穿過馬路，我看到那個男人一隻手高舉拳頭在眉間，就像有些孩子在店裡發脾氣時會做的動作。咖啡杯女士總算走到亞波大樓那頭，和男人緊緊相擁，兩人身影合起來像是個大胖子，而太陽也注意到他們了，正把他的養料澆在他們身上。我依然看不到咖啡杯女士的臉，可是那男人緊閉著雙眼，我不確定他是歡喜或懊惱。

「那兩個人似乎很開心看到彼此，」經理說。我知道她和我一樣目不轉睛地注視著他們。

「是啊，他們看起來真開心，」我說。「可是說也奇怪，他們似乎也很懊惱。」

「唉呀，克拉拉，」經理悄聲說：「什麼事都逃不出妳眼裡，是嗎？」

經理沉默半晌，手裡還拿著標示牌，那對老人家都消失在視線之外了，她兀自瞵盼對街。終於，她開口說：

「也許他們是好久不見了。好久好久。也許上次他們如此相擁的時候，兩人都還很年輕。」

「經理，妳是說他們失去了對方？」

她又默不作聲了一會兒。「是的，」她總算打破沉默。「一定是這個緣故。他們失去了對方。也許就在剛才，就在偶然間，他們再度找到了彼此。」

經理的語調有別以往，儘管她望著外面，我覺得她並沒有在看什麼東西。我甚至懷疑路人看到經理跟我們待在櫥窗裡這麼久會做何感想。

接著她起身離開櫥窗，和我們擦身而過的時候，她輕輕拍了我的肩膀。

「有時候，」她說：「在那麼特別的片刻裡，除了歡喜雀躍，人也會感到某種痛苦。克拉拉，我很開心妳如此心細如絲地觀察所有事物。」

經理轉身走遠，蘿莎說：「真奇怪。她說的話到底是什麼意思？」

「妳別在意，蘿莎，」我對她說：「她只是在聊外面的事。」

蘿莎開始扯到其他話題，可是我依舊惦記著咖啡杯女士和她的雨衣男，以及經理的那段話。我想像如果我和蘿莎各自找到不同的家，有天無意間在大街上久別重逢，我會有什麼感想。我也會像經理所說的那樣悲欣交集嗎？

我們待在櫥窗第二週的一個早晨，我跟蘿莎正聊到亞波大樓那頭的事，我突然看到裘西就站在前面的人行道上，便趕緊中斷對話。她母親在她身旁。這次她們後面沒有計程車，雖然有可能是她們下車後，司機就把車開走了，而我壓根兒都沒有注意到，因為在櫥窗和她們駐足的地方中間簇擁著一群觀光客。這會兒人潮行進順暢起來，裘西正喜孜孜地對我微笑。她微笑的時候——我又想起那個微笑——臉龐彷彿滿溢著和善親切。可是她還沒辦法靠近櫥窗，因為母親正彎腰搭著她的肩膀對她說話。母親穿著一件深色輕薄的精緻外套，隨著輕風款款擺動，有一瞬間我想起寒風凜冽時棲止在燈號上的黑鳥。她們倆在談話時不時朝著我看，我感受到裘西等不及要來找我，可是母親依然不放她走，自顧自地絮絮叨叨。我知道我必須看向亞波大樓，就像蘿莎一樣，不過還是忍不住窺覷她們，很擔心她們會消失在人群當中。

母親終於挺直腰桿，雖然她依舊注視著我，而且每當有路人擋住視線，她也會跟著調整角度，不過她倒是放開手，讓裘西小心翼翼地走向我。母親願意讓裘西獨自走過來，這讓我大為振奮，儘管她的目光始終沒有軟化也沒有動搖，雙手交叉胸前，手指頭緊抓著外套，我接收到我還不理解的許多訊息。這時候裘西已經隔著玻璃站在我面前了。

「哈囉，妳好嗎？」

我微笑頷首，豎起大拇指，那是我在有趣的雜誌裡屢見不鮮的手勢。

「抱歉，我沒辦法早一點回來看妳，」她說：「我猜……有多久了？」

我伸出三根指頭，另一隻手再彎起一根指頭。

「太久了，」她說：「真是不好意思。妳想我嗎？」

我點點頭，露出難過的表情，不過我也很小心地讓她明白我不是認真的，而且也沒有不高興。

「我也想妳，我真的想要早點來找妳。妳或許以為我就這樣一走了之。真是抱歉。」接著她斂色說：「我想一定有很多其他孩子來看妳。」

我搖搖頭，但是裘西一副不相信的神情。她回頭看了母親一眼，不是為了安心，而是要確定她有沒有走近。接著裘西壓低聲音說：

「我知道媽媽盯著我們看的模樣很奇怪。那是因為我跟她說，妳就是我想要的。我說我只要妳，所以她一直在打量妳。不好意思。」我想我又看到了一抹憂傷的神情，就像上次一樣。「妳會來我們家，是吧？如果媽媽說一切都沒問題的話？」

我點頭以示鼓舞，可是裘西依舊神情相當不安。

「因為我不要妳心不甘情不願地來我們家。那不公平。我想要妳來，可是如果妳說，裘西我不想，那麼我會跟媽媽說我們不能要她，絕對不行。可是妳想要來，是嗎？」

我又點點頭，這次裘西看起來總算放心了。「好極了，」她再度漾起笑容。「妳會喜歡我們家的，我保證妳會。」這次她得意洋洋地回頭望著母親大聲說：「媽媽？妳看，她說她想來我們家。」

母親淺淺一笑，卻沒有其他反應。她依舊端詳著我，環抱胸前的手指頭緊扣著外套的布料。裘西回過頭來，臉色又沉了下來。

「聽著，」她沉吟幾秒鐘後接著說：「妳願意來真好，可是我想先把我們之間的事說清楚。別擔心，媽媽聽不見。我想妳會喜歡我們家的。我想妳會喜歡我的房間，妳以後會住在那裡，而不是壁櫥或什麼的。我們要一起經歷所有美好的事，一路陪著我長大。只不過，有時候，呃⋯⋯」她欸地又回頭看一下，接著低聲說：「也許是因為我有一陣子不是很舒服。我不知道，可是一定有哪裡不對勁。我不確定那是什麼，我甚至不知道那是不是壞事。不過就是，呃，有點異狀。妳不要誤會，平常妳是不會察覺到的。可是我要對妳直話直說。因為妳知道的，大家都只會對妳說明天會更好，而不肯說實話，那種感覺很糟糕。這就是為什麼現在我要跟妳說明白。請告訴我說妳願意來我家。妳會喜歡我的房間，我知道妳會的。而且妳會看到太陽落下的地方，就像上次我跟妳說的。妳還是會想要到我們家來，是嗎？」

我隔著玻璃對她點頭示意，用我所知最認真的表情。我也想告訴她，就算在她家裡要面對再多的顛躓困厄，或是任何可怕的事，我們都會一起度過的。可是我不知道怎麼隔著玻璃無言地傳達這麼複雜的心意，於是我握緊雙手舉起來輕輕揮舞，有一次我看到計程車司機對著人行道上招車的人做出這個動作，儘管他這麼做的時候必須雙手放開方向盤。不管裘西是否明白我的意思，這個舉動似乎讓她轉憂為喜了。

「謝謝妳，」她說：「妳別誤會。也許不會有什麼壞事。也許是我多慮了……」

就在這時候，母親正好叫喚她並且朝著我們走來，只是有些觀光客擋了她的路，於是裘西趁機匆匆對我說：「我很快就會回來。我保證。明天，如果我可以的話。今天就先告別了。」

翌日裘西並沒有回來，接下來的那天也沒有。整整過了兩個多星期，我們在櫥窗裡的日子也到了尾聲。

在我們的展示期間，經理不斷呵護鼓勵我們。每天清晨，我們在條紋沙發上準備好，等著花格子捲門拉起來時，她總是會說：「妳們昨天真棒，我們來看看妳們今天是否和昨天一樣棒。」而每天結束營業的時候，她會微笑告訴我們說：「妳們表現得真好，我真為妳們感到驕傲。」我們沒有做錯什麼，當最後一天花格子捲門放下來時，我以為經理還是會誇獎我們一番，可是她鎖上捲門就逕自先走開了，讓我相當錯愕。蘿莎也一臉茫然，我們在沙發上待了好一會兒。捲門放下來以後，整個櫥窗就黑魆魆的，於是我們不多久也起身走下平臺。

我們轉向店裡，從這裡直到後面的玻璃檯我都看得一清二楚，可是整個畫面被劃分成十個影格，所以眼前的景象也都被區隔開來。一如預期，前排櫃位的壁龕在我最右側的影格，可是壁龕旁邊的雜誌桌又被不同的影格隔開，在最左邊的影格裡還看得到桌面的一部分。天色漸漸陰暗，我注意到其他愛芙在幾個影格的背景處，貼著中排櫃位的牆壁排排坐準備入睡。在中間的三個影格裡，我看到經理的身影轉向我們。由其中一個影格望去，我只看得到她腰部到頸部上方，旁邊的影格很快就幾乎被她的眼睛占滿了。最靠近我的眼睛比另一邊的眼睛要大得多，可是雙眼都滿溢著溫柔和傷感。在第三格裡，我看到她的下巴和嘴巴，隱約感覺到憤怒和沮喪。接著她轉過身，朝我們走來，店裡又回到單一的畫面。

「謝謝妳們兩個，」她說，伸手分別和我們親切地握了握。「非常謝謝妳們。」

即便如此，我還是察覺到異狀——我們讓她失望了。

自那之後，我們便開始在店裡中排櫃位的第二段日子。蘿莎和我還是經常在一起，可是經理現在會把我們的位置換來換去，我可能得一整天都站在愛芙男孩雷克斯或愛芙女孩小菊旁邊。儘管如此，在大多數的日子裡，我還是看得到部分櫥窗，可以繼續認識外面的世界。好比說，當「庫丁機」出現時，我正好在平臺上，剛剛好就在中排櫃位的壁龕前面，視野差不多就像在櫥窗裡一樣好。

我觀察了好幾天，那部庫丁機顯然要做什麼不尋常的事。首先，檢修男準備工事，用木頭拒馬在大街上圍起一個特別的區域。計程車司機很不開心，猛揿喇叭讓人震耳欲聾。接著檢修男開始鑽洞挖地，甚至包括一部分的人行道，把櫥窗裡的兩個愛芙嚇得驚慌失措。有一次實在是吵得蜩螗沸羹，蘿莎不得不以手掩耳，就算店裡有客人，還是遲遲不肯放下。經理對每個來店裡的客人道歉，雖然那嘈雜的噪音不關我們的事。有一次有個客人聊到汙染，對著外頭的檢修男指指點點，說汙染對每個人的危害有多大。所以庫丁機剛來的時候，我還以為它是一部防治汙染的機器，但是愛芙男孩雷克斯說不是，它是特別設計要製造更多汙染的東西。我說我不相信，他說：「好吧，克拉拉，我們等著瞧。」

結果證明他是對的。庫丁機——那是我在心裡替它取的名字，因為它的側邊漆上了偌大的兩個字「庫丁」——首先是鑽頭發出尖聲哀鳴，和鑽洞時一樣讓人難受，比之經理的吸塵器更是不遑多讓。有三支排氣管突出它的車頂並且開始冒煙。起初夾雜著白色煙霧，接著越來越黑，然後再也不是間斷的煙霧，而是一整團濃煙。

從店裡往外看，大街的影像被切割成好幾排垂直的影格，我不必探頭張望就可以清楚辨識其中三個影格。每個影格裡的黑煙濃度似乎各自不同，宛如陳列著深淺對比的灰階讓人選擇。就算是在最濃的煙霧裡，依舊是纖毫可辨。比方說，在某個影格裡，可以看到檢修男架設的部分木頭拒馬，它現在看起來像是緊貼在一輛計程車前面。旁邊一個斜切過計程車車頂的影格裡，有一根鐵桿，我認出來那是交通燈號的一部分。更仔細端詳，我還看到棲身在上面的一隻小鳥的黑影。偶爾我也會看到一個慢跑者從一個影格跑進下一個影格，身形大小和路徑隨著穿越不同影格而變化。汙染越來越嚴重，從櫥窗平臺這裡再也看不到天空的縫隙，清潔人員原本擦得一塵不染而讓經理相當自豪的櫥窗玻璃，現在也滿覆著髒點。

那兩個等了很久才輪到櫥窗展示的愛芙男孩，我真替他們感到難過。他們始終擺好姿勢坐在那裡，但是我一度看到其中一個愛芙伸手遮住臉，彷彿汙染會穿透玻璃似的。經理走上展示平臺低聲安撫他們，當她走下櫥窗，開始整理活動玻璃展示櫃裡的項鍊時，我看得出來她也相當心煩意亂。我想她可能會出去找檢修男談談，可是她注意到我們的不安，微微一笑說：

「你們每個人，聽我說。我們的確很倒楣，不過別擔心，忍個幾天就會過去的。」

到了第二天、第三天，庫丁機還是鑽個不停，大白天幾乎變成了黑夜。有一次我想要找看看太陽灑在我們的地板、壁龕和牆上的圖案，卻遍尋不著。我知道太陽已經盡力了，到了第二個難捱的下午尾聲，雖然塵埃變本加厲，太陽的圖案卻再度出現，儘管相當微弱。我不由得擔心起來，問經理說我們是否還會得到足夠的養料，她笑著回應：「這種討厭的事以前就發生過好幾回了，店裡沒有任何愛芙因而出現問題。所以別再胡思亂想了，克拉拉。」

即便如此，在接連四天的汙染之後，我覺得自己變虛弱了。我盡量不要顯露出來，尤其是店裡有客人的時候。可是或許是因為庫丁機的關係，店裡門可羅雀，有時候我的姿勢也會顯得頹然喪氣，雷克斯不得不碰一下我的手臂提醒我抬頭挺胸。

有一天清晨，花格子捲門拉起來，不僅是庫丁機，整個施工區都人間蒸發了。汙染也不見蹤影，天空的縫隙又回來了，極目望去，一片湛藍，太陽也把它的養料澆灌在我們店裡。計程車的車流再度順暢，司機們都很開心。就連路過的慢跑者臉上也掛著笑容。在庫丁機施工的那些日子裡，我擔心裘西會回到我們店裡，卻被汙染擋在門外。可是現在總算過去了，店裡店外洋溢著清新氣象。我隱約覺得如果裘西會回來的話，應該就在今天。但是到了午後，我知道這個念頭有多麼不切實際。我不再翹首眺望著街上找尋裘西的身影，只是專注認識更多外面的世界。

庫丁機撤走的兩天後，有個頂著一頭刺蝟般短髮的女孩走進店裡。我估算她大概十二歲半。那天早上她穿得像個慢跑者，淡綠色的運動背心下，露出瘦骨嶙峋的手臂一直到肩膀。她父親陪她進來，他穿著相當高檔的休閒西裝，他們在店裡瀏覽時，兩個人的話都不多。我當下就知道那女孩對我有興趣，儘管她只是匆匆一瞥就往前走。不過一分鐘後，她又轉回來，佯裝專心觀賞擺放在我正前方的活動玻璃展示櫃裡的項鍊。接著她環顧四周，確定她父親以及經理都沒有在看她，於是試探性地推推活動玻璃櫃，讓它的滑輪稍微往前滾動，同時一邊微笑看著我，彷彿這是我們倆之間的特殊祕密。然後她又把活動櫃推回原來的位置，促狹地對我笑一笑。接著喊道：「爸爸？」她父親沒有回答，他正專心打量著坐在後排櫃位玻璃檯上的兩個愛芙。那女孩看了我最後一眼，就跑過去找他。他們低聲交談片刻，不時朝著我看過來，無疑是在討論我。經理也注意到了，於是從她的辦公桌起身，走到我身邊，雙手交叉抱胸。

他們又耳語一陣子，女孩終於轉身，踅過經理旁邊，站在我的正前方。她逐一觸摸我的兩道眉毛，接著把我的左手握在她的右手裡，仔細端詳著我的臉。她的神情相當嚴肅，可是她的手輕輕捏了我的手一下，我知道那又是我們之間的另一個小祕密。可是我沒有微笑以對。我的表情故作茫然，視線掠過她的刺蝟短髮，停留在對面牆邊的紅櫥櫃，尤其是第三層櫥櫃裡那一排倒覆著的骨瓷咖啡杯。那女孩又捏了我兩次，第二次更輕了些，可是我始終沒有注視她或是她的笑容。

這時候她父親也躡手躡腳地走近我們，不想破壞這個特別的時刻。經理也湊過來，站在父親後面。這一切我都看在眼底，可是我依舊凝望著紅櫥櫃以及那些骨瓷咖啡杯，我的手無力地讓她握著，如果她放開了，我的手就會垂落下來。

我漸漸感覺到經理在看著我。接著我聽到她說：

「克拉拉非常優秀，她是我們當中最出色的。可是這位年輕小姐或許會想要看看剛剛進貨的B3新型產品。」

「B3型？」那位父親興奮地說：「你們已經有了嗎？」

「我們和供應商之間有特殊管道。他們剛到貨，還沒有完成校準。不過我很樂意讓你們看看。」

短髮女孩又捏了捏我的手。「可是爸爸，我想要這個。她就是我要的。」

「可是他們進了B3新型，寶貝。妳不想看一看嗎？妳認識的人都沒有。」

那女孩沉吟了好一會兒才放開我的手。我讓我的手臂自然垂下，雙眼依舊凝望著紅櫥櫃。

「B3新型到底有什麼了不起的？」女孩挨近她父親說。

女孩握著我的手時，我一直沒有想到蘿莎，可是這會兒我意識到她詫異地望著我。我想要讓她轉移視線，不過還是決定持續凝望著紅櫥櫃，直到那女孩和她父親以及經理都走到後排櫃位那裡。我聽到經理不知道說了什麼話，讓那位父親朗聲笑了出來，當我窺覷他們的時候，經理正要打開後場的員工專用門。

「真是不好意思，」她說：「這裡頭有點凌亂。」

女孩的父親說：「我們很榮幸可以進來這裡。是吧，寶貝？」

他們走進去以後，門就跟著關了起來，我再也聽不到他們在說什麼，雖然短髮女孩的笑聲間或可聞。

店裡整個早上都忙得不可開交。經理才剛剛為那位父親填妥他們的B3新型送貨單，接著就來了更多的客人。到了下午，好不容易有個空檔，經理才來找我。

「今天早上妳讓我很驚訝，克拉拉，」她說：「尤其竟然是妳做出這種事。」

「很抱歉，經理。」

「妳腦袋裡到底在想什麼？那完全不像妳。」

「真是不好意思，經理。我不是故意要造成尷尬的。我只是覺得對於那個孩子而言，我或許不是最好的選擇。」

經理一直瞅著我看。「也許妳是對的，」她最後說：「我想那女孩會喜歡B3型的愛芙男孩。即便如此，克拉拉，我還是太震驚了。」

「我很抱歉，經理。」

「這一次我幫妳，可是下不為例。是客人挑選愛芙，不是愛芙挑選客人。」

「我明白，經理。」接著我低聲說：「謝謝妳替我解圍。」

「算了，克拉拉。可是妳要記得下不為例。」

她才走了幾步，卻又走回來。

「不會吧，克拉拉？妳跟誰有了什麼約定是嗎？」

我以為經理準備要數落我一頓，就像她有一次因為兩個愛芙男孩在櫥窗裡嘲笑乞男而斥責他們一樣。然而經理只是把手搭在我的肩膀上，壓低聲音說：

「妳聽我說，克拉拉。孩子們說話的時候總是一副信誓旦旦的模樣。他們會湊近櫥窗，然後對妳承諾任何事。他們保證會回來，他們要妳不要讓別人把妳給買走。這種事我看多了。可是更加屢見不鮮的是，他們永遠不會回來。或者等而下之，他們挑中了其他愛芙。孩子們都是這樣的。妳一直在觀察和學習，克拉拉。也許妳又上了一課。妳明白嗎？」

「我明白了，經理。」

「很好，那麼以後別再做這種事了。」她拍了拍我的手臂就轉身離開。

那三個B3新型愛芙男孩沒多久就完成校正並且上架了。兩個直接進了櫥窗，加上一塊偌大的新招牌，另一個男孩則被分配到前排櫃位的壁龕。當然第四個B3已經被那個短髮女孩買走了，我們還沒來得及見到他就出貨了。

蘿莎和我還是在中排櫃位，雖然B3新型到店的時候，我們被挪到靠近紅櫥櫃那一邊。我們從櫥窗撤下來以後，蘿莎習慣重複經理對我們說的話：店裡的每個櫃位都是好位置，我們都有可能被分配到中排櫃位或櫥窗，抑或是前排櫃位的壁龕。對蘿莎而言，結果證明她是對的。

出大事的那一天完全沒有任何徵兆。一切都毫無異狀，不管是計程車司機或是路人，還是花格子捲門拉起來的樣子，或者是經理和我們打招呼的方式。可是到了那天傍晚，蘿莎就被人買走了，她也消失在員工專用門裡頭，準備要出貨。我想我總是以為在我們其中之一離開之前，我們會有很多時間談天說地。可是那一天來得太快了。我對那個走進店裡挑中她的男孩以及他媽媽，幾乎沒有任何有用的資訊。他們一離開以後，經理就證實她被買下了，蘿莎興奮極了，我們完全沒辦法認真談一談。我想要叮囑她當個好愛芙的所有注意事項；提醒她經理告誡我們的事，跟她說我對於外面世界的認識。可是她自顧自地絮絮叨叨說個沒完。那男孩的房間會不會有挑高的天花板？他們家的車子會是什麼顏色？她有機會去看海嗎？她會被吩咐把野餐的食物放進籃子裡嗎？我想要提醒她注意補充太陽的養料，提醒她那有多麼重要，我也在想陽光是否容易照射到她的房間，可是蘿莎對此置若罔聞。我們還沒來得及搞清楚的時候，她就要被送到店裡後場了，在員工專用門掩上之前，我看到她回眸對我投以最後一次的微笑。

蘿莎離開後的日子裡，我一直待在中排櫃位。櫥窗裡的那兩個B3型接連兩天就被買走了，雷克斯也差不多在那時候找到他的家。不久之後，店裡來了三個B3型的愛芙，又是愛芙男孩，而且經理把他們分配到我的正對面，在平臺的那一頭和兩個舊型的愛芙男孩擺在一起。在我和他們之間擋著一只玻璃展示櫃，所以我沒有和他們怎麼交談。可是我有許多時間可以觀察他們，我看到舊型的愛芙男孩熱情歡迎他們，對B3新型知無不言言無不盡，提供他們任何有用的建議。因此我以為他們相處得很融洽。可是接著我注意到有什麼地方不太對勁。某個早晨，三個B3型不著形跡地和那兩個舊型愛芙拉開距離。有時候則是側身蹀躞了幾步。或者是有個B3看起來好像對櫥窗外的事物感興趣，走過去張望片刻，回來時所站的位置和經理指定的有點不一樣。過了四天，再無任何懷疑：那三個B3新型刻意和舊型愛芙疏遠，客人走進店裡的時候，B3型看起來就會像是自成一區的獨立商品。我起初還不肯相信經理親自挑選的愛芙會有這種行徑。我為舊型愛芙感到難過，可是旋即明白他們其實沒有察覺到任何異狀。他們也沒有注意到，每當舊型愛芙不厭其煩地為B3型解釋什麼事情的時候，他們會交換狡獪的眼神或手勢。據說B3新型在各方面都有長足的進步，可是如果他們心裡會想出這種點子來，他們怎麼會是孩子的好愛芙呢？如果蘿莎還在的話，我會跟她討論我看到的事情，可是她早就已經走了。

某個午後，太陽漸漸隱沒在大樓背後時，經理走到我的跟前對我說：

「克拉拉，我決定再讓妳輪值一次櫥窗秀。這次只有妳一個，可是我知道妳不會在意的。妳一直對外面的世界興致勃勃。」

我驚訝得瞪著她，半晌說不出話來。

「親愛的克拉拉，」經理說。「蘿莎一直是我最放心不下的。可是妳不會擔心自己，是嗎？妳放心，我會為妳找到一個家的。」

「我並不擔心，經理，」我說。我想要談一談裘西的事，可是想到我們在那個短髮女孩來過店裡以後的對話，於是我又把話吞了回去。

「那麼就從明天開始，」經理說：「六天就好。我也會為妳標示一個特價展售。記住，克拉拉，妳又要代表我們的店了。妳要努力以赴。」

第二次在櫥窗感覺不同於第一次。不只是因為蘿莎不在我身邊了。外頭大街上依舊生意盎然，可是我對於所見所聞實在提不起興致。有時候一輛計程車會慢下來，一個路人俯身探頭和司機聊天，我會試著猜想他們是敵是友。有時候我會眺望亞波大樓落地窗裡那些穿梭的人影，試著理解他們的動作到底是什麼意思，想像每道人影在走到落地窗之前都在做些什麼，接下來又要做什麼。

第二次站上櫥窗，我觀察到的最重要的事，是乞男和他的狗。那是第四天，一個灰濛濛的下午，有些計程車還必須打開前燈，我注意到乞男沒有坐在老地方和穿行在亞波大樓以及逃生梯大樓之間拱廊的路人打招呼。起初我不以為意，因為乞男總是會到處遊蕩，有時候好一陣子才會再出現。可是當我凝神張望對街，才明白他一直都在那裡，他的狗也是，我一直沒有看到他們，是因為他們躺在地上。他們倚著拱廊牆壁好讓路人通過，所以從我們這頭望去，會把他們誤認為是養護工人有時候會遺落的袋子。可是現在我透過路人們的空隙目不轉睛地望著他們，看到乞男一動也不動，他懷裡的狗也一樣。有時候路人會注意到他們，停下來看一眼，旋即又走開了。直到太陽幾乎隱沒在亞波大樓後面，乞男和他的狗一整天都沒有起來，他們顯然死了，即使路人們不明究裡。我不由得悲從中來，雖然他們能夠一起走，相互擁抱扶持，也未嘗不是好事。我希望有人注意到他們，把他們安置到比較寧靜的地方。我想過要告訴經理這件事，可是那天晚上要離開櫥窗時，她的臉色憔悴又凝重，於是我選擇沉默不語。

隔天早晨，花格子捲門拉起來，一個豔陽高照的日子。太陽正把他的養料傾灑在街道和大樓上，我張望著乞男和他的狗過世的地方，卻發現他們根本沒有死——太陽的某種特別的養料救了他們。乞男還是站不起來，可是他微笑倚著牆角而坐，一隻腿伸直，另一隻則屈起來，把手擱在膝蓋上。他用另一隻手撫弄著狗的頸部，牠也活了過來，張眼望著熙來攘往的路人。他們正飢渴地吸收太陽的特別養料，一分一秒變得更強壯，不多久，或許不到下午，乞男就可以站起來了，在拱廊那頭一如往常地和路人開心閒聊。

轉眼間六天就結束了，經理說我在店裡的口碑不錯。她說我在櫥窗展示的那幾天，進店裡的客人比平常多，我聽了以後很是開心。我謝謝她給我第二次機會，她笑一笑表示，她確定我不會等太久的。

十天後，我被分配到後排櫃位的壁龕。經理知道我有多麼想要看看外面的世界，她跟我保證說只是待幾天而已，然後我就可以回到中排櫃位了。無論如何，她說後排櫃位是很不錯的位置，而我當然也隨遇而安。我向來很喜歡那兩個現在坐在後面牆角玻璃櫃上的愛芙男孩，我們距離很近，沒有客人的時候可以聊個沒完。可是後排櫃位的壁龕距離大門很遠，不僅看不到外面的世界，也很難看到店裡前面。如果我想要看看剛剛走進店裡的客人，那麼我必須朝著拱門的方向探身張望，而且就算我趔趄個幾步，平臺上的銀色花瓶以及站在中排櫃位的B3型愛芙們也會擋住視線。另一方面，也許是因為我們距離喧囂的大街比較遠，或者因為天花板是往後排櫃位傾斜，所以我反而聽得更清楚。這就是為什麼裘西還沒有開口說話，我從腳步聲就知道她走進店裡了。

「他們為什麼老是用那種香水呀？我都快要吐了。」

「那是香皂，裘西，」她母親的聲音。「不是香水，那是上等的手工香皂。」

「唉呀，不是那家店啦。我要的是這家的。我跟妳說過了，媽媽。」我聽到她緩緩的腳步聲。接著她說：「一定是這家店。可是她不在這裡了。」

我再度往前走了幾步，透過銀色花瓶和B3型愛芙的縫隙看到母親正端詳著某個在我視線之外的東西。我只看得到她的側面，她的神色比上次在人行道上更加疲憊，宛若風中棲息在樹梢上的鳥兒。我猜她是在看著裘西，而裘西則是在打量前排櫃位壁龕裡的B3新型女孩。

她們沉吟了好一會兒。然後母親說：「裘西，妳覺得怎樣？」

裘西沒有答話，我又聽到母親踱步的聲音。我可以感覺到店裡一片闃寂，所有愛芙都側耳傾聽，心想會不會有個愛芙要賣出去了。

「當然，順儀是B3型的，」經理說：「她是我見過最完美的。」

現在我看到經理的背影，可是看不到裘西。接著我聽到裘西的聲音：

「妳真是漂亮，順儀。請不要誤會，我只是……」她的聲音越來越小，我再度聽到她的腳步聲，這次我看到她了。裘西正在環顧店內四周。

母親說：「我聽說B3新型愛芙在認知和記憶方面的功能相當優秀，可是他們有時候會同理心稍差。」

經理發出一個像是嘆息又像是在陪笑的聲音。「也許剛推出的時候，聽說有一兩個愛芙有點太倔強了。可是我向您絕對保證，我們這位順儀不會有這種問題的。」

「如果妳不介意的話，」母親對經理說：「我可以直接和順儀談談嗎？我有些問題想要問她。」

「可是媽媽，」裘西插嘴。現在我又看得到她了。「何必呢？順儀相當優秀，我知道。可是她不是我想要的。」

「裘西，我們不能像這樣沒完沒了地找尋下去。」

「可是我跟妳說就是這家店呀，媽媽。她一定在這裡。我想也許是我們來晚了，就是這麼一回事。」

很可惜裘西來店裡的時候，湊巧我被分配到後排櫃位。即便如此，我確定她遲早會走到我的櫃位而且看到我，這也是我始終默不作聲的理由之一。不過或許有另一個理由。當我察覺到是誰走進店裡來的時候，我既歡喜又害怕，我害怕的是那天經理對我說的話，她說孩子們總是輕諾寡信，總是一去不回，或者雖然回來了，卻忘了他們的承諾而看上其他愛芙。或許這才是我繼續默默等候的原因。

接著又是經理的聲音，口氣有點不同。

「不好意思，小姐。我覺得妳是在找某個特定的愛芙，是嗎？妳以前見過的？」

「是的，女士。前陣子您把她擺在櫥窗那裡。她真的又可愛又聰明，看起來像極了法國人。深色短髮，她的衣服也都是深色的，她有最溫柔的眼睛，而且她聰明極了。」

「我想我明白妳在說誰了，」經理說：「小姐，請跟我來，看看是不是她。」

直到現在，我才悄悄移到她們看得見我的地方。我一整個早上都沒有吸收到太陽的圖案，就在經理和裘西穿過拱門的當下，我總算踏到兩塊交錯的長方形圖案。裘西看到我的時候，臉上充滿著歡喜，不由得加快了腳步。

「妳真的還在這裡！」

她變得更瘦削了。她顫巍巍地朝著我走來，我想她是想要擁抱我，可是她在最後一刻停下來，凝視著我的臉龐。

「天啊！我以為妳已經走了！」

「我怎麼會離開呢？」我輕聲說：「我們有過承諾的。」

「是的，」裘西說：「我猜想我們有。我以為我搞砸了，我是說我拖了這麼久才來。」

我給她一抹微笑，她回頭叫道：「媽媽！就是她！我就是在找她！」

母親徐徐然走過拱門，然後停下腳步。在那個片刻，她們三個人都盯著我看。裘西在前頭喜形於色；經理在她後面微笑不語，神色卻相當慎重，似乎要告訴我什麼訊息；接著才是母親，她覷眼打量著我，就像人行道上的人們在遠望計程車是空車或是已經載客。我和她四目相接時，那種恐懼又襲上心頭，而那樣的恐懼在裘西喊道「妳真的還在這裡」的時候，幾乎煙消雲散。

「我不是故意要拖這麼久的，」裘西不停地說：「可是我生了個小病。不過我現在又好起來了。」接著她轉身喚道：「媽？妳可以現在就買下她嗎？趁著別人還沒有進店裡把她買走？」

頃刻間鴉雀無聲，然後母親才低聲說：「這款不是B3型的，我可以接受。」

「克拉拉是B2型的，」經理說：「第四系列，有人說沒有比這款更好的了。」

「和B3型相比呢？」

「B3型的創新確實很可觀。不過有些客人覺得，對某個類型的孩子而言，頂級的B2型仍舊是最幸福的搭檔。」

「我明白了。」

「媽媽。克拉拉就是我要的，任何別的愛芙我都不要。」

「等一下，裘西。」接著她問經理：「每個『人造朋友』都是獨一無二的，是嗎？」

「是的，夫人。尤其是這個等級的。」

「那麼她的獨特之處在哪裡？這位……克拉拉？」

「克拉拉有許多與眾不同的特質，我們可能一整個早上都說不完。不過如果要我強調其中一點，那會是她對於觀察和學習的欲望。對於周遭事物的所見所聞，她吸收和融會貫通的能力可以說令人嘆為觀止。因此，現在她是這家店裡心思最細膩的愛芙，B3型也比不上。」

「真的嗎？」

母親再次覷眼看著我，朝著我走近三步。

「妳介意我問她幾個問題嗎？」

「請便。」

「媽媽，拜託……」

「好了，裘西，我和克拉拉說話的時候，請妳站到那邊一下。」

現在只剩下母親和我，雖然我好不容易擠出一點笑容，還是可能透露了我的恐懼。

「克拉拉，」母親說：「我要妳現在別朝著裘西那裡看過去。不要看她，告訴我，她的眼睛是什麼顏色？」

「灰色的，夫人。」

「很好。裘西，妳絕對不要作聲。克拉拉，再來是我女兒的聲音。妳剛才聽到她說話了，妳覺得她的音調有多高？」

「她說話的音高介於中央C上行的降A到高八度C之間。」

「真的嗎？」母親沉默了片刻才說：「最後一個問題，克拉拉。妳注意到我女兒走路的方式有哪裡不對勁嗎？」

「她的左臂可能有點問題，她的右肩也可能會痛，所以裘西走路時會避免突然的動作或不必要的碰撞。」

母親似乎在琢磨我的話語，接著她說：「嗯，克拉拉。看來妳知道了很多事，那麼妳可以模仿裘西走路的樣子嗎？妳可以走一下讓我看看嗎？現在。我女兒走路的樣子。」

我看到經理欲言又止的樣子。我們四目相接，她對我微微頷首。

於是我走了幾步。我知道，母親知道，當然也包括裘西，整個店裡的人都在凝神看著我的一言一行。我走到拱門下，踩在太陽灑在地板的圖案上面。接著我走向B3型的中排櫃位以及活動玻璃展示櫃。我盡力模仿裘西走路的姿勢，就我之前所看到的——第一次是她下計程車之後，我和蘿莎還在櫥窗裡；接著是四天後，母親抽回搭在她肩上的手，她顫巍巍朝著櫥窗走來；最後一次則是剛才我看到她眼睛裡泛著如釋重負的歡喜，迫不及待地走向我。

我一走到活動玻璃展示櫃便即折返，既不想碰到站在展示櫃旁邊的B3型，又要戰戰兢兢保持著裘西的走路姿勢。

就在我轉身之際，抬頭瞥見母親的眼神，我似乎看到了什麼，不由得躊躇不前。她依舊仔細打量著我，可是她的眼神宛若直接穿透我，我就像櫥窗的玻璃，而她想要審視玻璃後面的東西。我站在展示櫃旁邊，踮著一隻腳保持平衡，整個店裡陷入一股莫名的寂靜。接著經理說：

「您看到了，克拉拉有相當出眾的觀察力。我從來沒有看過像她這樣的愛芙。」

「媽媽，」裘西的聲音小了許多。「拜託，媽媽。」

「很好。我們就要她吧。」

裘西趕忙走到我跟前，抱著我不放。我俯視那孩子的頭，也看到經理開心的笑容，還有母親，她的神情既疲憊又嚴肅，低頭找尋手提包裡不知道什麼東西。

第二部

廚房是個特別難以對付的地方，因為它的許多元素隨時都會改變它們的相互關係。現在我才明白，經理在店裡細心地把每個小東西都擺在它們的正確位置上，例如項鍊或是銀耳環的盒子，那是多麼不容易的事。當然她是為了我們著想。然而，在裘西的家裡，尤其是廚房，管家梅蘭妮雅不時會把各種東西東挪西移，使我不得不重新默記一遍。比方說，有一天早晨，梅蘭妮雅在短短四分鐘內就把她的食物調理機換了四個地方。可是當我認識到中島的重要性時，事情就變得簡單多了。

中島的位置在廚房的正中央，或許是為了突顯它的固定性，它底下鋪著類似大樓壁磚的淺褐色磁磚。它的中間有個光可鑑人的水槽，它最長的那一邊擺著三隻高腳凳，家裡的人可以坐在上頭。在過去的那些日子，裘西身體還很健康的時候，她常常會坐在中島的高腳凳上寫家教作業，或者拿起鉛筆和速寫簿塗鴉自娛。起初我覺得坐在高腳凳上有點不舒服，因為我的腳碰不到地板，而我想要前後搖擺雙腳的時候，又會撞到凳子底下的橫木。後來我模仿裘西的方法，用手肘撐著中島桌面，從此便覺得穩當許多——雖然管家梅蘭妮雅總是會猝不及防地出現在我後面，打開水龍頭，讓水柱嘩啦啦地噴出來。頭一次遇到這情形，我嚇得差一點跌下來，但是在我身旁的裘西卻文風不動，不多久我就學會了，身上濺了一點水滴其實沒有什麼好害怕的。

廚房是讓陽光傾瀉進來的好地方。那裡有一扇巨大的落地窗，正對著一望無際的天空，而外頭幾乎沒什麼車子和路人。佇立在落地窗前，可以看到山丘上的道路穿過遠方的樹林。廚房經常滿溢著太陽最好的養料，而且除了落地窗，挑高的天花板上還有一扇天窗，可以用搖控器開開關關。我本來擔心管家梅蘭妮雅經常會在太陽灑進養料時放下百葉窗。可是後來我看到裘西總是覺得太熱，於是每當照射在她身上的陽光太強的時候，我也會學著用搖控器關上它。

一開始路上寥寥無幾的車子和行人讓我不明所以，我也很好奇為什麼這裡完全看不到其他愛芙。當然，我不會期待在家裡遇到其他愛芙，也很開心只有我一個，因為如此我便可以把注意力都放在裘西身上。可是我知道自己習慣了觀察以及估算我周遭的其他愛芙，這也是我要自我調適的地方。在剛來的日子裡，我會趁著獨處的片刻眺望山丘另一頭的公路，或者是臥室後窗外的田野，定睛找尋遠方是否有其他愛芙的蹤影，只是後來我才想到，在這個遠離城市和其他大樓的地方，這樣的期望應該是很渺茫的。

在初來乍到的日子，童騃如我居然以為管家梅蘭妮雅會是像經理那樣的人，因而導致了若干誤會。例如說，我原本以為替我介紹新生活的方方面面是她的職責，可想而知的是，我一天到晚纏著她不放，讓她覺得既礙事又心煩。後來她乾脆轉身對我發作咆哮說：「別再像跟屁蟲一樣黏著我了，妳這個愛芙給我滾遠一點！」我大吃一驚，但是很快就明白了她在家裡的角色和經理大相逕庭，是我搞錯了。

即便是我的誤解，我還是難以相信梅蘭妮雅一開始就反對我出現在她們家裡。儘管我總是對她謙恭有禮，尤其是剛來的那些日子，我試著用一些小動作取悅她，但她不假辭色，除了吩咐或斥責我什麼，完全不跟我說話。回想起來，她對我的敵意似乎是因為擔心裘西會出什麼事。可是當時的我實在不知道她為什麼對我那麼冷淡。她似乎想要限縮我和裘西相處的時間，而這當然有悖於我的職責。起初她甚至試圖不讓我到廚房拿母親的快閃咖啡或是裘西的早餐。是裘西堅持要我去拿，而母親也做出對我有利的裁定，我才獲准在每個早晨的這個重要時刻進廚房。即使如此，管家梅蘭妮雅還是堅持說，當裘西和母親坐在中島旁邊的時候，我只能站在冰箱那裡，非要等到裘西提出強烈抗議，我才可以接近她們。

母親的快閃咖啡是每天早晨的重要環節，而及時叫醒裘西吃早餐，也是我的任務之一。可是儘管我三催四請，裘西仍然不到最後一刻絕不起床，然後在她臥房的浴室裡大聲嚷嚷：「快一點，克拉拉，我們就要來不及了！」雖然我早就站在樓梯轉角處焦急地等她。

我們一下樓就會看到母親坐在中島旁邊喝咖啡，目不轉睛地注視著她的那個長方物，管家梅蘭妮雅則是在她身邊來回逡巡，隨時準備替她倒咖啡。裘西和母親往往沒有太多交談的時間，可是我不久就明白，在母親喝咖啡的時候和她坐在一起，對裘西來說是極為重要的事。有一次，裘西因為生病而整晚輾轉反側，我叫醒了她卻又讓她翻身睡了過去，好讓她多休息一會兒。可是她醒來之後，卻氣急敗壞地大聲罵我，儘管身體不舒服，還是趕著要下樓。就在她走出臥房時，屋外傳來母親的車子駛在碎石子路上的聲音，我們衝到窗戶前面，看到車子往山丘駛離。裘西沒有再次對我怒吼，可是我們下樓進廚房吃早餐的時候，她沒有半點笑容。於是我知道了，如果她錯過母親的快閃咖啡時間，她可能會一整天都覺得很寂寞，不管那天還做了什麼別的事。

偶爾母親早上沒什麼急事，雖然打扮妥當，皮包也擱在冰箱旁邊，她會好整以暇地喝著咖啡，甚至離開高腳凳，手裡拿著杯子和碟子踱方步。有時候她會佇立在落地窗前，讓太陽早晨的圖案覆蓋在她身上，然後說：

「裘西，我注意到妳不再用彩色鉛筆了。我當然喜歡妳的黑白素描，可是我很懷念那些繽紛的顏色。」

「媽媽，彩色讓我覺得很尷尬。」

「尷尬？怎麼會呢？」

「媽媽，我的彩色素描就像妳在拉大提琴一樣。事實上，更差勁才對。」

裘西這麼說的時候，母親不覺啞然失笑。母親平常不怎麼笑的，可是她的笑容像極了裘西的微笑：她的臉龐會充滿著慈祥的神情，原本眉頭深鎖的表情也會舒展開來，流露出幽默和溫柔的情緒。

「我必須承認，我的大提琴拉得再好，聽起來就像是吸血鬼的老奶奶。可是妳的用色更像是，呃，更像是夏夜裡的池塘之類的。裘西，妳用顏色創造了美麗的東西。沒有人想像得到的東西。」

「媽媽，別人家孩子的畫作在他們的眼裡也是那個樣子。也許和演化過程有關吧？」

「妳知道嗎？那都是因為妳在那次聚會裡的大膽嘗試。我是說上次的聚會。我知道李察的女兒對妳酸言酸語。我知道我跟妳說過了，可是我要再說一次，那個女孩子只是妒嫉妳的才華，所以她才會說那樣的話。」

「好吧。如果妳是認真的話，媽媽，說不定我會回頭畫彩色素描。或許算是交換條件吧，妳也可以重新拉妳的大提琴。」

「啊，不行啦，我都忘光了。除非有人急著要替他們自家拍的殭屍影片配樂的話。」

不過有若干個早晨，儘管不必趕著喝完咖啡，母親依舊不苟言笑且神情緊繃。如果裘西聊到長方物裡的家教老師，盡可能幽默地形容他們，母親就會板著臉傾聽，然後打斷她的話說：

「我們可以換老師。如果妳不喜歡那個傢伙，我們隨時可以換掉他。」

「不要啦，媽媽，拜託。我只是說說而已好嗎？其實這個傢伙比上一個好太多了，而且他也很風趣。」

「那就好。」母親點點頭，表情還是一派嚴肅。「妳總是願意給別人該有的機會，這是很好的特質。」

在裘西還很健康的那些日子裡，她也會喜歡等到母親下班後才吃晚飯。那意味著我們時常會到裘西的房間等母親回來，遠眺著太陽回到他休息的地方。

正如裘西保證的，從臥房的後窗望去，果真是一望無際的沃野平疇，可以在一天終了的時候看到太陽隱沒到地面下。儘管裘西老是說「一片田地」，那其實是三片毗鄰的田畝，仔細凝望的話，可以看到標記田地經界的碑壟。那三片田畝上的野草都長得很高，輯輯輕風吹拂的時候，它們會隨風搖曳，宛若有隱形的路人趕路穿過田野。

從房間的後窗遠眺蒼穹，遠比在店裡看到的天空縫隙更加廣袤無垠，而且出人意外的變幻萬千。有時候猶如水果盆裡的檸檬顏色，卻又會瞬間變成像是石片砧板的那種灰色。裘西不舒服的時候，天空也會轉為嘔吐物或是暗淡排泄物的顏色，甚至會泛起一條條血色。有時候天空會分割成一連串的影格，各自呈現不同深淺的紫色。

臥房後窗旁邊有一具乳白色的沙發，我在心裡把它叫作「鈕扣沙發」。儘管它是面向房間，裘西和我喜歡跪坐在上頭，用手撐著椅背，遠眺天空和田野。裘西體貼我總是著迷於太陽的最後一段旅程，只要我們一有機會，就會從鈕扣沙發上瞭望遠方。有一次母親提早回家，和裘西坐在中島的高腳凳上聊天，為了尊重她們的隱私，我便站到冰箱旁邊。母親那天晚上情緒相當亢奮，話說得很快，細述辦公室裡的人們的種種趣事，不時載言載笑，有時候甚至笑岔了氣。兩人聊到一半，母親似乎笑不可仰，這時候裘西打斷她的話說：

「媽媽，這故事真有趣。不過妳介意克拉拉和我上樓回房間幾分鐘嗎？克拉拉喜歡看看落日，如果我們現在不上樓，恐怕會錯過了。」

她這麼說的時候，我環視四周，整個廚房已經浸潤在落日餘暉裡。母親凝視著裘西，我以為她快要發脾氣了。只見她的臉色柔和下來，露出慈祥的笑容說：「當然沒問題，寶貝。妳們儘管去吧。去看妳們的落日，然後我們再吃晚飯。」

除了田野和天空，我們從臥房後窗還可以看到其他讓我相當好奇的東西：最遠的田地上有個盒子形狀的黑色物，儘管周遭的草浪陣陣翻滾，它卻不動如山，當落日低垂，幾乎要接觸到野草時，那個黑色物事還是矗立在夕陽晚照前面。在裘西為了我不惜惹惱母親的那個傍晚，我手指著那個東西要她也看看，於是她爬上沙發，把手放在眼睛上方遮住陽光。

「噢，妳一定是指馬克班先生的穀倉。」

「穀倉？」

「可能不是真正的穀倉，因為它少了兩面牆壁。我猜比較像一座棚子吧。馬克班先生在那裡儲存一堆東西。有一次我和瑞克去過。」

「我很納悶太陽怎麼會到那種地方休息。」

「是啊，」裘西說：「妳以為太陽至少會需要一座宮殿。或許我上次去過那裡以後，馬克班先生把它整個翻修過。」

「我在想裘西上次是什麼時候去的。」

「噢，很久以前了。瑞克和我當時還很小，那時候我還沒有生病。」

「那附近有什麼不尋常的嗎？一個入口？或者是通往地底下的階梯？」

「呃，沒有那種東西，就只是個穀倉而已。那時候我們很開心，因為我們都還很小，怎麼走都不覺得累。妳知道的，那裡距離落日還遠得很。如果有個宮殿的入口，也會是很神祕的。也許只有在太陽下山時，大門才會打開吧？我看過那樣的電影，壞人的巢穴設在一座火山裡，妳以為那是個熔岩湖，可是當他們搭直升機要降落的時候，大門就慢慢滑開來。也許太陽的宮殿也有這種設備。不管怎樣，瑞克和我不是要找什麼宮殿，我們只是漫無目的地遊蕩，覺得熱了，想找個地方遮蔭。於是我們在馬克班先生的穀倉裡坐了一會兒才回家。」她輕柔地摩娑我的手臂。「真希望那時候我們有多看一會兒，可惜沒有。」

太陽已經變成隱沒在草地下的一層薄暮。

「他下山了，」裘西說：「祝他一夜好眠。」

「我在想那個男孩是誰。那個瑞克。」

「瑞克？他只是我最要好的朋友。」

「噢，我明白了。」

「喂，克拉拉，我說錯了什麼嗎？」

「沒有。可是……現在我的工作就是當裘西最要好的朋友。」

「妳是我的愛芙，那不一樣。可是瑞克，呃，我們是要共度一生的。」

太陽只剩下草原上的一抹酡紅。

「瑞克願意為我做任何事，」她說：「可是他太多慮了。他總是擔心會有什麼事阻礙我們。」

「什麼事？」

「噢，妳知道的，有一整個愛情和羅曼史之類的東西要搞清楚。而且我猜還有別的事。」

「其他事？」

「他只是庸人自擾。因為我和瑞克早就決定好了，不會有任何改變。」

「那麼現在這個瑞克在哪裡？他住在附近嗎？」

「他就住在隔壁。我會介紹你們認識的。我等不及要讓你們見個面！」

一週之後，我就和瑞克見面了，那是我第一次從外頭看到裘西的家。

裘西和我多次為了房子的隔間問題而抬槓。比方說，她不喜歡擺吸塵器的櫥櫃位在大浴室正下方。有一天早晨，我和裘西又抬槓起來，她說：

「克拉拉，妳真的把我惹毛了。等我上完海默教授的課，我一定要讓妳從外頭看看我們家。」

這個點子讓我相當興奮。可是裘西還有家教課，只見她在中島桌面鋪滿了她的作業，然後打開她的長方物。

為了尊重她的隱私，我們兩個中間還隔了一張高腳凳。沒多久我就看得出來課程不是很順利：從她的耳機隱約可以聽到家教老師不時在訓斥她，而她只是不停地在學習評量上隨意塗鴉，有時候把考卷推到水槽旁邊，差一點掉下去。偶爾我也注意到她的心思都飄到落地窗外，再也沒有聽她的教授在說什麼。後來她氣呼呼地對著螢幕說：「好啦，我做完了。我真的做好了。為什麼您不相信我？是啊，我都照著您的話做了！」

上課時間比平常更久，不過總算還是結束了，裘西低聲說：「好了，海默教授。謝謝您。好的，我一定會的。再見。謝謝您今天上的課。」

她嘆了一口氣，拿掉耳機，關掉那個長方物。一看到我，她立刻笑逐顏開。

「我沒有忘記，克拉拉。我們要出門，是嗎？讓我回過神一下。那個海默教授，哇，真開心再也不必和他大眼瞪小眼了！他一定是住在哪個酷熱的地方，我看到他汗流浹背的模樣。」她跳下高腳凳，伸展一下手臂。「媽媽說我們任何時候出門都要告訴梅蘭妮雅。我要去穿件外套，妳可以去跟她說一聲嗎？」

我看得出來裘西也很興奮，雖然我猜那和她在上課時從落地窗望出去看到了什麼有關。不管怎樣，我走到開放式平面空間去找管家梅蘭妮亞。

開放式平面空間是屋子裡最大的房間，有兩張沙發和幾塊四方形軟椅可以坐在上頭，此外還有椅墊、落地燈、盆栽和轉角桌。我打開滑軌門，只見裡頭的傢俱四處錯落，在複雜的擺設當中，實在難以分辨梅蘭妮雅的身影。可是我還是找到她筆直坐在一張軟椅邊，忙著滑她的長方物。她抬頭不是很友善地瞅著我，當我跟她說裘西和我要到外頭去的時候，她倏地把她的長方物扔到一旁，越過我衝出去。

我看到裘西在門廳穿上她的鋪棉夾克，那是她最喜歡的外套，有時候她比較不舒服時，在家裡也會穿著它。

「喂，克拉拉，我真不敢相信妳來我們家這麼久了還沒有出門過。」

「是的，我從來沒有去過戶外。」

裘西看了我一眼，接著說：「妳的意思是說，妳從來沒有到過**戶外**嗎？不只是我們家外面，而是外面任何地方？」

「沒錯，我一直在店裡，然後我就來到這裡了。」

「哇。那麼妳一定會很開心！沒什麼好怕的，對不對？不會有野獸什麼的。我們走吧。」

管家梅蘭妮雅打開前門的時候，我感覺到清新沁涼的空氣以及太陽的養料湧進來。裘西對我粲然而笑，臉上滿溢著溫柔，可是管家梅蘭妮雅硬生生把我們分開，我還沒來得及意識到怎麼回事，她就把裘西的手拽在自己的臂彎裡。裘西也大吃一驚，卻沒有抗議，我猜想管家梅蘭妮雅大概認為我在外頭沒辦法盡到保護裘西的責任，因為我還是人生地不熟的。於是她們兩個一起走出去，而我則是跟在她們後頭。

我們走到碎石子區域，我想那是刻意要讓車子減速用的。涼風習習，讓人心曠神怡，我心想山丘上的大樹怎麼會被它吹彎了腰而且晃個不停。可是我得先注意腳下，碎石子地面因為汽車輪胎輾過的關係而坑坑窪窪的。

眼前景色與從臥房前窗望出去沒什麼兩樣。我亦步亦趨地跟著裘西和梅蘭妮雅走到馬路上，那裡就像地板一樣堅硬平坦。我們走了一會兒，時或看到馬路兩側冒出秕殼草的披針葉片。我想要回頭看看我們的房子，像路人一樣看著它，同時證實我的估算，可是裘西和管家梅蘭妮雅不停地往前走，她們的手還是挽在一起，我也不敢停下腳步。

過了一會兒，我不再擔心腳下，抬頭看到左邊有一處草坡，一個男孩的身影在草坡上面走來走去。我估算他年約十五歲，但不是很確定，因為在蒼白天空的背光裡，我只能依稀看到他的輪廓。裘西走向那片草坡，管家梅蘭妮雅對我不知道說了什麼，我在家裡似乎聽她講過，可是到了戶外她的聲音截然不同。不管怎樣，我看見她一副不以為然的模樣。我聽到裘西說：

「可是我要克拉拉見見他。」

她們不知道又說了些什麼，接著管家梅蘭妮雅說：「好吧，可是只能一下子，」於是她放開裘西的手臂。

「來吧，克拉拉，」裘西轉身對我說：「我們上去看看他。」

於是我們爬上綠草如茵的小丘，裘西的呼吸變得短促，緊緊依偎著我。這意味著我只能趁機回頭看一下子，可是我意識到我們後面不只有裘西的家，田野更遠的地方還有另一棟房子矗立著，從裘西房裡的任何一扇窗子都看不到的房子。我想要研究這兩棟房子的外觀，卻又得留意不讓裘西受傷。好不容易走上草坡，她停下來喘口氣，可是那個男孩沒有和我們打招呼，甚至沒有轉身看我們。他手裡拿著一個圓形的裝置，望著兩棟房子之間的天空，成群結隊的小鳥正翱翔天際。我很快就明白那是機器鳥。他目不轉睛地看著它們，當他碰觸遙控器，那些鳥就會變換隊形。

「哇，它們真漂亮，」裘西說，雖然還是有點氣喘吁吁。「是新產品嗎？」

瑞克依舊凝睇著那群飛鳥，不過他說：

「隊伍尾端的那兩隻是新的。妳可以看到它們其實不是很搭配。」

那些小鳥直到盤旋在我們頭上才俯衝下來。

「是啊，可是就算是真的小鳥，也不會都長得一模一樣，」裘西說。

「我想也是。至少我讓整個隊伍一個命令，一個動作。好啦，裘西，妳看看這招。」

機器鳥開始往下飛，一隻隻降落在我們前面的草地上。可是還有兩隻在半空中，瑞克皺起眉頭，又撳一下他的搖控器。

「天啊，還是不對。」

「它們看起來很厲害，瑞克。」

裘西出人意外地湊近瑞克，沒有真的貼著他，雙手擺在他的腰部和左肩後面。

「那兩隻還需要重新校準一次。」

「別擔心，你會把它們調整好的。喂，瑞克，你還記得星期二的事，對吧？」

「我記得。可是裘西，我可沒說我要去。」

「噢，怎麼會呢？你同意的。」

「我才沒有同意呢。不管怎樣，我想妳的客人不會很高興。」

「我是主人，我高興邀誰就邀誰，而且母親也會很開心。來吧，瑞克，我們什麼艱難都熬過來了。如果我們的計畫是認真的，我們就必須一起去完成這類的事。你必須像我一樣有辦法應付它。更何況我為什麼要獨自面對那群人呢？」

「妳不是一個人。現在妳有了妳的愛芙。」

最後的兩隻鳥也降落了。他觸摸一下遙控器，它們都進入休眠模式，停在草地上。

「天啊，我都還沒有介紹你們兩個認識！瑞克，這是克拉拉。」

瑞克仍舊專注在他的遙控器上，沒有看我一眼。「妳說過妳永遠都不會要愛芙的，」他說。

「那是以前說的。」

「妳說妳永遠不會要。」

「唉呀，我改變主意了，可以嗎？不管怎樣，克拉拉不是隨隨便便的任何愛芙。克拉拉，跟瑞克說說話吧。」

「妳說妳永遠都不會要。」

「得了吧，瑞克！小時候說過的每件事，我們不一定都要照著做呀。我為什麼不可以擁有一個愛芙呢？」

她雙手搭在瑞克的左肩上，整個身體的重量都壓在上頭，彷彿要把他壓得矮一點，好讓他們倆一般高。瑞克似乎不是很在意裘西依偎著他，事實上那對他來說好像沒什麼大不了的。我突然覺得，或許在裘西心裡，這個我行我素的男孩和她母親一樣重要；他和我的目標或許在許多方面是一致的，我應該仔細觀察他如何融入裘西的生活。

「我很開心遇到瑞克，」我說。「我不知道他就住在鄰近的房子。說也奇怪，我以前從來沒有注意到有這棟房子。」

「是啊，」他還是沒有正視我。「我就住在那裡。我媽和我。」

我們一起轉身眺望兩棟房子，那是我頭一遭看到裘西家的屋子外觀。它看起來小了一點，屋脊尖了一點，除此之外都和我在屋裡估算的差不多。外牆鋪著層層相疊的木板，全部漆成白色。房子本身是三拼獨立建築。瑞克的家更小，不只是因為距離比較遠。它也是木造的，不過結構比較簡單，就只是佇立在草地上的單棟式建築。

「我想瑞克和裘西一定從小就陪伴彼此一起長大，」我對瑞克說：「就像你們的房子一樣。」

他聳聳肩。「是啊，我們比鄰而居。」

「我想瑞克說話有英國腔。」

「一點點吧，也許。」

「我很開心裘西有這麼一個要好的朋友，但願我的存在不會妨礙你們的友誼。」

「但願不會。不過我們的友誼的確有許多阻礙。」

「好啦，夠了！」草坡下傳來管家梅蘭妮雅的叫喊聲。

「馬上就下去啦！」裘西也跟著叫道。接著他對瑞克說：「喂，瑞克，我跟你一樣不喜歡這場社交聚會。我要你陪我，你非來不可。」

瑞克的注意力又回到他的遙控器，這次所有的機器鳥一起升空。裘西的雙手依然搭在他肩上，抬頭望著機器鳥，在穹廬的襯托下，他們倆的身影合而為一。

「好啦，快一點！」梅蘭妮雅叫道。「風太大了！妳要死在上面還是怎樣？」

「好，馬上下去了！」裘西悄悄對瑞克說：「星期二午餐時間，好嗎？」

「好吧。」

「好孩子，瑞克。你答應的喔，克拉拉可以作證。」

她抽回搭在他肩上的雙手，退了幾步，然後抓著我的手走下草坡。

我們走另一條坡道下去，剛好通往裘西家的正前方。路面坡度更陡，儘管管家梅蘭妮雅大聲抗議，不過還是莫可奈何地繞過草坡和我們會合。我們穿過秕殼草走下來，我回頭看了一眼瑞克的身影，仍舊只是天空下的一抹輪廓。他沒有朝著我們看過來，而是抬頭望著翱翔在灰撲撲的天際裡的機器鳥。

我們回到家裡，裘西脫掉夾克，管家梅蘭妮雅為她倒了一杯優格，我們一起坐在中島旁邊，她用吸管啜飲著優格。

「真難相信妳是第一次到外頭，」她說：「妳覺得怎麼樣？」

「我很喜歡。風、聲音，一切都有趣極了。」我又說：「當然我也很開心見到瑞克。」

裘西捏著露出優格表面的那截吸管。

「我猜妳對他的印象不怎麼好。他有時候很彆扭，可是他是個很特別的人。我在生病的時候，試著回想一些美好的事情，就會想起我們一起做過的事。他一定會來參加那場聚會的。」

那天吃晚飯的時候，她們一如往常關掉所有的燈，只留下中島正上方的吊燈。裘西要我也在一旁，不過為了尊重隱私，我選擇站在陰暗處，面對著冰箱。我聽到裘西和母親愉快地聊了一會兒。接著裘西不改輕鬆的態度問道：

「媽媽，我成績都這麼好了，我真的必須辦這場聯誼會嗎？」

「妳當然要，寶貝。光是聰明還是不夠的，妳必須學會怎麼和別人打交道。」

「媽媽，我知道怎麼和別人打交道，不過不是這群人。」

「這群人剛好是妳的同儕。等到妳上大學了，妳就得和各種人往來。我念大學的那個年代，每天都和不同的孩子在一起。可是對於妳和你們這一代來說，除非現在就做一點功課，否則妳會很辛苦。在大學裡混得不好的人，多半是缺少足夠的社交經驗。」

「媽媽，大學還是很久以後的事呀。」

「沒有妳想的那麼久。」母親的口氣溫柔許多。「好了啦，寶貝。妳可以介紹克拉拉給妳的朋友認識呀，他們應該會很想見見她的。」

「他們不是我的朋友，而且如果要我主辦這場聚會，那麼我也要邀請瑞克。」

突然一片沉寂，過了好一會兒，母親才說：「好吧，我們當然可以邀請他。」

「可是妳覺得那是個餿主意，對吧？」

「噢，怎麼會呢？瑞克是個好孩子，何況他也是我們的鄰居。」

「所以他可以來，是嗎？」

「只要他願意的話。那得要看他的選擇。」

「所以妳覺得其他孩子會對他不禮貌？」

母親又沉吟了片刻才說：「我看不出來為什麼他們要那麼做。如果有人行為不當，那只是證明他們有多麼低劣而已。」

「所以瑞克沒有理由不能來。」

「裘西，唯一的理由就是他自己不想來。」

後來回到房間裡，只有我和裘西，她躺在床上準備要睡時，輕聲地說：

「真希望瑞克可以來參加這個可怕的派對。」

雖然時間晚了，我很開心她提起這場聚會，因為它讓我一頭霧水。

「是啊，我也希望如此，」我說：「其他年輕人也會帶他們的愛芙來嗎？」

「噢，那是不禮貌的行為。不過住在主人家的愛芙通常可以出席，尤其是像妳這種新型的。他們都想要稱量妳一下。」

「那麼裘西也會希望我在場嗎？」

「我當然要妳出席，只不過妳會有點尷尬吧。這種聚會總是很討人厭，事實就是如此。」

聯誼派對的那天早上，裘西焦慮不安。早餐過後，她回房間試穿了各式各樣的衣服，一直到聽到客人們已經來了，管家梅蘭妮雅朝著樓上喊了第三遍，她還在梳理頭髮。最後，樓下都人聲鼎沸了，我才對他說：「也許是時候，我們該下去招呼裘西的客人了。」

這時候她才把梳子拋在梳妝臺上站了起來。「妳說的對，該來的還是來了。」

我們下樓的時候，我看到門廳裡擠滿了談笑風生的陌生人。她們都是陪同孩子前來的大人，而且都是女性。年輕人的聲音從開放式平面空間傳來，可是滑軌門都關上了，所以我們看不到裘西的客人。

裘西走在我前頭，在第四層階梯上停下腳步，躊躇不定。如果不是有個大人叫道「嗨，裘西，妳好嗎」，她或許會躲回樓上去吧。

裘西揮一揮手，母親穿梭在門廳的客人們當中，對著開放式平面空間比劃一下。「下來呀，」她叫道：「妳的朋友都在等妳呢。」

我以為母親還要再說一些催促她的話，可是其他大人簇擁著她語笑喧闐，使她不得不轉身離開。裘西似乎重新鼓起勇氣，走下階梯，擠到人群裡。我以為她會走進開放式平面空間，可是她卻穿過大人們走向前門，大門敞開著，讓新鮮空氣可以進來。她沒有停下腳步，一副胸有成竹似的，和她擦身而過的人或許會以為她要替客人去辦什麼重要的事。不管怎樣，沒有人攔住她，我跟在她後面，聽到周遭許多人的聲音。有個人說：「如果關教授可以來教我們孩子數學物理，那就太好了。他應該會不好意思推辭才對。」另一個聲音則說：「歐洲。歐洲來的管家還是最好的。」裘西穿過人群的時候，有更多的聲音和她打招呼，然後我們總算走到大門口，接觸到外面沁涼的空氣。

裘西朝著外頭四處張望，一腳踏在門檻上，對著外面喊道：「拜託，你在做什麼？」她抓著門框探頭出去。「趕快啦！大家都到了。」

瑞克出現在門口，裘西挽著他的手，拽著他走進屋裡。

他的穿著和在草坡上一模一樣，就是平常的牛仔褲和毛線衫，可是大人們似乎都立刻注意到他。她們的聲音沒有真的停下來，不過音量降低許多。接著母親也穿過了人群。

「嗨，瑞克！歡迎！進來吧。」她把手搭在他背部，引導他到大人們面前。「各位，這是瑞克，我們的好朋友和鄰居。妳們有些人已經認識他了。」

「你好嗎，瑞克？」旁邊一位女士附和說：「真開心你能夠來。」

接著大人們和瑞克打招呼，說了些客套話，可是我注意到她們聲音裡有一種怪異的保留。母親提高聲調說：

「我說啊，瑞克，你媽媽還好嗎？她好一陣子沒有過來了。」

「她很好，謝謝，亞瑟太太。」

瑞克一開口，整個門廳都靜了下來。後頭一位高個子女士問道：「瑞克，我聽說你住在附近，是嗎？」

瑞克瞧了瞧才知道是誰在問他。

「是的，這位女士。其實如果妳往外頭看看，我們家是周圍唯一的房子。」接著他淺笑說：

「我是指，除了這棟屋子以外。」

他這麼一說，所有人哄堂大笑，在他身旁的裘西也緊張地擠出一點笑容，宛如那句話是從她嘴裡說出來的。有另一個聲音說：

「屋外的空氣很乾淨，我敢說這裡是成長的好地方。」

「還好啦，謝謝妳，」瑞克說。「等到妳要叫披薩外送的時候，就不會這麼說了。」

語畢大家更是撫掌大笑，裘西也跟著笑逐顏開。

「去吧，裘西，」母親說：「帶瑞克進去。妳還得招待其他客人。現在就進去吧。」

大人們後退讓出一條路，裘西還是挽著瑞克的手，兩人一起走進開放式平面空間。她們沒有任何人瞧我一眼，我不是很確定該不該跟著進去。裘西和瑞克走了以後，大人們又聚在門廳，獨留我站在前門旁邊。附近又有個聲音說：

「真是個好孩子。他說他住在隔壁是嗎？我剛才沒聽見。」

「是的，瑞克是鄰居，」母親說。「他是裘西的多年好友。」

「太好了。」

一個體型宛若食物調理機的壯碩婦人接著說：「而且他看起來聰明極了，要是這樣的男孩錯失了機會，那就太可惜了。」

「我早該認識他才對，」另一個聲音說：「他表現得真好。他說話有英國腔是嗎？」

「重點是，」那位調理機婦人說：「我們的下一代要學會和各式各樣的人合得來。彼得總是這麼說的。」另一個聲音嘟囔著表示贊同。調理機婦人問母親說：「他的家人……決定放棄了嗎？他們退怯了嗎？」

母親親切的笑容轉瞬間消失，聽到這句話的每個人似乎都不再說話。調理機婦人也嚇呆了。接著她把一隻手伸向母親。

「哎呀，克莉絲。我在說些什麼？我不是故意的……」

「沒關係，」母親說：「算了。」

「噢，克莉絲，真是不好意思。有時候我真的蠢得可以。我的意思只是……」

「那是我們最擔憂的事，」旁邊一個更加沉穩的聲音說：「我們在座的每個人。」

「沒關係，」母親說：「別再提了。」

「克莉絲，」調理機婦人說：「我的意思只是說，像他那樣的好孩子……」

「我們有些人比較幸運，有人就沒有那麼幸運了，」一個黑皮膚的女士伸手親切地拍拍母親的肩膀。

「裘西現在沒問題了，不是嗎？」另一個聲音問道：「她看起來好多了。」

「她老是時好時壞的，」母親說。

「她現在看起來好多了。」

那位調理機婦人說：「她會沒事的，我知道。經歷這一切，妳真的很勇敢。裘西有一天會很感激妳的。」

「潘，別再說了。」那位黑皮膚女士把調理機婦人拉走。可是母親看著婦人平靜地說：

「妳認為莎爾會想要謝謝我嗎？」

調理機婦人聽了眼淚奪眶而出。「說真的，我很抱歉。我怎麼這麼笨，我真是口沒遮攔……」她低聲飲泣，接著又大聲說：「現在妳們都知道，知道我是世界上最愚蠢的人！只不過那個好孩子，對他真是不公平……克莉絲，真是不好意思。」

「我說真的，算了。」母親加強了語氣，並且趨前輕輕擁抱調理機婦人，而她則是把下巴擱在母親的肩上哭個不停。

眾人都尷尬地默不作聲，接著黑皮膚女士以愉快的聲音說：「好啦，他們在裡頭似乎相處得不錯，我還沒有聽到大打出手的聲音。」

每個人都噗嗤笑了出來，母親換了個語氣說：

「喂，我們大家還杵在這裡做什麼？都到廚房去吧。梅蘭妮雅準備了許多她家鄉風味的美味糕點。」

有個人故意壓低聲音說：「我想我們還是在這裡好了……這樣才可以偷聽他們在做什麼。」

又是一陣哄然大笑，母親也再度眉開眼笑。

「如果他們需要我們，」她說：「我們會聽得到的。我們走吧。」

當大人們開始往廚房移動，開放式平面空間傳來的聲音清晰許多，不過還是聽不出來他們在說些什麼。一個和我擦身而過的女士說：「上次聚會讓我們家的珍妮相當失望。我們花了一整個星期的時間，跟她解釋說那都是她的誤會。」

「克拉拉，妳還在這裡呀。」

「是的。」

「妳為什麼不到裡頭去呢？怎麼不去陪裘西？」

「可是……她沒有要我進去。」

「妳儘管去吧，她需要妳陪她，其他孩子也想要見見妳。」

「當然。那麼我告退了。」

太陽注意到有那麼多孩子，所以把養料從落地窗灑進來。開放式平面空間裡雜沓的沙發、軟椅、茶几、花盆、相簿，花了我好多時間才熟悉它們的位置，可是現在又完全變了個樣，宛若一個新房間。到處都是年輕人，他們的背包、夾克和小小的長方物散落在地板上。我眼前的空間被分割成二十四個影格，而且有高低兩層，一路延伸到盡頭處的牆壁。這樣的分隔讓室內光景難以一目瞭然，還好我總算漸漸搞清楚了。裘西在室內中央和三個女孩子聊天。她們不停交頭接耳，而且由於她們的姿勢，臉孔的上半部，包括眼睛，被分割到上層的影格，嘴巴和下頷則被擠到下層影格。大部分的孩子都站著，有些人在不同的影格間移動。在後面牆壁那頭，有三個男孩坐在組合式沙發上，儘管彼此有些間隔，他們的頭還是被放進同一個影格裡，而落地窗旁邊的男孩伸出去的腳甚至橫跨三個影格。沙發男孩們所在的影格裡有個討厭的汙點，是令人噁心的黃色，莫名的焦慮驀地襲上我心頭。眼前許多人走來走去，我轉而專注於周遭聽到的聲音。

雖然我一進來時就有人說：「噢，這就是新型的愛芙，真可愛！」但是這會兒我聽到的聲音，幾乎都是在討論瑞克。裘西原本應該是站在他身邊，可是她轉身去和女孩們聊天，丟下他一個人，而他也沒有和任何人交談。

「他是裘西的朋友，住在隔壁，」我後面一個女孩子說。

「我們要對他好一點，」另一個女孩說：「他和我們在一起一定很不自在。」

「裘西為什麼要邀他來？他一定覺得很奇怪。」

「我們拿點什麼東西給他好了，讓他覺得大家都歡迎他。」

一個身材瘦削而手臂又出奇修長的女孩子，拿起一只盛滿巧克力的不鏽鋼餐盤走到瑞克跟前。我也湊了過去，聽到她對他說：

「嗨，你要不要來一顆巧克力夾心糖？」

瑞克本來一直看著裘西和那三個女孩子聊天，這會兒轉向那個長臂女孩。

「拿一點吧，」她把盤子托高了些。「很好吃唷。」

「謝謝妳。」他看了一下，挑了一顆淡綠色包裝的巧克力。

儘管整個屋裡鬧哄哄的，我還是察覺到突然間每個人，包括裘西，都在注視著瑞克。

「我們都很開心見到你，」長臂女孩說。「你是裘西的鄰居，是嗎？」

「是的，我住在隔壁。」

「隔壁？真好！方圓數十英里，只有你家和這棟房子呢！」

那三個原本和裘西聊天的女孩也湊了過來和瑞克有說有笑。裘西則是站在原地，眼神裡有些不安。

「我想是吧，」瑞克笑說。「即便如此，我們還算是鄰居吧。」

「當然！我猜你很喜歡住在這裡，一定很寧靜。」

「的確很安靜。如果妳沒有要去看電影的話，一切都很完美。」

我知道瑞克以為每個人聽了會像大人們聽到披薩外送的笑話一樣忍俊不住。可是那四個女孩子只是繼續親切地端詳著他。

「所以你不會用數位螢幕看電影嗎？」其中一個女孩子總算問道。

「有時候。可是我比較喜歡去真正的電影院。大銀幕、冰淇淋。我媽媽和我都很享受那種氣氛，麻煩的是路程太遠了。」

「我們家那邊的街角就有一家電影院，」長臂女孩說。「可是我們很少去。」

「哇！他喜歡電影耶！」

「蜜西，妳怎麼啦？真對不起，請原諒我妹妹。所以你喜歡看電影，那樣可以幫助你放鬆心情，是嗎？」

「我猜你喜歡動作片，」那個叫蜜西的女孩說。

瑞克看了她一眼笑著說：「動作片可能很有趣，可是媽媽和我喜歡老電影。那時候的所有東西都和現在大異其趣。如果妳觀賞那些電影，妳會看到以前餐廳的模樣，還有以前的人穿什麼衣服。」

「可是你一定愛看動作片對吧？」長臂女孩說：「飛車追逐之類的。」

「喂，」我後面另一個女孩說：「他說他和他媽媽一起去看電影耶。真可愛。」

「你媽媽不會要你跟**朋友**一起去看嗎？」

「那是兩回事。只是……就只是我母親和我想去看電影罷了。」

「你看過《黃金本位》嗎？」

「他媽媽才不會喜歡**那種電影**呢！」

這時候裘西走到瑞克面前。

「算了吧，瑞克。」她的聲音聽起來有點惱怒。「你跟她們說你喜歡看什麼電影就行了。那是她們要的答案。你到底喜歡看什麼？」

瑞克身邊圍上了更多的客人，擋住了我的部分視線。不過我知道這時候他心裡起了些變化。

「妳們知道嗎？」他沒有正面回答裘西，而是對著所有其他女孩說。「我喜歡各式各樣的驚悚電影，從人的嘴裡飛出蟲子之類的。」

「真的假的？」

「我可以問個問題嗎？」瑞克說：「妳們為什麼那麼好奇我喜歡看哪一種電影？」

「聊天就是這麼回事呀，」長臂女孩說。

「他為什麼不吃巧克力呢？」蜜西說：「他一直拿著沒動。」

瑞克轉向她，把還沒有拆開包裝紙的巧克力遞給她。「拿去吧，也許妳可以自己吃。」

蜜西噗嗤笑了出來，可是縮身退開。

「你瞧，」長臂女孩說：「這就是增進友誼的方式，知道嗎？」

瑞克瞥了裘西一眼，她正惡狠狠地瞪著他看，眼裡好像要噴火似的。下一秒鐘他又轉身看著女孩們。

「增進友誼？當然。我不知道妳們聽到我說我喜歡蟲子電影是不是就開心了。」

「蟲子電影？」另一個人說：「那是一種電影類型嗎？」

「不要嘲笑他，」長臂女孩說：「對他好一點，他沒什麼問題。」

一個聲音說：「是啊，他沒什麼問題。」有些人聽了咯咯笑了起來。瑞克立即轉向她們，這時候裘西趨前一把攫走他手裡的巧克力。

「大夥兒，」裘西朗聲說：「我要你們來見見克拉拉。這就是克拉拉。」

她作勢要我走近一點，我走過去的時候，所有人的目光都轉向我。瑞克也瞟了我一眼，接著走到轉角桌一隅。似乎再也沒有人注意他，因為我成了他們的目光焦點。就連那個長臂女孩也對瑞克失去興趣，怔怔盯著我看。

「原來這就是看起來很聰明的愛芙，」她說。她諱莫如深地湊到裘西身邊，我以為她是要談論關於我的事，可是她卻說：

「妳看到那邊的丹尼嗎？他一進來就大談他怎麼被警察攔檢的事，連打個招呼都沒有。我們跟他說他是不是應該先跟大家問候一下，他還是沒搞懂，只是自顧自地吹噓他跟警察交手的事。」

「哇，」裘西看著坐在組合式沙發上的男孩。「所以他覺得犯法是聰明的事嗎？」

那個長臂女孩聽了都忍俊不住，五個女孩前簇後擁地圍著裘西。

「然後他的哥哥就露了餡。啤酒喝太多了，就是這麼一回事。」

「噓，他知道我們在聊他的事，」有人說道。

「那更好。條子看到他昏倒在長凳上，就把他載回他家，他卻說成是被逮捕什麼的。」

「連打個招呼都沒有。」

「喂，剛才我也沒有聽到妳問候裘西啊，蜜西。妳也沒有比丹尼好到哪裡去。」

「我有啊，我跟裘西說了哈囉。」

「裘西？妳進來的時候有聽到我妹妹跟妳打招呼嗎？」

蜜西有點不開心了。「我有說哈囉，只是裘西沒聽見。」

「嗨，裘西，」那個叫丹尼的男孩坐在沙發上，把腳擱在靠墊上，從屋裡另一頭喊道。「嗨，裘西，那就是妳的新愛芙嗎？叫她過來吧。」

「去吧，克拉拉，」裘西說。「去和那些男孩們打個招呼。」

我沒有馬上起身，因為裘西的語氣讓我很意外，那就像是她有時候跟管家梅蘭妮雅說話會用的語氣，但是她從來不會這麼跟我說話。

「她怎麼回事？」丹尼從沙發站起來。「她不聽指令嗎？」

裘西嚴峻地瞪了我一眼，於是我朝著沙發區的男孩走過去。個頭最高的那個丹尼迅雷不及掩耳地穿過其他客人，我還沒走到一半，他就抓住我的手肘，讓我動彈不得。他盯著我上下打量，然後說：

「妳都適應這裡的環境了？」

「是的。謝謝你。」

坐在沙發上的另一個男孩叫道：「哇，她會講話！太開心了。」

「閉嘴，矮子，」丹尼吼了回去。然後他問我說：「他們是怎麼稱呼妳的？」

「她的名字是克拉拉，」站在我後面的裘西回應。「丹尼，放開她。她不喜歡那樣被人抓著。」

「喂，丹尼，」矮子又叫道：「把她拋過來吧。」

「你要見她，」丹尼說：「那就從沙發站起來，走過來這裡。」

「把她拋過來就行了。我們來測試一下她的協調性。」

「她不是你的愛芙，矮子。」丹尼的手依舊牢牢抓住我的手肘。「你得先問問裘西才行。」

「喂，裘西，」矮子叫道：「沒問題吧？我的B3型，妳可以把她拋到半空中，她每次都有辦法雙腳著地。來吧，丹尼，把她扔到沙發這邊來，她不會有任何損傷的。」

「真沒教養，」長臂女孩悄聲說，包括裘西在內的幾個女孩則是竊笑不已。

「我的B3型，」矮子繼續說：「她會空翻然後身手俐落地著地。腰桿挺直，完美無瑕。我們來看看這個型號可以做什麼。」

「妳不是B3型，對吧？」丹尼問道。

我沒有回話，不過裘西在我後頭說：「不是，可是她是最好的。」

「是嗎？那麼她可以照著矮子的話做嗎？」

「我現在的也是B3型，」一個女孩說：「下次聚會妳會看到他。」

另一個聲音問道：「裘西，妳為什麼不買個B3型的呢？」

「因為……我喜歡這個。」裘西有點支吾以對，接著語氣堅定了些。「B3型會做的事，沒有什麼是克拉拉不能做的。」

我後面的客人一陣騷動，長臂女孩站到丹尼旁邊，他似乎既興奮又害怕，因而放開了我的手肘。可是現在輪到長臂女孩抓住我的左手腕，儘管不像丹尼那樣粗魯。

「嗨，克拉拉，」她仔細地看了看我。「讓我們瞧瞧。妳為我們唱一段和聲小音階好嗎？」

我不確定裘西要我怎麼回應，我等著她開口，可是她一直默不作聲。

「噢，妳不會唱歌嗎？」

「來吧，」那個叫矮子的男孩叫道：「把她扔過來。如果她協調性不好，我會接住她的。」

「這沒什麼了不起吧，」長臂女孩湊得更近，盯著我的眼睛說：「也許她的太陽能過低了。」

「她沒有問題，」裘西的聲音幾不可聞，也許只有我才聽得到。

「克拉拉，」長臂女孩說。「跟我打個招呼吧。」

我依然沉默不語，等著裘西再度開口說話。

「沒有？什麼都沒有嗎？」

「喂，裘西，」我後面一個聲音說：「妳原本可以買一個B3型的，是嗎？妳為什麼不要呢？」

裘西笑說：「現在我覺得我該買了。」

語畢又惹得眾人發噱，接著一個新的聲音說：「B3型太驚人了。」

「來吧，克拉拉，」長臂女孩說：「至少打個招呼吧。」

我臉上擠出一抹和善的笑容，眼神則避免和她相對，以前經理教過我們遇到這種情況時該怎麼處理。

「一個不肯打招呼的愛芙。裘西，妳要不要告訴克拉拉跟大家說些什麼？」

「把她扔過來，她就會回過神了。」

「克拉拉的記憶力很好，」裘西說：「可以媲美任何地方的愛芙。」

「真的嗎？」長臂女孩說。

「不只是記憶力。她的觀察力出類拔萃，而且都會記在心裡。」

「好吧，」長臂女孩還是緊緊抓著我的手腕。「那麼，克拉拉，照著我的話做。別回頭看。告訴我，我妹妹穿什麼衣服？」

我依舊凝望著長臂女孩後面的磚牆。

「她似乎僵住了。不過她還是很可愛，我同意妳這點。」

「妳再問她一次，」裘西說：「問吧，瑪夏。再問一次。」

「好，克拉拉，我知道妳做得到的。告訴我蜜西穿什麼？」

「我很抱歉，」我還是沒有正眼看著她。

「妳很抱歉？」長臂女孩轉身對著所有人說：「那是什麼意思？」眾人跟著捧腹大笑。接著她盯著我問道：「妳是什麼意思，克拉拉？妳說妳很抱歉是什麼意思？」

「我很抱歉幫不上忙。」

「她不想幫忙。」長臂女孩的眼神溫和了些，也終於放開我的手腕。「好吧，克拉拉，妳可以轉身看看蜜西穿什麼。」

或許有點不禮貌，但是我並沒有轉身。因為如果我轉身了，我不僅會看到蜜西——我當然知道她穿什麼，包括她的紫色手環和小熊墜鍊——也會看到裘西，然後我們就不得不四目相接。

「我放棄了，」長臂女孩說。

「好吧，」丹尼說。「那麼我們就來試試矮子的方法，讓他開心一下也好。菲爾，你過來和我一起甩她。矮子，站在那裡準備接住。妳沒問題吧，裘西？」

裘西依舊不吭聲，可是有個女孩的聲音說：「把愛芙拋到屋裡的另一頭，太惡劣了吧。」

「有什麼惡劣的？他們本來就被設計要會做這件事。」

「問題不在這裡，」那個女孩說：「這麼做太下流了。」

「妳心太軟了，」丹尼說：「菲爾，抓住她的手臂，我抓住雙腿。」

「你口袋裡塞了什麼東西？」那是瑞克在說話，眾人頓時安靜下來。

「老兄，你到底在說什麼？」

瑞克穿過人群，在我右側停下腳步，指著丹尼襯衫的胸前口袋，臉上毫無懼色。我剛才就注意到那個物事，一隻軟綿綿的玩具狗，小到剛好可以放在口袋裡。以前我看過進店裡的七、八歲孩子會在口袋裡塞著這種玩具。

眾人隨著瑞克的聲音看過去，丹尼趕緊用雙手蓋住口袋。

「我想那是一隻寵物玩偶吧，」瑞克說。

「那不是什麼寵物玩偶，」丹尼說。

「我想那是你的寵物玩偶，可以讓你在這類聚會裡情緒穩定一點。」

「你在鬼扯些什麼？誰問你來著？」

「如果是沒什麼要緊的東西，或許你不介意掏出來讓我瞧瞧吧。」瑞克伸手說：「別擔心，我會好好照顧它的。」

「不管是不是什麼要緊的東西，那都不關你的事。」

「拜託借我看看嘛，一分鐘就好。」

「我是不在乎啦，可是我就是不想拿給**你**看。」

「為什麼不呢？看一眼都不行嗎？」

「我什麼都不會借你看的。我為什麼要？你原本就不該來這裡的。」

瑞克依舊伸著手，整個空間裡鴉雀無聲。

「會不會是你或許覺得有點丟臉呢，丹尼？」瑞克說：「如果口袋裡有個可愛的小玩意兒。」

「夠了！別再招惹丹尼！」

是個大人的聲音，那位女士大步走進來時，四周的人群盡皆退避。「丹尼說的對，」她說：「**你**根本就不應該出現在這裡。」

母親緊隨在她後面趕進來，我看到其他大人站在門口窺視。

「算了，莎拉，」母親說：「我們說好了不要干涉他們，記得嗎？」

母親伸手摟著那位叫莎拉的女士，她一直惡狠狠地瞪著瑞克。

「算了，莎拉。我們照著遊戲規則進行，讓孩子們自己去解決問題吧。」

莎拉依舊怒目相向，不過跟著母親走出去了，消失在大人們的竊竊私語聲中。其中一個聲音說：「這是他們唯一的學習途徑，」接著大人們的聲音漸漸止息，開放式平面空間裡再度無聲無息。

相較於寵物小玩具，自家大人的介入或許更讓他無地自容吧。他走回沙發，雙手一直遮著胸前的口袋，略為佝僂地背對著眾人。

「好啦，」長臂女孩朗聲說：「我們大夥兒到外頭走走如何？現在天空放晴了，你們瞧！」

大家齊聲贊同，我聽到裘西在眾聲喧譁中說：「好主意，我們走吧！」

孩子們隨著裘西和長臂女孩魚貫而出。丹尼和矮子也跟著他們離開，開放式平面空間裡只剩下瑞克和我。

瑞克環顧扔了一地的外套，散落的椅墊、盤子、汽水罐、薯條紙袋、雜誌，卻對我視若無睹。我心想，既然孩子們都離開了，大人們會不會進來收拾殘局，可是一個人都沒有，廚房依舊傳來喁喁細語的聲音。

「我想你是為了保護我才招惹那個男孩吧?」最終我開口說:「謝謝你。」瑞克聳聳肩。「他太討人厭了。其實他們每個人都是。」他還是沒有正眼看著我。「我想妳大概也不很開心。」

「我的確覺得不太舒服,所以我很謝謝瑞克替我解圍。不過剛才倒也挺有趣的。」

「有趣?」

「觀察裘西在各種情境下的反應,對我是很重要的事。此外,比方說觀察孩子們在不同團體裡的不同表現,其實也相當有趣。」瑞克不發一語,只是別過頭看著其他地方。於是我說:「或許瑞克想要到外頭去加入他們,去和他們握手言和。」

他搖搖頭。接著他跨過太陽灑下的圖案,坐在組合式沙發上,伸直雙腿擱在地板上。我注意到開放式平面空間不再被分割成若干影格。

「不過我想他們說的有道理,」他說:「我不屬於這裡。這是被捧上天的孩子們的聚會。」

「瑞克是因為裘西的極力邀請才會來的吧。」

「她堅持我一定要來。可是我想她一定忙得不可開交,沒有空回來這裡看看我喜不喜歡這場派對。」他仰靠著沙發,太陽的圖案覆滿了他的臉龐,使他不得不閉上眼睛。「問題是,」他繼續說道:「她今天變了個人似的。我真是笨得可以,我以為如果我來了,或許她不會……不會變。或許她還是同樣那個裘西。」

他說到這裡，我再度看到裘西在聚會裡各個時刻的雙手，歡迎的手、招待的手、緊張的手，還有她的臉龐，以及她的語氣。當別人問她為什麼不挑個B3型的，她笑著說：「現在我覺得我該買了。」我想起了經理的叮囑，她要我別相信站在櫥窗外的孩子，他們會對妳承諾任何事，可是再也不會回來了，或者等而下之的，他們會看上其他愛芙。我又想到透過車速緩慢的計程車間隙看到的愛芙男孩，沿著亞波大樓嗒然若喪地走在一個少女後面三步之遙，我心想裘西和我有一天會不會也是這樣散步。

「也許現在妳看到了，」雖然太陽的圖案照在他臉上，瑞克還是張開了眼睛。「我必須拯救裘西擺脫這個困境。」

「我看得出來瑞克害怕裘西也變得和別人一樣。但是就算裘西現在行為怪異，我相信她有一顆善良的心，其他那些孩子也是一樣。他們害怕寂寞，所以才會有那樣的表現。或許裘西也是。」

「如果裘西和他們繼續鬼混下去，她不久就再也不會是那個裘西了。她自己也心知肚明，這就是為什麼她老是把我們的計畫掛在嘴邊。她遺忘了好多年，可是現在她又不時提起。」

「我前幾天也聽到裘西談起這個計畫。那是關於瑞克和裘西未來要相廝相守的計畫嗎？」

他的視線掠過我，望向落地窗，我以為他對我的厭惡又回來了。但是接著他說：

「那只是我們小時候的計畫。那時候我們還不知道以後會怎樣，也不知道會有多少阻礙。即便如此，裘西還是深信不疑。」

「瑞克依然相信這個計畫嗎？」

他總算正視著我。「就像我說的，如果沒有這個計畫，她到頭來會變成他們其中之一。我得走了。」他倏地起身。「趁那些孩子還沒有回來，或者是那個瘋狂母親再度出現以前。」

「我希望我們很快可以再聊聊這些事，因為我相信在許多方面，瑞克和我的目標是相近的。」

「好吧，改天。當我說我不喜歡裘西擁有一個愛芙時，那不是針對任何人。只是……唉，我只是覺得有什麼東西會阻礙我們。」

「我希望不會。其實現在我更明白了，我會盡力協助實現瑞克和裘西的計畫。或許是幫忙排除你提到的阻礙。」

「我得走了，回去看看我媽媽有沒有事。」

「當然。」

他走過我身邊，離開了開放式平面空間。我往前走幾步，看到他踏出前門，消失在溶溶煒煒的陽光裡。

正如那天我對瑞克說的，那場聚會讓我觀察到許多很有價值的東西。比方說，我認識到了裘西「改變」——誠如瑞克所說的——的本事，也特別留心她什麼時候會故技重施的徵兆。我也懷疑她是不是真的很想要挑個B3型的。她的那番話可能只是故作幽默，以免聚會裡有任何摩擦齟齬之虞。即便如此，B3型擁有我不能及的許多功能，那是不爭的事實，我也必須考慮到裘西心裡偶爾會有這種念頭的可能性。

聚會過後的幾天裡，我也擔心裘西對於我沒辦法回應那個長臂女孩的問題作何感想。在當時的情況下，又沒有裘西的明確訊號，我想我已經選擇了我認為最好的方式加以回應。可是回想起來，現在我覺得裘西或許會生我的氣。

基於所有這些理由，我擔心這場聚會或許會讓我們的友誼蒙上陰影。但是日復一日，裘西一如往常地活潑開朗而且對我很友善。我以為她會談到聚會裡的那個插曲，可是她始終絕口不提。

如我所說，這些事讓我獲益良多。我不僅明白了「改變」是裘西的一部分，而我也必須隨時準備好適應它們，我更了解到那不只是裘西特有的性格。人們往往會覺得有必要向路人展示他們的某個面向，彷彿他們也待在櫥窗裡一樣，而事過境遷之後，也不必把這種展示看得太認真。

我很高興那次聚會沒有改變我們之間的關係。然而，不久之後，的確有一件事使我們的友誼不再那麼熱絡了。那就是摩根瀑布之旅，而且它讓我相當困惑，我有好一陣子難以理解我們之間為什麼變得冷淡了，或者我該怎麼避免這種事發生。

在那次聚會的三個星期後，有一天清晨，我察看了裘西一下，覺得她睡覺的姿勢和呼吸不同於平常，於是我撳了呼叫鈴，母親也立刻跑進臥房。她打電話找萊恩醫生，我聽到管家梅蘭妮雅不一會兒又打去催促他趕緊過來。萊恩醫生到家裡來，仔細替裘西做了檢查，然後說沒什麼好擔心的。母親聽了如釋重負，醫生前腳剛離開，她的心情就顯得輕鬆愉快許多。她坐在裘西的床沿對她說：「妳別再喝那種能量飲料了，我一直告訴妳它對妳的身體不好。」

裘西還躺在枕頭上，她說：「我的身體沒什麼問題，我只是很疲倦而已。妳不必為我擔心。妳上班快要遲到了。」

「裘西，為妳擔心受怕是我的責任。」母親回應：「克拉拉也是。幸虧有她按了呼叫鈴，她非常盡職。」

「我只是需要多睡一會兒，然後我保證就會沒事了，媽媽。」

「聽好，寶貝。」母親俯身湊到裘西的耳邊說：「聽好，妳要為我好起來。妳聽到了沒有？」

「我聽到了，媽媽。」

「很好。但我不確定妳有沒有在聽我說。」

「我在聽，媽媽。我只是閉著眼睛而已。」

「這樣吧，只要妳在週末前身體狀況好起來，我們就到摩根瀑布去玩。妳還是很喜歡那個地方，是嗎？」

「是的，媽媽。我還是很喜歡。」

「很好，就這麼說定了。星期天，摩根瀑布。只要妳好起來的話。」

裘西沉默良久，接著我聽到她彷彿把頭埋在枕頭裡的聲音說：

「媽媽，如果我好起來，可以讓克拉拉跟我們一起去嗎？讓她也看看摩根瀑布？她只去過外頭一次，而且只有在我們家附近而已。」

「克拉拉當然可以去。可是妳要好起來，不然什麼都沒有喔。妳明白嗎，裘西？」

「我知道，媽媽。現在我得多睡一會兒。」

裘西一直睡到午餐前才醒過來，我依照囑咐趕緊要去告訴管家梅蘭妮雅，只見裘西一臉倦容地說：

「克拉拉？我睡覺的時候妳一直都在這裡嗎？」

「當然。」

「妳聽到媽媽說我們要去摩根瀑布的事嗎？」

「是的，我很希望我們可以成行。可是母親說妳要好起來，我們才可以去。」

「我沒問題的。如果要的話，我今天下午就可以去。我只是很累，如此而已。」

「摩根瀑布是什麼東西呢，裘西？」

「反正它很美就對了。妳會驚豔不已的，等一下我再讓妳看看照片。」

裘西一整天都很疲憊。可是到了下午，當我拉起百葉簾讓太陽的圖案落在她身上，她顯然精神為之一振。管家梅蘭妮雅上樓來看她，說只要裘西保證一整天都安靜不要動，她就可以換下睡衣。於是我們在房間裡待到傍晚，裘西從床底下拿出一只硬紙箱。

「我讓妳看看，」她倒出箱子裡的東西。各種尺寸的沖印照片散落在地毯上，有些正面朝上，有些朝下。我知道那些都是裘西最心愛的相片，她把它們收在床底下，隨時可以拿出來看。雖然許多相片都重疊在一起，可是我知道它們大多數是裘西小時候拍的。有些是和母親的合照，有些則是和管家梅蘭妮雅，還有一些我不認識的人。裘西把它們攤平在地毯上，然後拿起其中一張，臉上漾著微笑。

「摩根瀑布，」她說：「這就是我們星期天要去的地方。妳覺得如何？」

我跪坐在她身邊，她把照片遞給我，我看到更小的裘西坐在戶外一張原木連體桌椅旁邊，就連長條凳也是木頭做的，母親則坐在她身旁，當時她沒有那麼瘦，頭髮也比現在短了些。我好奇桌子旁邊的第三個人是誰，一個我估算約莫十一歲的女孩子，穿著鋪棉短夾克。那個陌生女孩背對著鏡頭，所以我看不到她的臉。太陽的圖案覆在她們每個人身上，也灑遍了整個桌面。裘西和母親後面有個模糊的黑白影像，我仔細端詳了片刻說：

「這是瀑布。」

「是啊。妳看過瀑布嗎，克拉拉？」

「有。我在店裡的一本雜誌上看過。而且妳瞧！妳在吃東西，就在瀑布正前方。」

「妳也可以在摩根瀑布那裡吃東西。吃著午餐，水花濺在妳身上。妳一邊吃東西，然後發現衣服背面都濕透了。」

「那對妳可能不太好吧，裘西。」

「天氣暖和的時候就沒關係。不過妳說的對，天冷的時候，妳得坐遠一點。那裡的座位倒是滿多的，因為沒有多少人知道摩根瀑布。」她又看了一下照片說：「也許只有我和媽媽覺得它很特別吧，這就是為什麼我們從來沒有遇到人潮。可是我們每次都玩得很開心。」

「我希望妳到了週末可以好起來。」

「到摩根瀑布遊玩最好是在星期天。星期天的氣氛特別適合。瀑布好像知道那天是安息日。」

「裘西，照片裡的那個同伴是誰？和妳以及母親在一起的那個女孩。」

「噢……」她的神色頓時變得凝重，接著她說：「那是莎爾，我姊姊。」

她讓照片掉落在其他照片上面，輕撫那些照片，隨意撥弄它們。我看到孩子們的影像，在草地上、遊樂場、外面的建築。

「是的，我姊姊。」她沉吟許久之後又說了一次。

「那麼莎爾現在在哪裡？」

「莎爾死了。」

「真是遺憾。」

裘西聳聳肩。「我不是很記得她，那時候我還很小。我並不怎麼想念她。」

「我很遺憾。妳知道發生了什麼事嗎？」

「她生病了。和我的病不一樣，她的病嚴重得多，所以她過世了。」

我想裘西是在找和她姊姊的另一張照片，可是她突然把所有照片都收攏起來放回紙箱裡。

「妳會愛上那個地方的，克拉拉。妳一輩子只到過外頭一次，然後轉眼間妳就要去那裡了！」

裘西的身體每天都有起色，到了週末，我們似乎沒有理由不能去瀑布。星期五晚上，母親回家的時候很晚了，裘西已經吃完晚飯。母親把我叫到廚房裡，而裘西已經上樓回到她的房間，廚房裡一片熒然，只有門廳一盞吸頂燈的微弱燈光透進來。母親神情愉悅地站在落地窗前，啜飲她的紅酒，凝望著外面的黑夜。我站在冰箱旁邊，聽得到它的嗚咽聲。

「克拉拉，」她過了半晌才說：「裘西說星期天妳想要和我們一起去摩根瀑布玩。」

「如果我不礙事的話，我很樂意去。我相信裘西也很希望我能去。」

「她當然希望，裘西很喜歡妳。如果要我說的話，我也是。」

「謝謝妳。」

「說實話，一開始我不是很確定我的想法對不對，我是說讓妳整天在屋子裡踅來踅去。可是自從妳來了以後，裘西變得更平靜也更開朗了。」

「我很高興妳這麼說。」

「妳一直做得很好，克拉拉。我要讓妳知道這一點。」

「非常謝謝妳。」

「妳到摩根瀑布會很自在的。很多孩子都會帶他們的愛芙一起去。即便如此，不用說，妳還是得處處留意，不管是妳自己或是裘西。那裡的地形地勢是難以預測的，而且裘西到了那種地方有時候會興奮過度。」

「我明白了，我會很謹慎的。」

「克拉拉，妳來我們家開心嗎？」

「當然很開心。」

「我這樣問一個愛芙實在有點奇怪。老實說，我甚至不知道這個問題到底有沒有意義。妳想念那家店嗎？」

她又喝了點酒，走到我面前，藉著門廳的燈光，我看得到她的半邊臉，而另一邊臉，包括大部分的鼻子，則沉沒在陰暗裡。我看得到的那隻眼睛，看起來很憔悴。

「我有時候會想到我們的店，」我說：「從櫥窗看出去的景象，還有其他愛芙。不過只是偶爾而已。我很高興可以來到這裡。」

母親朝著我凝視片刻，接著說：「那就好。不要想念任何事。不要渴望追回什麼東西。不要老是回頭看。所有事只會更加……」她頓了頓又說：「算了，克拉拉。那麼星期天妳就跟我們一起去吧。可是要記得我說的，我們不想要到了那裡有任何閃失。」

事情應該早就有些徵兆了，因為就算星期天早上發生的事讓我追悔不已，也提醒我還有很多事要學習，但是它並非真正出乎意料之外的事。

星期五那天，裘西自信她的身體可以應付這次的郊遊了，所以花了些時間試穿不同衣服，對著衣櫥的穿衣鏡端詳自己。偶爾她會問問我的看法，我則微笑以對，盡我所能鼓勵她。可是當時我應該就注意到那些徵兆了，因為當我在讚美她的外表時，我始終謹慎地語帶保留。

我早就知道星期天的早餐時間可能會變得很緊張。在平常日的早晨，即使母親好整以暇地喝著快閃咖啡，有時候還是會有種不太想說話的感覺，使得裘西和母親會針鋒相對，但是無論如何都不會像這樣充滿了山雨欲來的徵兆。之前有個星期天，母親沒有要出門，她問的每個問題彷彿都會引起脣槍舌劍。我剛來的時候就知道哪些話題會讓裘西特別敏感，而只要母親稍微迴避一下，那天的早餐就會好過許多。可是多觀察幾次之後，我知道就算迴避了敏感話題，像是裘西的家教作業或是她的社交活動次數，還是會感到不自在，因為在那些話題**底下**的確潛藏著什麼；那些敏感的話題本身其實是母親刻意要用來影響裘西的情緒。

要去摩根瀑布玩的那個星期天早上，母親問裘西為什麼特別喜歡玩長方物裡的某個遊戲，裡頭的人物會不斷死於車禍。我聽了心裡一凜。裘西起初開朗地回答說：「媽媽，那只是遊戲的設定而已。超級巴士載了越來越多的人，可是如果妳搞不清楚路線，所有妳喜歡的人物可能都會被撞死。」

「可是裘西，為什麼妳要玩那種遊戲？為什麼要玩會發生那麼可怕的事情的遊戲？」

裘西繼續耐心地跟母親解釋，不一會兒她的聲音裡就少了笑意。到後來，她只是不停重複說那是她喜歡的遊戲之一。母親的問題有如連珠炮，而且似乎有點動氣了。

接著母親的憤怒似乎一下子全部銷聲匿跡。她的情緒還是沒有開朗起來，但是她溫柔地看著裘西，臉上盡是慈祥的微笑。

「我很抱歉，寶貝。我不應該在今天提到這種事，我這麼做真是不公平。」

她步下高腳凳，走到裘西前面，把裘西攬在懷裡，一個似乎沒有盡頭的擁抱，後來她不得不左右搖擺了幾下，以掩飾抱得太久的尷尬。我看得出來裘西一點也不在意擁抱多久，當她們抽身的時候──直到我確定她們分開了，才轉身面對──兩人之間的隔閡已經修補起來。

我原本擔心早餐的齟齬會是阻礙摩根瀑布之遊的最後一顆絆腳石，此刻卻是和諧收場，讓我心裡興奮莫名。只不過到了最後一刻，管家梅蘭妮雅都出去開車了，裘西正要把手臂伸進鋪棉夾克的袖子，我卻看到她停下動作，臉上掠過一抹憂慮。不過她還是穿上夾克，看到站在門廳另一端的我，對我報以粲然微笑。接著我們聽到外頭傳來汽車輪胎輾過碎石子路面的聲音。管家梅蘭妮雅拿著車鑰匙走進屋子，作勢要我們出門了。可是現在我看到了其他隱微的徵兆，正當在我前頭的裘西匆忙走向碎石子路上的時候。

母親坐在駕駛座上，透過擋風玻璃看著我們，一股憂懼浮上我心頭。可是裘西沒有再洩漏任何訊號，她甚至開心地蹦蹦跳跳跨過碎石子路，自己打開了副駕駛座的車門。

我以前從來沒有坐過車，但是蘿莎和我看過許多人上車下車，還有他們的姿勢和方法，以及他們坐定了車子就開動，所以我順利地就坐進車後座。椅墊比我想像的還要軟，裘西的前座和我太貼近了，使得我幾乎看不到前面，但是我沒有任何耽擱。我沒有時間仔細觀察車廂內部，因為我感覺到那不安的氣氛又出現了。前座的裘西沒有看著坐在她旁邊的母親，而是默默地別過頭望著房子，管家梅蘭妮雅則拿著一只皺巴巴的袋子走過碎石子路，裡面是裘西的急救藥包。母親雙手握著方向盤，一副急著要出發的模樣，她和裘西看向同一個方向，可是我知道母親不是在看管家梅蘭妮雅，而是凝睇著裘西。母親瞪大眼睛，由於她的臉龐瘦削骨感，眼睛顯得特別大。梅蘭妮雅把那只皺巴巴的袋子放進後車箱裡，闔上車箱蓋。接著她打開另一側的後車門，一屁股坐到我旁邊的座位。她對我說：

「愛芙，繫上安全帶，不然妳會撞壞掉。」

我試著搞懂安全帶，雖然我看過許多路人操作。這時候母親開口說：

「妳以為妳騙過我了，是嗎，小女孩？」

裘西沉默片刻才說：「媽媽，妳在說什麼啊？」

「妳瞞不了我的。妳又病了。」

「我沒有生病，媽媽。我很好。」

「妳為什麼要這樣對我，裘西？妳老是這麼做。為什麼事情都要搞成這樣呢？」

「我不知道妳在說什麼，媽媽。」

「妳以為我不期待這樣的郊遊嗎？和我女兒一起休假一天。一個讓我心疼的女兒，她跟我說她沒問題，其實卻是生病了？」

「不是這樣的，媽媽。我真的沒事。」

可是我聽得出來裘西的語氣變了。那就像是她的努力全都白費了，突然間整個人洩了氣。

「妳為什麼要假裝沒事呢，裘西？妳以為我不會難過嗎？」

「媽媽，我發誓我沒事，載我們去吧。克拉拉從來沒見過瀑布，她滿心期待這趟郊遊。」

「克拉拉很期待嗎？」

「媽媽，拜託。」

「梅蘭妮雅，」母親說：「裘西需要協助。請妳下車到她那邊去幫她一下。如果她想自己下車的話，可能會跌倒。」

車廂裡一片沉寂。

「梅蘭妮雅？後面怎麼回事？妳也病了嗎？」

「我想也許裘西小姐可以去吧。」

「妳是什麼意思？」

「我會幫她。愛芙也會。裘西小姐不會有事的。或許吧。」

「讓我搞清楚一下，這是妳的評估嗎？妳是說我女兒身體好得很，可以出去玩一整天？而且是到瀑布去？我開始要擔心妳了，梅蘭妮雅。」

管家梅蘭妮雅沉默不語，但是她也沒有下車。

「梅蘭妮雅？我是不是該以為妳拒絕幫忙裘西下車呢？」

管家梅蘭妮雅的視線落在前座前方的馬路。她一臉茫然失措，彷彿山丘上有什麼難以辨認的東西。接著她突然打開車門走下車。

「媽媽，」裘西說：「我們可以去嗎？請不要這樣。」

「妳以為我喜歡這麼做嗎？聽好，妳生病了。這不是妳的錯。可是妳不跟任何人說，只有妳自己知道，然後我們大家都上車，去玩一整天，那就太過分了，裘西。」

「以前妳也很過分，說我生病了，可是其實我的身體一點問題也沒有，可以……」

管家梅蘭妮雅從外面打開裘西這側的車門，裘西沉默不語，滿臉愁容轉過頭從座椅邊緣看著坐在後座的我。

「很抱歉，克拉拉。我們下次再去吧，我保證。我真的很抱歉。」

「沒關係，」我說：「我們必須為裘西著想。」

我正想要跟著下車，可是母親說：

「等一下，克拉拉。就像裘西說的，妳很想要去，那麼妳為什麼不待在車子裡呢？」

「很抱歉，我不明白妳的意思。」

「噢，很簡單。裘西生病了，所以不能去。她原本可以跟我們說的，可是她沒有。那麼她就留在家裡吧。梅蘭妮雅也是。可是克拉拉，我們兩個沒有理由也不能去啊。」

椅背太高了，我看不到母親的臉龐。可是裘西依舊隔著座椅盯著我看。她的雙眼顯得黯淡無光，宛如再也不在乎看到什麼了。

「好啦，梅蘭妮雅，」母親大聲說：「幫忙裘西下車，好好照顧她。別忘了，她生病了。」

「克拉拉，」裘西說：「妳真的要跟她去看瀑布嗎？」

「母親的提議相當體貼，」我說：「可是最好我們這次就……」

「等一下，克拉拉，」母親打斷我的話。「這是怎麼回事，裘西？妳剛才不是很關心克拉拉，說她從來沒有看過瀑布嗎？現在妳又要她待在家裡是嗎？」

裘西凝眸望著我，管家梅蘭妮雅仍然站在車子外面，伸出手要扶裘西。最後裘西說：「好吧，也許妳應該去的，克拉拉。妳和媽媽。沒有必要浪費一整天的時間，只因為……不好意思。很抱歉我老是生病。我不知道為什麼……」我以為她會潸然落淚，然而她只是噙著淚水輕聲說：「抱歉，媽媽。我的確是生病了，我掃了大家的興。克拉拉，妳儘管去吧。妳會愛上瀑布的。」接著她的臉孔就從前座邊緣消失了。

在那個瞬間，我不確定該怎麼辦。現在母親和裘西都認為我應該待在車子裡跟著母親去郊遊。而我知道如果我這麼做，我可以更加清楚裘西的狀況，以及該怎麼幫助她最好。當她踏著碎石子路走回家的時候，顯然相當鬱鬱寡歡。現在她沒什麼好掩飾的了，步伐看起來很虛弱，而且也不要管家梅蘭妮雅攙扶她。

我們望著管家梅蘭妮雅打開門鎖，兩個人走進屋子裡。然後母親發動車子，我們便出發了。

由於是第一次坐車，我無法估算我們的速度有多快。我覺得母親似乎開得超乎尋常地快，我一度感到恐懼莫名，可是又想到她每天都開車經過同一座山丘，應該不會有什麼危險。我望著飛掠而過的樹林，以及林間交替乍現的開闊視野，我甚至可以俯瞰樹梢。接著不再是上坡路了，車子穿過一大片田野，極目四望，除了一座穀倉以外，什麼都沒有，就像在裘西房間的窗子看到的那座穀倉。

然後母親開口說話了。由於她在開車，沒有回頭看我，如果我不是車裡唯一的乘客，或許會以為她不是在跟我說話。

「她老是這樣，玩弄妳的感情。」過了半晌，她說：「也許是我太嚴厲了。可是不然她們怎麼學乖呢？她們得知道我們也是有感情的。」她頓了頓說：「她以為我喜歡他媽的一天又一天地離開她嗎？」

一路上漸漸看到其他車子，而且不同於我們那家店的外頭，這裡是雙向道。遠方會出現一輛車子朝著我們疾駛而來，可是駕駛總是能毫釐不差地和我們擦身而過。眼前景象如電光石火般飛速切換，讓人目不暇給，我沒辦法好好地弄清楚。有時候一個影格裡擠滿了其他車子，旁邊的其他影格卻立刻填進了一段接著一段的馬路以及田野。當一段馬路從這個影格跳到另一個影格的時候，我想盡辦法把它們接起來，可是周遭景物瞬息萬變，我只好頹然放棄。儘管有這些問題，沿途遼闊的景色和一望無際的天空，都讓我興奮不已。太陽不時藏身在雲層裡，時或我也看到他的圖案灑瀉在山谷間或是田畝上。

母親再度開口，這次我比較確定她是在對著我說。

「如果有時候可以沒有感覺，那該有多好。我很羨慕妳。」

我思忖了一會兒，然後說：「我想我有許多感覺。我觀察得越多，就會有越多的感覺可以使用。」

她突然噗嗤笑出來，把我嚇了一跳。「不管怎樣，」她說：「也許妳不應該這麼觀察入微。」接著又說：「我很抱歉，我無意冒犯。我知道妳一定也有各種感覺。」

「剛才裘西沒辦法同行，我覺得很傷感。」

「妳覺得傷感。好吧。」她默默不語，也許是專心開車或是注意對向來車。接著她又說：「有一陣子，就在不久以前，我想我的感覺越來越少了。每天都少一點。我不知道該不該高興。可是到了最近，我似乎對任何事都太多愁善感了。克拉拉，轉身看左邊。妳在後面沒問題嗎？看看妳的左邊，告訴我妳看得到什麼。」

我們正行經一片沒有高低起伏的郊原，天空仍舊廣袤無垠。我看到坦迤的田疇一路延伸到遠方，沒有穀倉也沒有耕作機。但是在地平線那端，看得到一座宛如鐵盒子般的小鎮。

「妳看到了嗎？」母親問道，眼睛仍然注視著前方馬路。

「在很遙遠的地方，」我說：「我看到類似村落的地方，可能是生產汽車或其他東西的工廠。」

「猜得不錯。其實那是化學工廠，而且是相當尖端的。金波冷凍空調公司，雖然他們不生產冰箱已經幾十年了。那是我們當初搬到這裡的原因。袞西的父親在那裡上班。」

儘管那個鐵盒子村落距離還很遠，卻依稀看得到許多管子連接著每一棟建築，還有些管子聳立天際。它讓我想到那可怕的庫丁機，關於空汙的憂慮也油然而生。可是母親接著說：

「那是個好地方。輸入潔淨能源，輸出的也是潔淨能源。袞西的父親曾經是那裡的明日之星。」

鐵盒子村落已經看不見了，我回過頭來面向前方。

「我們現在相處得還不錯，」母親說：「妳幾乎可以說我們是朋友。當然，這對袞西也是一件好事。」

「我在想，父親還在冷動空調村工作嗎？」

「什麼？噢，沒有。他被……撤換了。就像所有其他人一樣。過去他是個聰穎秀異的天才。

當然，現在還是。我們現在相處得更好了，這對裘西是很重要的事。」

接著我們便不再交談，上坡的道路越來越陡。母親減速轉進一條羊腸小徑。我從前座的縫隙往外看，那條路只比車子寬一點點。眼前的路面上有兩條車子輾過泥濘道路留下的平行線，上方兩側樹木成蔭，就像城裡大街上的建築一樣。母親開著車慢慢沿著小徑前進，雖然她越開越慢，我還是擔心對向會不會有來車。接著我們轉了個彎就停了下來。

「就是這裡了，克拉拉。從這裡開始，我們要下車步行。妳沒問題吧？」

下車的時候，我感覺到涼風颯爽，也聽到啁啾鳥鳴。我們沿著一條滿是石礫和泥塊的小路往上爬，周遭的野生樹木越來越茂密。我必須小心謹慎，不過還是跟得上母親的腳步，不一會兒我們穿過兩根木樁之間的空隙，轉進另一條小路。這條路不斷往上攀，母親不時停下來好讓我跟上。我心裡在想，她認為這趟郊遊對裘西而言太辛苦了，也許終究是對的。

就在那個當下，我剛好朝著左邊柵欄外望過去，看到草地上一頭公牛也神情戒備地瞪著我們。我在雜誌裡看過公牛的照片，但是沒有看過真的公牛，此刻就連站在遠方的這一頭，明知道牠不會跨過柵欄，我還是被牠的長相嚇一跳，不覺驚叫而裹足不前。我從來沒有看過任何事物像這樣一股腦地宣洩著憤怒的訊息以及毀滅的欲望。牠的臉部，牠的犄角，牠瞪著我的冷峻眼神，都使我望而生畏，可是我感覺到更多，某種更陌生且深邃的東西。在那個瞬間，我覺得讓那頭怪獸站在太陽的圖案底下，真是大錯特錯的事，這頭公牛應該待在泥沼和樹林的地底深處，牠跑到草地上來，恐怕只會造成可怕的後果。

「沒關係，」母親說：「牠沒辦法拿我們怎麼樣。我們走吧，我需要一杯咖啡。」

我別過頭不看那頭公牛，緊緊跟在母親後面。沒多久我們就不再爬坡，四周都是我在裘西的照片裡看到的那種原木桌子。我數了數，草地上一共有十四張連體桌椅，各有兩張木板長凳和桌子相連。那裡有大人、小孩、愛芙和狗，有的坐在桌旁，有的或跑或走，或是站在桌子周圍。連體桌椅後方就是有如白練倒掛一般的瀑布。它比我在雜誌裡看到的更雄偉，更磅礴澎湃，整個瀑布就占據了眼前畫面的八個影格。我翹首找尋太陽，但是在灰撲撲的天空裡看不到他。

「我們就坐在這裡吧，」母親說。「來吧，坐下來。等我一下，我需要一點咖啡。」

我看著她走到約莫二十步之遙的一間小木屋。它的正面有開放式吧檯，可以像店鋪一樣做生意，有路人正排隊點餐。

我很開心終於可以坐下來校正方位。我坐在桌邊等母親回來的時候，感覺對於周遭環境漸漸有了頭緒。瀑布不再占據那麼多影格，我看到孩子和他們的愛芙流暢地從一個影格切換到另一個影格而沒有任何干擾錯置。

儘管沒有任何愛芙想要多看我一眼，他們似乎都專注於自己的孩子，我還是很高興再次和其他愛芙在一起，看著他們一個個經過我的眼前，心裡滿是歡喜。這時候母親走回來坐在我前面，我轉過頭來正對著她，瀑布在她後面飛湍喧豗。她把盛著咖啡的紙杯湊到嘴邊。我記得裘西說過她們坐在距離瀑布很近的地方，背部不知不覺都被水氣濺濕了，我心想要不要提醒母親一下。可是她的神情告訴我，現在她不想聽我說話。

她目不轉睛地看著我的臉，就像她在人行道上打量著陳列在櫥窗裡的蘿莎和我一樣。她啜飲咖啡，視線沒有離開我身上，直到我發現母親的臉龐填滿了六個影格，眼睛瞇成一線出現在其中三個影格裡，每次的角度還都不一樣。終於，她開口說道：

「好了，妳覺得這裡怎麼樣？」

「真是嘆為觀止。」

「現在妳總算看到真正的瀑布了。」

「非常謝謝妳載我來這裡。」

「那就怪了，我還在想妳看起來似乎不是很開心。我沒有看到妳平常的笑容。」

「真是抱歉，我不是故意擺出不領情的模樣。我很高興可以看到瀑布，可是或許也很遺憾裘西沒辦法和我們同行。」

「我也是，對此我感到很難過。」接著她說：「但是因為**妳在這裡**，讓我略為釋懷。」

「謝謝妳。」

「或許梅蘭妮雅是對的，也許裘西不會有問題的。」

我沉默以對。母親啜了一口咖啡，仍舊凝視著我。

「裘西是怎麼對妳描述這個地方的？」

「她說這裡很美，她也說每次跟妳一起來玩都很開心。」

「她這麼說嗎？她有告訴妳說我們每次都和莎爾一起來這裡嗎？她有提到莎爾也很喜歡這個地方嗎？」

「裘西有提到她姊姊。」我又說：「我在照片裡看到裘西的姊姊。」

母親目光如炬地瞪著我看，我以為我犯了什麼錯。可是接著她說：「我想我知道妳說的是哪一張照片。我們三個人坐在那裡。我記得是梅蘭妮雅拍的。我們就坐在那邊的長條凳上。我、莎爾、裘西。有什麼不對嗎，克拉拉？」

「我很難過聽到莎爾去世的事。」

「難過是很好的形容詞。」

「我很遺憾。也許我不應該……」

「沒關係，她離開我們有一陣子了。真可惜妳沒有機會認識她。她和裘西完全不一樣。裘西總是心直口快，想到什麼就說什麼，就算說了不得體的話，她也不在乎。有時候的確很討人厭，可是我喜歡她這樣。莎爾就不會。妳知道嗎？莎爾說話總是經過深思熟慮，她更加善解人意。但是面對生病這件事，或許沒有裘西做的那麼好。」

「我在想……莎爾是怎麼過世的？」

母親的眼神驟變，怫然作色，嘴角滿是寒霜。

「這是哪門子的問題？」

「不好意思。我只是好奇，想知道……」

「那不是妳該好奇的事。」

「非常抱歉。」

「這和妳有什麼關係？事情就是發生了，如此而已。」

過了好一會兒，母親才舒展眉頭。

「我想今天沒有讓裘西一起來是對的，」她說：「她人不舒服。可是我們現在這樣坐在這裡，我真的很想她。」她環顧四周，轉頭凝望瀑布，接著回過頭來，視線掠過我，不經意地看著路人、孩子和愛芙。「好啦，克拉拉，既然裘西不在這裡，我要妳扮成裘西。一下子就好。反正我們都走上來了。」

「不好意思，我不明白。」

「妳以前為我做過一次，我們在店裡買下妳的那天。妳沒有忘記吧？」

「我當然記得。」

「我是說，妳沒有忘記怎麼做吧。像裘西那樣走路。」

「我可以用她的姿勢走路。事實上，現在我更加認識她，也在更多的情境下觀察她，應該可以模仿得更加唯妙唯肖。只不過……」

「不過什麼？」

「不好意思，我沒有別的意思。」

母親瞅了我一眼，然後說：「好吧。不過我不是要妳學她走路。我們坐在這裡，就我們兩個。地點好，天氣也很好，而且我也一直期待和裘西一起來。所以，克拉拉，現在我要妳做一件事。妳很聰明。如果現在坐在這裡的是她而不是妳，她會怎麼坐？我想她的坐姿應該和妳不一樣。」

「是的。裘西會比較……像是這樣。」

母親雙手撐著桌面，瞇起眼仔細瞧，她的臉龐在我眼前的畫面上占了八個影格，只有外圍的影格還看得到瀑布，而且有時候我覺得她在每個影格裡的表情都不一樣。比方說，她在一個影格裡會眉開眼笑，可是到了下一個影格卻又百感悽惻。瀑布、孩子和狗的聲音都安靜下來了，彷彿等著母親要說什麼。

「很好。好極了。現在我要妳做一點動作。不要停止模仿裘西，讓我看看妳的動作。」

於是我模仿裘西的微笑，切換成慵懶而不拘禮節的姿態。

「很好。現在說一點什麼話，讓我聽聽妳說話的方式。」

「不好意思，我不確定……」

「不對，那是克拉拉。我要的是裘西。」

「嗨，媽媽，我是裘西。」

「很好，繼續說。」

「嗨，媽媽，沒什麼好擔心的，不是嗎？我在這裡，而且我沒事。」

母親整個人撐著桌子往前探身，我看到的影格裡滿溢著歡喜、恐懼和悲傷。四下一片闃靜，我聽到她不斷地輕聲說：

「那就好，那就好，那就好。」

「我就跟妳說過我會沒事的，」我說：「梅蘭妮雅是對的。我沒什麼毛病，只是有點累而已。」

「真是對不起，裘西，」母親說：「很抱歉今天我沒有帶妳來這裡。」

「沒關係，我知道妳是擔心我。我不會放在心上的。」

「我希望妳在這裡，可是妳不在。我希望我可以讓妳不再生病。」

「別擔心，媽媽，我會沒事的。」

「妳怎麼可以這麼說？妳又知道什麼了？妳只是個小孩，一個熱愛生命而且相信任何東西都可以修復的孩子。妳知道什麼？」

「沒關係，媽媽，別擔心。我很快就會好起來的。我知道會有那麼一天的。」

「什麼？妳說什麼？妳以為妳知道的比醫生多嗎？比我還多嗎？妳姊姊也是這麼承諾的，可是她沒辦法做到。妳可別像她那樣。」

「可是，媽媽，莎爾的病不一樣。我會好起來的。」

「好吧，裘西，那麼妳告訴妳要怎麼好起來。」

「我會有個特別的援助，沒有人想得到的東西，然後我就會康復了。」

「這是什麼？現在是誰在說話？」

此刻，在一格又一格的影格裡，我看到母親臉龐皮膚下的顴骨特別突出。

「真的，媽媽。我會沒事的。」

「到此為此。夠了！」

母親站起來走開。我又看到了瀑布，而它的轟鳴聲，以及周遭人們的喧鬧聲，也都回來了，而且比剛才更加震耳欲聾。

母親駐足在瀑布和草地之間的柵欄那邊。我看得到她前面的薄霧，心想她沒多久就會濺了一身濕，可是她兀自背對著我佇立不動。接著她總算轉身朝我揮揮手。

「克拉拉，過來這裡。妳過來瞧一瞧。」

我從長凳起身走向她。她叫我克拉拉，於是我知道我不可以再模仿裘西了。她招招手要我走近一點。

「妳瞧，妳從來沒見過瀑布，那就瞧個仔細。妳覺得怎麼樣？」

「真是太神奇了，比雜誌裡的照片還要壯觀得多。」

「相當特別，是吧？我很高興妳來這裡。現在我們回去吧，我很掛念袤西。」

走回停車處的路上，母親不發一語。她走得很快，始終在我前面四步左右，我必須小心避免在陡峭的下坡路上出差錯。我們經過剛才看見公牛的地方，我遙望遠方的田野，那頭可怕的怪物已經不復可見，我心想牠是不是被牽回到地底下了。

我們抵達停車的地方，我準備要坐進後座時，母親卻說：

「坐到前座來，妳會看得更清楚些。」

於是我坐到她旁邊，而那就像是中排櫃位和櫥窗的差別一樣。我們一路下坡越過田野，太陽在雲間露臉，地平線那端約莫有七、八處濃密而高聳的樹林，除此之外一片空虛寂寥。車子沿著一條狹窄的道路穿過大地，我看到原本遠方田野圖案上的叢叢點綴其實是羊群。我們經過一處田畝，那裡有四十多隻這種動物，雖然車子疾駛而過，我還是看得出來牠們每一隻都相當友善，和剛才那頭可怕的公牛大異其趣。我的目光落在其中四隻特別溫馴的羊身上。牠們在草地上整整齊齊站成一排，彷彿正要出發去旅行，儘管牠們其實一動也不動，除了嘴裡嚼草的動作。

「謝謝妳，克拉拉。有妳陪著我，讓我心情好多了。」

「我也很開心。」

「也許哪天我們再來一次，如果裘西病得太重而不能出門的話。」

她看到我默然不語，又說：「妳不介意吧，克拉拉？如果我們再次出遊的話？」

「不會，一點也不。如果裘西沒辦法來的話。」

「妳知道嗎？我想我們最好別跟裘西說什麼。別跟她說妳在瀑布那裡做了什麼。我是說模仿她的那件事，她可能會誤會。」又過了一會兒，她問道：「那麼，我們說定了嗎？別跟裘西提起那件事。」

「就照著妳的意思。」

我又看到遠方的鐵盒子村落了，這次是在我們右邊。我以為母親會多說一些關於它或父親的事情，可是她只是默默開著車。直到鐵盒子村落隱沒了，她才突然說：

「有時候，孩子是會傷人的。他們會以為，如果妳是個大人了，那麼任何事都不可能傷害妳。不過自從有妳陪伴她以後，她長大了許多。她越來越懂事了。」

「我很開心聽到妳這麼說。」

「她的改變相當顯著。這些日子以來，她更加體貼別人了。」

眼前掠過一棵大樹，它的樹幹其實是三根細幹纏繞在一起，因而看起來像是一整棵樹。我們經過它的時候，我探身仔細打量了一下，又坐回座位上。

「妳剛才說的，」母親說：「妳說她會好起來，會有個特別的援助。妳只是說說罷了，是嗎？」

「真是抱歉。我知道妳、醫生和管家梅蘭妮雅都很在意裘西的狀況。的確是很令人擔憂。即便如此，我還是盼望她很快就會康復。」

「只是個盼望而已嗎？或者妳的期盼有更明確的依據？有什麼東西是我們其他人沒有注意到的嗎？」

「我想……那只是個盼望。不過是真心的。我相信裘西很快就會好起來。」

母親沉默了片刻，凝望著擋風玻璃外頭，神情相當恍惚，我甚至懷疑她是否看得見前方的馬路。然後她輕聲說：

「妳是個聰明的愛芙。也許妳看得到我們其他人看不到的事情。也許妳是對的，我們要凡事盼望。也許妳是對的。」

我們回到家裡的時候，裘西不在廚房也不在開放式平面空間。母親和管家梅蘭妮雅站在廚房門口低聲交談，我看得出來梅蘭妮雅是在報告說，我們不在的時候裘西沒有什麼問題。母親頻頻點頭，接著穿過門廳走到樓梯口，朝著樓上叫喚裘西。裘西只是回了一聲「好啦」，而母親則是在樓梯口靜靜站了一會兒，然後聳聳肩走到開放式平面空間。門廳只剩下我一個，於是我上樓去看看裘西。

她斜倚著床腳，坐在地毯上，屈著膝，把速寫簿放在膝蓋上。我跟她打了個招呼，她正用鉛筆專心作畫，沒有抬頭看我。幾張撕下來的畫紙散落在她身旁，有的畫了幾筆就不要了，有的則是塗得滿滿的。

「我很開心看到裘西沒事，」我說。

「是啊，我沒事，」她的目光依舊沒有離開速寫簿。「郊遊好玩嗎？」

「真的太神奇了，可惜裘西沒辦法一起去。」

「是啊，太倒楣了。妳看到瀑布了嗎？」

「是的，真是嘆為觀止。」

「媽媽也很開心嗎？」

「我想是的，當然她也很盼望裘西同行。」

她終於抬頭看我，雖然只是隔著速寫簿瞟了我一眼，我卻瞥見以前不曾看過的眼神。我又想起那個聲音，聚會裡有人問裘西為什麼不選擇B3型的，她笑說：「現在我覺得我該買了。」她很快收回目光，低頭繼續畫素描。我在原地站了很久，最後才說：

「如果我做了什麼惹裘西生氣的事，我很抱歉。」

「妳沒有惹我生氣。妳想到哪裡去了？」

「我們還是好朋友嗎？」

「妳是我的愛芙，所以我們應該是好朋友，對嗎？」

可是她的聲音裡沒有絲毫笑意。顯然她想要獨處繼續速寫，於是我轉身離開房間，站在樓梯轉角處。

第三部

我衷心盼望摩根瀑布之遊的陰影到了第二天早晨就會雨過天青，然而事與願違，裘西對我的冷淡久久揮之不去。

更讓我困惑的是母親的態度轉變。我相信那次郊遊相當愜意，我們之間的氣氛應該會更加融洽。可是母親和裘西如出一轍，變得益發冷漠，不管是在門廳或樓梯口遇到我，再也不會像以前一樣和我打招呼。

自然而然的，在後來的幾天裡，我時常心想為什麼那場社交聚會沒有留下任何陰影，可是摩根瀑布之遊，雖然我只是照著裘西和母親的意思去做，卻落得這般下場。我再度想到，也許是我相對於B3型的種種侷限，顯然使得裘西和母親對於她們的選擇感到懊悔。若是如此，我最好是比從前加倍努力當個裘西的好愛芙，直到所有陰影都消退。我也漸漸明白，當人類想要逃避寂寞的時候，他們所採取的策略有多麼複雜善變而且深不可測，我也知道摩根瀑布之遊的結局原本就不是我所能左右的。

果不其然，我沒有什麼時間耽溺在摩根瀑布的陰影裡，因為郊遊之後沒幾天，裘西的健康就急轉直下。

她的身體極為孱弱，早上也沒辦法下樓陪母親喝快閃咖啡了。反倒是母親會上樓到臥房，站著凝視裘西沉睡的身影。即使是啜飲她的咖啡，俯視著裘西的床，她仍然是挺直腰桿。

當母親忙完一天的例行工作，管家梅蘭妮雅就會接手，拉一張安樂椅到床邊坐下來，把她的長方物放在腿上，視線在螢幕和沉睡的裘西之間來回。某個清晨，我站在房門邊準備要幫忙，梅蘭妮雅轉身說：

「愛芙，妳老是站在我後面，讓我渾身不舒服，到門外去吧。」

她說「門外」嗎？我轉身走出房門前悄聲問道：「對不起，管家，妳的意思是屋子的大門外面嗎？」

「房間外面、房子外面，隨便妳。如果我打信號，妳就趕緊回來，這樣就行了。」

我從來沒有自己走到戶外。可是對於管家梅蘭妮雅而言，我顯然沒有什麼理由不可以出去。我躡手躡腳地下樓，儘管還是擔心裘西，卻難掩興奮雀躍之情。

我踩上碎石子路時，看到太陽高掛，可是他看起來很疲憊。我不確定是否要關上大門，不過既然沒有任何路人，而我也不想讓回屋裡時打開門鎖的喀噠聲打擾了裘西，於是我只是輕輕掩上大門走出去。

我眺望左邊，那裡是我看到瑞克操作機器鳥飛行的草坡。草坡後面是母親每天早上開車上班的路，也是我到摩根瀑布郊遊行經的道路。可是我捨棄了那些旖旎風光，轉身穿過碎石子路，朝著上次一覽無遺的屋後田野走去。

天空蒼涼廣漠。由於田畝盤紆隆起，延伸到遠方，雖然沒辦法從臥房後窗居高遠眺，還是看得見馬克班先生的穀倉。從房間裡望出去，一草一葉更加清晰可辨，而主要的差異在於現在我看得到瑞克的家矗立在草地上。我知道如果臥房後窗的位置偏左一點，就可以看到瑞克的家了。

可是我在意的並不是瑞克的家。對於裘西的擔憂再度襲上心頭，尤其我心想為什麼太陽不像對乞男和他的狗那樣，送來他的特別援助。出遊摩根瀑布之前，在裘西身體不適的那些日子裡，我盼望太陽可以幫助她。當時太陽認為要再等一下，後來我也同意或許他是對的，可是裘西現在每況愈下，她的未來有許多事情都陷入不確定當中，我不懂太陽為什麼還要再拖延下去。

對此我思考了很久，現在我獨自到戶外來，田野近在咫尺，太陽高掛在我頭上，我總算可以把若干推測理清楚。我知道儘管太陽很仁慈，他卻是忙得不可開交；除了裘西以外，還有許多人需要他的照拂；就算是太陽，也可能會錯過諸如裘西生病之類的情況，特別是有母親、管家和愛芙無微不至地照顧她。於是我想到了，如果要太陽特地伸出援手，那就必須以出其不意而引人側目的方式吸引他的注意。

我踏著濕軟的泥地，走到第一片田畝的柵欄旁邊，有一道宛如相框的木門，只要拉起掛在木樁上的繩圈，就可以把柵門打開，隨意到田裡漫步。田裡的草看起來很高，不過當時還是小孩子的裘西和瑞克依然想辦法穿過了草叢，到馬克班先生的穀倉。我看到草叢裡有一條路人踩出來的

「非正式道路」，心想我居然和他們走在同一條路上，實在太不真實了。我又想到太陽把特別的養料澆灑在乞男和小狗身上的那一刻，思忖著乞男和裘西的情況有什麼重要的差別。其一是，許多人都認識乞男，當他羸弱不堪的時候，那是在喧囂擾攘的大街上，計程車司機和慢跑者都看在眼裡，他們任何人都可以提醒太陽注意一下乞男和他的小狗的境況。更重要的是，我記得在太陽把特別的養料賜予乞男之前，那裡發生了什麼事。庫丁機一直在製造可怕的汙染，就連太陽都不得不暫時退避三舍，直到那部討人厭的機器撤走，空氣恢復清新，太陽才總算鬆了一口氣，滿心歡喜地送上特別的援助。

我在柵門前駐足片刻，望著搖曳生姿的草浪，心想那裡頭或許還隱覆著其他小徑，以及我該怎麼幫助裘西走出她的病痛。可是我並不習慣獨自待在戶外，開始感覺到失去方向感。於是我走出田裡打道回府。

這陣子萊恩醫生頻頻到家裡來，裘西也大半時間都昏睡不醒。太陽每天都會灑下他平時的養料，他的圖案不時覆蓋在裘西的睡姿上，可是仍舊沒有任何特殊援助的跡象。或許太陽決定再等一下是對的，因為裘西的確漸漸有了起色，後來也有辦法在床上坐起身來。

萊恩醫生叮囑說不可以恢復長方物的課程，於是在有些日子裡裘西會斜倚著枕頭，用自動鉛筆在速寫簿上創作許多素描。每次她完成一幅畫或是決定放棄，她都會把它們撕下來扔在半空中，任其落在地毯上，於是把這些畫紙整理成一疊就成了我的工作。

隨著萊恩醫生越來越少出現，瑞克的造訪也越加頻繁。管家梅蘭妮雅老是提防著瑞克，可是就連她也看得出來，瑞克讓裘西的精神提振不少，於是她便默許了他的來訪，雖然堅持說不得超過三十分鐘。瑞克到臥房裡的第一個下午，為了尊重隱私，我準備離開房間，可是管家梅蘭妮雅在樓梯口攔住我，悄聲說：「不行，愛芙！妳待在這裡。注意別讓他們胡來。」

於是我習慣在瑞克來訪時留在房裡，儘管他有時候會瞪我一眼暗示我離開，而且幾乎不跟我說話，更別說打招呼或道別了。如果說裘西也作勢要我離開，就算管家梅蘭妮雅囑咐我待在裡頭，我應該也會選擇離開。可是裘西似乎是要我留下來，我甚至心想她或許會因而覺得自在一點，儘管她從來沒有讓我加入他們的交談。

為了尊重隱私，我會一直坐在鈕扣沙發上眺望著田野。我會不自覺地傾聽在我背後的對話，儘管有時候覺得不該聽，可是我想到盡可能地認識裘西是我的職責，而傾聽他們的交談有助於蒐集平時沒有機會得到的觀察。

在這段期間，瑞克到裘西房裡探望的情況有三個階段。在第一個階段裡，他剛進來的時候會神情緊張地環顧四周，整整三十分鐘的時間，彷彿擔心任何無心的舉動都會弄壞傢俱似的。這時候的他習慣倚著現代風格的衣櫥門席地而坐。我從鈕扣沙發這裡可以看到衣櫥門映在窗上的影像以及瑞克的坐姿，而裘西則是在床上坐直起來，兩人看似並肩而坐，只不過裘西的位置高了一點。

整個第一階段的氣氛都很和諧，兩人在那三十分鐘裡就只是有一搭沒一搭的閒聊而已。孩子們往往會分享他們的童年回憶並且彼此調侃。只要一句話或是一個提示，就會勾起這樣的回憶，而他們也會沉浸其中。在那些片刻裡，他們的談話就像是密語一樣，我不禁心想是不是因為我在房間裡的緣故，可是我很快就明白，那只是因為他們對彼此的生活瞭若指掌，而不是故意讓我丈二金剛摸不著頭腦。

瑞克剛開始來探望裘西的時候，她總是會放下筆。可是當他們漸漸放鬆心情，整整三十分鐘的時間裡她往往忙著速寫，一如往常地撕下畫紙，讓它們散落在他的跟前。而填泡泡遊戲不經意的就這麼開始了。

填泡泡遊戲也代表著瑞克第二個階段的探望。這個遊戲有可能是他們在孩提時候發明的。當然，遊戲開始的時候，他們不需要什麼規則說明。裘西會在閒聊之際把畫紙扔到瑞克身上，他端詳著其中一幅圖畫說：

「好哇，現在是要玩填泡泡遊戲嗎？」

「如果你想玩的話。你想玩的話，我們才玩，瑞克。」

「我沒有筆，扔一枝深色的筆給我。」

「我需要所有深色的筆。到底這裡誰才是藝術家呀？」

「如果妳一枝筆都不借我，我怎麼玩填泡泡遊戲呢？」

就算我背對著他們，也不難估算出這個遊戲的梗概。而且每次瑞克離開之後，我在撿拾地板上的畫紙時會加以審視，因而領悟到這個遊戲對他們兩人的重要性。

裘西的速寫技巧嫻熟，畫裡通常會有一、兩個人，偶爾則是三人成群，而相對於人物的身體，她會刻意把他們的頭部畫得特別大。起初幾次瑞克前來探視時，裘西筆下的人物表情總是很和善，而且只用黑色自動鉛筆畫，而他們的身體和背景則會用彩色鉛筆畫。在每一幅畫裡，裘西會畫一、兩個空白的泡泡懸浮在其中一個或兩個人物的頭上，讓瑞克在裡頭寫字。我很快就明白了，即使畫中人物不像瑞克或裘西，但在這個遊戲世界裡，各種造型的女孩可能都代表著裘西，而所有男孩也都代表著瑞克。同樣的，畫裡的其他人物也代表著裘西生命裡的其他人，好比說母親，或者是社交聚會裡的孩子們，以及其他我沒見過的人。雖然我難以知曉許多人物代表的是誰，但是瑞克似乎沒有這個問題。對於那些飄到他身上的素描，他從來沒有要求任何說明，就毫不猶豫地在泡泡裡寫下他的句子。

我不久就明白了，瑞克在泡泡裡寫下的句子代表畫裡人物的想法或話語，也因此他的任務有點危險。我一開始會擔心裘西的畫作或是瑞克的句子可能造成什麼衝突。可是在這個階段裡，填泡泡遊戲似乎只會以歡喜和回憶收場，我看到映在玻璃上的影像彼此指指點點，言笑晏晏。如果他們都像一開始那樣專注於遊戲，如果他們的對話只是聚焦於畫裡的人物，或許就不會滲入任何爭執了。可是隨著裘西繼續速寫，瑞克繼續在泡泡裡填字，他們開始聊起和圖畫無關的事。

一個陽光燦爛的午后，瑞克倚著衣櫥門席地而坐，太陽的圖案碰到他的腳，這時裘西說了：

「你知道嗎，瑞克，我一直在想你是不是在妒嫉，因為你一直在問那幅畫像的事。」

「我不懂妳說什麼，妳是說妳正在畫我的那幅嗎？」

「不是，瑞克。我是說你老是提到**我的**畫像。那個傢伙在城裡為我畫的。」

「噢，那幅畫啊。我想我有一次的確提到它，但是我應該不會一直提到它吧。」

「你老是把它掛在嘴邊，光是昨天就講了兩次。」

瑞克不再填寫泡泡，卻也沒有抬頭看。「我想我只是好奇，但話說回來，為什麼會有人要妒嫉妳的畫像呢？」

「聽起來很蠢，可是你的口氣的確是那樣。」

接下來他們都沉默不語，各做各的事。後來瑞克總算開口：

「我不會說我是在妒嫉，我只是關心妳而已。那個傢伙，號稱藝術家的人，妳談到他的每一件事，聽起來都很……呃，**詭異**。」

「他只是畫我的畫像而已。他一直對我很有禮貌，總是擔心會不會讓我太疲累了。」

「他的口氣老是怪怪的。妳說我一直提起這件事。唉，那是因為每次我提起，妳就顧左右而言他，讓我覺得，天啊，這未免也太詭異了。」

「有什麼好詭異的？」

「比方說，妳造訪他的畫室，差不多有四次吧？可是他什麼也沒有讓妳看。沒有草稿，什麼也沒有。他似乎只是想拍一些近距離的照片，這邊拍拍，那邊拍拍。這是藝術家真正在做的事嗎？」

「他偏好用拍照的方式，這樣我就不必依照老派的做法，坐著不動好幾個鐘頭，把自己搞得筋疲力竭。我每次最多只要待個二十分鐘就行了。他逐步拍攝他需要的照片，而且媽媽也都在場。喂，我媽媽會雇用一個變態畫我的畫像嗎？」

瑞克沒有回應。於是裘西接著又說：

「我認為那就是一種妒嫉，瑞克。可是你知道嗎？我不在意。那證明你的態度是對的，你想要保護我。那證明你一直把我們的計畫放在心上。所以別擔心。」

「我沒有在擔心什麼，這真是個荒唐的指控。」

「那不是指控。我沒有說那和性愛之類的什麼有關。我只是說，這幅畫像不過是外頭花花世界的一部分，而你擔心它會成為我們的絆腳石。當我說你或許是妒嫉的時候，就是指這個意思。」

「沒錯。」

雖然他們常常把「計畫」掛在嘴邊，卻很少詳細討論過。不過在這個算是融融泄泄的造訪階段裡，我開始把他們關於那個計畫的隻字片語整理出一個頭緒。我總算明白了，那個計畫不是他們細心擘劃的成果，而只是關於兩個人未來的一個模糊願望。我也了解到這個計畫對於我自己的目標的重要性；隨著未來的開展，即使母親、管家梅蘭妮雅和我一直陪在她身邊，如果沒有這個計畫，裘西可能還是沒辦法擺脫寂寞。

到後來，填泡泡遊戲的結局不再是歡笑，而是擔憂和不確定。對我而言，那是瑞克探訪的第三個也是最後一個階段。

現在回想起來，很難確定他們是誰先改變氣氛的。在前面的階段裡，裘西的速寫往往是刻意用來回憶他們一起經歷過的有趣或歡樂的插曲。那也是為什麼瑞克可以毫不遲疑地馬上在泡泡裡填空。可是現在當畫紙飄到瑞克跟前時，他的反應卻有些改變。他時而對著畫紙凝視許久，或是嘆息或是皺眉。他會慢悠悠地寫著，心無旁騖，一直到寫完之前，不管裘西問他什麼，他往往不予回應。而一旦瑞克把畫紙還給裘西，她的反應也越來越陰晴不定。她或許會眼神空洞地看著畫紙，什麼都沒說就把它塞到被子裡。有時候她會隨手把完成的畫紙扔到瑞克搆不著的地板上。偶爾氣氛可能會回到剛開始的時候，兩個人友善地談笑或抬槓。可是漸漸的，不管是裘西的畫或是瑞克寫的句子，都會挑起尖酸刻薄的口角。即便如此，每當管家梅蘭妮雅在樓下喊說三十分鐘到了，他們通常就會言歸於好。

有一次，瑞克探身拾起一張畫紙，仔細端詳，然後放下他的筆。他又看了那幅畫一會兒，在床上的裘西注意到了，也停下她的畫筆。

「怎麼了嗎，瑞克？」

「嗯，我只是在想他們都是些什麼人。」

「你是說他們什麼長相嗎？」

「她身邊的這些傢伙。我該說他們是外星人嗎？那看起來幾乎不像是一顆腦袋，他們有一隻，呃，巨大的眼球。如果我說錯的話，我道歉。」

「你沒有完全說錯。」她的語氣有點冷淡，也有一點擔憂的味道。「至少不是真的說錯了。他們不是外星人。他們就是……那個樣子罷了。」

「好吧，他們是眼球一族。可是令人不安的是他們凝視著她的那個神情。」

「有什麼好不安的？」

兩人沉默了很久，我從窗影裡看到瑞克一直凝睇著畫紙。

「到底有什麼好不安的？」裘西又問一次。

「我也說不上來。妳在她上頭畫了一個特別大的泡泡，我不確定該寫些什麼。」

「你覺得她在想什麼就寫什麼吧，和其他人沒什麼兩樣。」

房間裡又是一陣闃寂。照射在玻璃上的陽光使得窗子上的影像幾不可辨，我突然有一股轉過身去的衝動，即使這麼做可能會損及隱私。可是瑞克在我轉身前開口說：

「他們的眼睛真的很詭異，而且更讓人毛骨悚然的是，她似乎想要他們一直盯著她看。」

「真是變態，瑞克。她為什麼要做那種事？」

「我不知道。妳說呢？」

「我怎麼知道？」裘西的語氣裡有點惱怒。「到底是誰要在泡泡裡填空的？」

「她似笑非笑的，看起來一副心下竊喜的模樣。」

「不對，瑞克，才不是那樣子呢。那太變態了。」

「很抱歉，我一定是誤解了。」

「你的確是誤解了。那麼快點在她上頭的泡泡裡寫些什麼吧。下一幅就快要完成了。瑞克？你在嗎？」

「也許我會跳過這幅畫。」

「噢，又來了！」

太陽躲起來了，我從窗玻璃裡看到瑞克把那幅畫輕輕扔到裘西床腳下一疊凌亂的畫紙上。

「你讓我很失望，瑞克。」

「那就別畫那樣的畫。」

他們又陷入沉默。我看到裘西在床上假裝專心畫著下一張速寫。我看不清楚瑞克的影像，可是我知道他仍舊靜靜倚著衣櫥門，凝望後窗外面，卻對我視而不見。

瑞克離開以後，裘西往往一臉倦容，把她的筆、速寫簿和脫落的紙頁扔到地板上，然後趴在床上休息。這時候我會離開沙發，拾掇散落一地的什物，因而有機會看到他們剛才在討論什麼。儘管裘西的臉頰貼著枕頭，其實她並沒有真的睡著，而且常常閉著眼睛說話。她知道我一邊整理畫作也一邊在審視它們，而她顯然不在意。其實她很可能希望我檢視每一幅畫。

有一次我在整理的時候，不經意地看到一張畫紙，雖然只是匆匆一瞥，還是立刻認出來畫裡的兩個臉龐應該代表著聚會裡的蜜西以及那個長臂女孩。有很多地方顯然都畫得不太像，可是裘西的意圖昭然若揭。兩姊妹是畫裡的前景，表情不是很友善，周遭還有其他畫得比較潦草的面孔。而且雖然畫裡的傢俱只是寥寥幾筆帶過，可是我知道場景就是開放式平面空間。如果不是上面有個大泡泡，我可能不會注意到在兩姊妹中間的縫隙裡，塞了一個沒有五官的小傢伙。不同於蜜西和長臂女孩的畫像，這個小傢伙缺少一般人類的特徵，例如面孔、肩膀、手臂，反而比較像是中島水槽旁邊桌面上的水滴。事實上，如果不是上頭有個泡泡，看的人或許根本不會猜想那個圖形代表一個人。兩姊妹完全忽視水滴人的存在，儘管那個水滴人就在她們身邊。瑞克在泡泡裡寫道：

「那些聰明的孩子們以為我沒有形貌。可是我有，我只是把它藏起來而已。誰會想要讓他們看呀？」

儘管我只是瞥了一眼，裘西知道我把它放在心裡了，她在床上用困倦的語氣說：

「妳不覺得要他填那個泡泡是很奇怪的事嗎？」

我淺笑不語，自顧自整理東西，她接著又說：

「妳覺得他會認為我畫的就是他嗎？夾在那兩個討厭鬼之間的小傢伙？妳認為那就是為什麼他在泡泡裡寫那些句子嗎？」

「有可能。」

「可是妳不認為如此，是嗎，克拉拉？」接著她又說：「克拉拉，妳有在聽嗎？來吧。我們現在可以談一談嗎？」

「或許更有可能的是，他認為那個小人物是裘西。」

她不再說什麼，我把不同的畫紙堆成一疊，把它們和以前的畫作都放在梳妝臺底下。我以為裘西睡著了，可是她突然說：

「妳為什麼會這麼說？」

「那只是一個估算。我覺得瑞克會認為那個小傢伙是裘西，而且我相信他想要對她體貼一點。」

「體貼？那叫什麼體貼。」

「我相信瑞克很擔心裘西，擔心她有時候在不同的場合裡會變成另一個人。可是在這幅畫裡，瑞克一直很體貼，因為他認為聰明的裘西知道怎麼保護自己，而且其實並沒有變。」

「那麼如果有時候我想要做些不一樣的事呢？誰會想要一輩子都一成不變呢？瑞克的問題是，每當他不喜歡我的行為舉止，他總是會那樣指控我。而那是因為他希望我一直是孩提時候的那個我。」

「我並不真的認為那是瑞克想要的。」

「那麼到底是怎麼回事？這些沒有形貌而隱藏起來的東西？我看不出來那算什麼體貼。那是瑞克的問題。他不想長大，至少他母親不想要他長大，而且他也接受。他想要和他媽媽永遠生活在一起。這對我們的計畫怎麼會有幫助呢？每次我試著要成熟一點，他都會對我生悶氣。」

我沒有回應她，裘西繼續閉著眼睛躺在床上。後來她真的睡著了，可是在她入睡之前，她悄聲說道：

「或許吧，或許他真的想要體貼一點。」

我心想裘西會不會在瑞克下次來探望她的時候提到這幅畫，以及泡泡裡的那句話。可是她沒有，我知道他們之間有個類似規則的默契，一旦畫作或泡泡裡的句子完成了，他們就不會再提了。也許這個默契是有必要的，這樣他們才能隨興地作畫和填寫句子。即便如此，正如我所說的，我一開始就覺得他們的填泡泡遊戲暗潮洶湧，而瑞克的三十分鐘探望正是因此戛然而止。

那是個霪雨霏霏的下午，不過太陽的圖案還是有氣無力地澆灑在裘西的臥房裡。已經連續幾次的探訪都算輕鬆愉快，那天的氣氛也頗為愜意。瑞克來了十二分鐘左右，他們又玩起填泡泡遊戲。裘西在床上說：

「怎麼回事？你還沒有寫好嗎？」

「我還在思考。」

「瑞克，我們不是說好了不要思考嗎？想到什麼就寫什麼。」

「有道理。可是這個得多想一下。」

「為什麼？有什麼不同嗎？快一點，我就要畫好下一幅了。」

我從窗裡的影像看到瑞克一如往常坐在地板上，把畫作擱在膝上，雙手垂放兩旁。他凝視著那幅畫，露出困惑的神情。片刻之後，裘西一邊作畫一邊說：

「你知道的，我一直想要問一個問題。你媽媽為什麼不再開車了？你們那輛車子還在嗎？」

「已經好幾年沒有人發動它了。可是沒錯，它還在車庫裡。也許等我拿到駕照，我會把它開出來澈底檢查一下。」

「她是害怕出車禍還是怎的？」

「裘西，這件事我們已經談過了。」

「對，不過我不記得了。是因為她太害怕了嗎？」

「大概是吧。」

「**我**媽媽剛好相反，她總是開太快了。」她見瑞克沒有搭腔，於是問道：「瑞克，你還沒有填好嗎？」

「快寫好了，再等我一下子。」

「害怕開車是其中一個問題。可是你媽媽不在意一個朋友都沒有嗎？」

「她有朋友。瑞弗斯太太不時會來我們家。而且她也是妳媽媽的朋友，不是嗎？」

「我不是這個意思。每個人都會有一、兩位**個別**的朋友。可是你媽媽她沒有**社交圈**。我媽媽的朋友也不是很多，可是她的確有社交圈。」

「社交圈？聽起來很古怪。那是什麼意思？」

「意思是說你走進一家店，或是上了計程車，大家都會把你當一回事，對你很好。有自己的社交圈是很重要的事，對吧？」

「裘西，妳知道我媽媽的身體時好時壞。那不是她可以決定的事。」

「可是她還是做了決定，對吧？比方說，關於**你**的事，她做了一個決定。不管任何時候，她什麼事都要打回票。」

「我不知道我們為什麼要聊到這個。」

「你知道我怎麼想嗎，瑞克？如果我說錯了什麼，你可以隨時叫我住嘴。我認為你媽媽從來都沒有和你一起往前走，因為她要永遠占有你。而現在一切已經太遲了。」

「我不知道為什麼我們要說這些事。而且那又怎樣呢？誰要這種社交圈呀？那樣的生活並沒有礙著誰吧？」

「它的確是個阻礙，瑞克。比方說，它阻礙了我們的計畫。」

「喂，我一直都在盡力……」

「你沒有盡力，瑞克。你總是把我們的計畫掛在嘴邊，可是你有真的做什麼嗎？一天又一天過去，我們都長大了，一大堆事情紛至沓來。我一直努力以赴，可是你沒有，瑞克。」

「有什麼我應該做的事是我沒做到的？多參加妳的社交聚會嗎？」

「你至少可以多嘗試看看。你可以做一些我們談過的事。用功一點，試看看申請亞特拉斯・布魯金學院。」

「為什麼要扯到亞特拉斯・布魯金學院？我一點機會也沒有。」

「你當然有機會，瑞克。你很聰明，就連我媽媽都說你有機會。」

「理論上的機會而已。亞特拉斯・布魯金學院或許值得慎重其事，可是機率不會超過百分之二。他們開放給落選者的保留名額低於百分之二。」

「可是你比其他申請入學的落選者聰明得多。你為什麼不申請看看呢？我告訴你，那是因為你媽媽要你永遠陪著她。她不要你走到外面的世界變成真正的成人。喂，你還沒寫好嗎？下一張都畫好了。」

瑞克默默不語地凝視著那幅畫。裘西話雖那麼說，卻繼續在她的畫作上東塗西抹。

「不管怎樣，」她又說：「這樣子行嗎？我是說我們的計畫。如果我有社交圈而你沒有，這樣子行嗎？我媽媽車子開得太快，可是至少她有那個勇氣。莎爾沒有撐過來，即便是那樣，我媽媽還是鼓起勇氣和我一起往前走。那需要勇氣，對吧？」

瑞克驀地俯身振筆疾書，他往往會拿一本雜誌墊在畫紙下面，可是這次我看到他直接把紙壓在大腿上，畫紙都皺了。他一下子就寫好，倏地站起身來，把筆擲在地上。他沒有把畫遞給裘西，而是扔向她的床，讓它落在她面前的羽絨被上。接著他向後退走到門邊，睜大著既憤怒又害怕的眼睛瞪著她。

裘西一臉訝異地轉頭看他，放下她的筆，伸手拿起那張畫紙，眼神漠然地注視許久。瑞克站在門邊，視線沒有離開過她。

「我真不敢相信你居然會這麼寫，」她終於開口說：「你為什麼要這麼做？」

我坐在鈕扣沙發上，轉過身來，心想他們的衝突一觸即發，也顧不得什麼隱私了。或許瑞克忘了我的存在，因為我的轉身似乎讓他大吃一驚。他瞟了我一眼，眼神裡依舊充滿了恐懼和憤怒，接著不發一語大步走出房間。我們聽到他步下樓梯的聲響。

當大門砰的一聲關上的時候，裘西打了個呵欠，把所有東西都扔到床底下，趴在床上休息，宛如瑞克今天的探視和過去沒兩樣。

「他有時候就是會這樣把人搞得筋疲力竭，」她埋首枕頭裡說。

我站起身，開始收拾房間。裘西的眼睛一直閉著，不再多說什麼，可是我知道她還沒有睡著。我在拾掇的時候不自覺地瞥向那張引爆衝突的畫紙。

一如預期，畫裡有裘西和瑞克的不同模樣。雖然有許多地方畫得不像，不過還是足以讓人認出他們是誰。畫裡的裘西和瑞克似乎飄浮在空中，他們底下的樹木、道路和房子都畫得極小，就像袖珍畫一樣。背景的天空裡，有七隻鳥成群飛行。裘西雙手抓住一隻體型大得多的鳥，把它拿給瑞克，當作一份特別的禮物。裘西笑靨粲然，瑞克卻是一臉既興奮又驚訝的神情。

畫裡的瑞克頭上沒有泡泡，只有裘西頭上才有，意味著她心裡在想些什麼，而瑞克在泡泡裡頭寫道：

「我希望可以出去走一走，跑跑步，玩滑板，在湖裡游泳。可是我不能去，因為我媽媽有勇氣。所以我生病臥床。這讓我很開心。我真的很開心。」

我把這幅畫插入整理好的一疊畫紙裡，而不是放在最上頭。裘西仍舊默不作聲而且眼睛閉著，一動也不動，可是我知道她沒有睡著。要是在出遊摩根瀑布以前的日子裡，我或許會在這個時候跟她聊一聊，而裘西或許也會據實以答。可是現在我們之間的氣氛已經不復以往，於是我決定什麼都不說。我走到梳妝臺，彎腰把剛整理好的畫紙堆在底下其他畫作旁邊。

隔天或是之後的日子裡，瑞克再也沒有來過。管家梅蘭妮雅問道：「那孩子到哪兒去了？生病了嗎？」裘西只是聳聳肩，什麼也沒說。

又過了好些日子，仍然不見瑞克來訪，裘西也越來越沉默，只是比比手勢要我們走開。她仍舊在床上作畫，可是少了瑞克以及填泡泡遊戲，她的興致沒多久就乾涸了，不時會把未完成的畫扔到地上，躺在床上凝望著天花板。

有一個下午，她依舊呆望著天花板，我對她說：「裘西，如果妳願意的話，我們可以來玩填泡泡遊戲。不管裘西畫了什麼，我都會盡力想出合適的句子。」

她仍然神情木然地望著半空。接著她轉身說：「那沒有用的。我不在意妳偷聽了什麼，可是妳不可能取代瑞克。完全不可能。」

「我明白了。很抱歉，我不應該提議……」

「沒錯，妳不應該。」

又過了幾天，瑞克還是沒有來探望裘西，她也越來越沒精打采，我擔心她的老毛病又要犯了。我想到或許現在是太陽賜予特別援助的理想時機，每當他投射在房間裡的圖案突然改變，或是在多雲天氣的魔咒之後乍現天際，我都會滿心期盼地望著他。可是儘管他依舊準時而可靠地灑下平時的養料，卻始終不見他的特別援助。

某天早晨，我收走裘西的早餐盤以後再度回到房間，看到她斜倚著枕頭專心作畫，以前的熱情似乎都回來了。她作畫時的神情相當嚴肅，那是我從來沒看過的。我試著跟她交談幾句，可是她沒有回應。我在整理房間而靠近她的床時，她立刻調整坐姿，不讓我瞥見她在畫什麼。

過了一會兒，她把紙頁撕掉，揉成一團，扔在旁邊的羽絨被上。她又開始畫另一幅畫，眼睛睜得又大又圓。我坐在鈕扣沙發上。這次我面向著她，讓她知道只要她想談一談，我隨時都在。

將近一個鐘頭過去，她放下筆，凝視著她的畫好一會兒。

「克拉拉？妳去看看那邊，左下角的抽屜裡有沒有？可以拿一只信封袋給我嗎？那種氣泡信封袋。」

我俯身打開抽屜時，看到裘西又拿起筆，我從她的動作知道她不是在畫畫，而是在寫字。接著她把畫紙對摺，中間夾了一張空白的畫紙以免弄髒，然後拿走我手裡的氣泡信封袋，小心翼翼地把畫紙放進去，撕開薄紙條，把信封袋密封起來，又壓了幾下信封口以確定是否密合。

「真開心終於完成了，」她把信封拿在手裡翻來覆去，一副感到寬慰似的。可是就在我要離開的時候，她突然把它遞給我。「妳可以把它放回剛才妳找到信封的那層抽屜嗎？左下角的那個？」

「當然，」我從她手裡把信封接過來，可是沒有立刻走到抽屜那裡，而是站在房間正中央，拿著信封看著她。「我想這幅畫會不會是裘西要給瑞克的特別禮物。」

「妳怎麼會這麼說？」

「那只是個估算。」

「嗯，妳的估算是正確的，那是要送給瑞克的。他下一次到家裡來的時候。」

她看著我默默不語，我不確定她是在催促我把信封放進她指示的抽屜裡，或者是在等我談起瑞克和他來探訪的事。後來我說：

「也許他不久就會再來。」

「也許吧，不過我看不出任何他會再來的跡象。」

「我想瑞克看到這幅畫會很開心，他會知道那是裘西特地畫的。」

「我不是特地畫的。」她的眼神裡有點惱火的意味。「我只是無聊就隨便畫了一幅素描，如此而已。不過妳是對的，那確實是要給瑞克的。問題是他必須到家裡來才拿得到，可是他再也不會來了。」

她繼續盯著我看。我站在臥房中央佇足不動。

「裘西，」我過了半晌才說：「如果妳願意的話，我可以把素描拿去給他。」

她的眼神充滿訝異又興奮。「妳是說妳會拿過去給他嗎？到他家嗎？」

「是的，畢竟他家就在附近而已。」

「我想由妳拿去給他，應該不會太唐突吧。別人的愛芙一天到晚都在幹這種差事，對吧？」

「我很樂意跑一趟。我相信我有辦法找到通往他家的正確路徑。」

「妳今天就可以去嗎？午餐之前？」

「裘西想要我什麼時候去都可以。如果妳願意的話，我現在就可以拿去給他。我馬上動身。」

「妳認為這是個好主意嗎？」

我輕輕揚一揚信封，「我很開心可以把裘西的畫拿去給瑞克，到戶外探險一下對我也很好。而且如果瑞克收到這幅特別的畫，他也許會原諒裘西，你們就會言歸於好。」

「妳說『原諒』是什麼意思？應該是**我**原諒**他**吧。那太蠢了，克拉拉。現在我不想要妳拿去給他了。」

「我很抱歉，都是我的錯，我還沒有搞清楚關於原諒的種種規則。即便如此，我想最好還是把這幅畫拿過去給他。我想他會很喜歡的。」

她臉上的慍色漸漸褪去。「好吧，妳去吧。拿過去。」我轉身要出去的時候，她又輕聲說：「也許妳是對的，我猜**應該是**他要原諒我。」

「我會拿去給他，看看他會怎麼做。」

「好的。」她露出笑容。「如果他對妳無禮的話，妳當下就把它撕掉，明白嗎？」她的笑靨有如回到摩根瀑布之遊以前那般灼灼粲粲。我也跟著笑說：「但願我不必這麼做。」

她以有點搞笑的姿勢躺回枕頭上。「好吧，去吧。現在我需要休息一下。」

可是就在我把氣泡信封袋抱在胸前準備離開房間時，她突然說：「喂，克拉拉？」

「怎麼了？」

「妳一定悶壞了，是吧？和一個病懨懨的孩子住在這裡。」

她還是一副笑容可掬的模樣，可是我看到微笑底下的擔憂。

「和裘西在一起永遠不會沉悶無聊。」

「妳一直在店裡等著我。我敢說現在妳會心想，如果當初是跟別的孩子走，那該有多好。」

「我從來沒有這麼想過。做裘西的愛芙一直是我的願望，而我的願望也成真了。」

「話是沒錯，可是……」她淺笑說，聲音裡充滿了悲傷。「不過那是在妳來我們家之前，那時候我保證說妳會覺得自在愜意。」

「我在這裡很開心。除了做裘西的愛芙，我沒有別的願望。」

「如果我的身體康復了，我們隨時都可以一起到外頭玩。我們可以到城裡去看我爸爸，也許他可以載我們到別的城市。」

「未來有各式各樣的可能性。可是裘西要知道，我不會擁有比這裡更好的家，或是比裘西更好的孩子。我很高興終於等到妳，我也很高興經理願意讓我耐心等候。」

裘西聽了若有所思，接著臉上又綻放笑容，煦煦然沒有任何擔憂的陰影。「那麼我們是朋友，對吧？最好的朋友。」

「是的，當然。」

「很好。那麼記得，妳不必受瑞克的任何鳥氣。」

我不覺莞爾，揮了揮手裡的信封袋，示意說我會好好保護它的。

對於我獨自出門到瑞克家辦差事，管家梅蘭妮雅沒有什麼意見。不過當我穿過碎石子路朝著相框柵門走去時，她一直站在大門口望著我，直到我踏進第一壟田畝，她才回屋子裡。

我沿著非正式道路摸索前進，沒多久小徑就變得難以預測，上一步踏到堅硬的地面，下一腳就踩進軟泥裡。草叢高度及肩，我開始擔心自己會迷路。不過這片畎畝劃分有序，從一畦田走到下一畦田，眼前縱橫的阡陌清楚可見。小徑兩側的蔓草頻頻擋住我的路，我很快就學會伸出手撥開它們。如果我兩隻手都有空，我會走得快一點，可是手裡拿著裘西的信封袋，我可不想弄壞它。好不容易走出榛榛莽莽的草叢，前面就是瑞克的家了。

儘管以前只是遠眺，我已經估算出瑞克的屋子沒有裘西家那麼高級。眼前我看到牆上粉刷成白色的木條已經變灰，有些地方甚至變成褐色，其中三扇深色的方形木框窗沒有任何裝飾窗廉或百葉窗。我踏上木條臺階，每踩一階，它就陷下去一些，上面則是用更多木條鋪成的露臺，中間有許多空隙，可以看到底下泥濘的地面。屋子大門旁邊倒放著一臺冰箱，背面對著路人，我看到蜘蛛在它的金屬扇葉片上面打造牠們的家。我暫停觀察優雅的蜘蛛網，因為大門打開了，儘管我沒有撳門鈴。瑞克走出門來。

「很抱歉，」我馬上說：「我無意侵犯你的隱私，我是有個重要的差事才來的。」

他看起來並沒有生氣，只是默默地看著我。

「愛芙經常要執行重要的任務，」我說：「裘西差我捎來這個。」我拿起信封袋。

瑞克臉上閃過一絲興奮，馬上又消失無蹤。「妳能過來很好，」他說。

或許他以為我會就這樣把信封交給他，然後轉身告退。不過我早就預期到這個可能性，沒有馬上交給他。我們就這樣面對面站在露臺上，陣陣涼風吹過露臺間隙。

「既然這樣的話，」他總算開口說：「我想妳應該進來一下。不過可別說我沒提醒妳，我家裡一點也不好玩。」

走廊是深色木質地板，我們經過一只掀開的大箱子，裡頭琳瑯滿目，諸如壞掉的電燈和不成雙的鞋子。瑞克帶我進到一間大廳，從落地窗望出去，可以看到外頭的鬱茂原隰。傢俱沒有那麼摩登，也不像開放式平面空間裡那樣相互搭配：沉重的深色櫃子、圖案褪色的地毯，還有形狀、尺寸和軟硬程度不一的椅子。牆上掛著許多袖珍圖片，有些是攝影，有些是鉛筆畫，畫框上也有蜘蛛的家。此外還有零零落落的幾本書、圓形時鐘、矮茶几。我看得出來要定位視線不容易，於是找了一個比較開闊的點，走到那裡，背對著落地窗。

「好啦，這就是我們住的地方，」瑞克說：「我母親和我。」

「謝謝你讓我進來。」

「我在樓上就看到妳了。我等一下必須回樓上去。」他朝天花板看了一眼以對我示意。接著他有點感傷地說：「我想妳應該聞到什麼怪氣味了。」

「我聞不到任何氣味。」

「噢，抱歉，我不知道。我以為嗅覺會是個重要的感官。我的意思是為了安全起見，好比說著火之類的。」

「或許正是因為如此，B3型具有有限的嗅覺，可是我完全沒有。」

「呃，那麼現在算妳走運，因為這個地方還是有怪味道。即使我一整個早上都在打掃，不停地清理。」他的眼睛噙著淚水，可是依舊直視著我。

「瑞克的母親身體不舒服嗎？」

「妳可以這麼說，雖然她的病和裘西不大一樣。我不想聊母親的事情，如果妳不介意的話。裘西這幾天還好嗎？」

「我恐怕必須說她沒有比較好。」

「病情惡化嗎？」

「或許不算是惡化，可是我認為她的狀況可能已經很嚴重了。」

「當時我也是這麼想。」他喟然嘆息，坐到我正對面的沙發上。「所以是她要妳來的。」

「是的，她要我把這個東西交給你。她特別認真做的。」

我把信封袋遞到他跟前，讓他不必起身就拿得到。雖然他剛剛坐下，還是趕緊站起來，接過信封，小心翼翼地拆開。

他凝視那幅畫好一會兒，臉上露出了淺笑。「瑞克和裘西永遠在一起。」他終於開口說。

「上頭是這麼寫的嗎？在泡泡裡？」

「噢，我以為妳看過了。」

「裘西沒有讓我看就塞到信封裡了。」

他又看了片刻，然後把那幅素描遞給我看。

那和我在填泡泡遊戲裡看到的畫面截然不同。畫裡頭充滿了有稜有角的東西，它們都有著尖銳的突觸而糾纏在一起，形成一個密不透風的網狀物。裘西用各種顏色的鉛筆表現，可是整體來說，色調暗沉而令人生畏。不過畫的左下角保留了一個明亮而寧靜的空間，可以看到有兩個小人物在那裡，背對著畫面，手牽手走向遠方。他們就像兩根牙籤似的，除了看得出來是男孩和女孩，其他部分都難以辨識。可是他們似乎很快樂，而且無憂無慮。他們的正上方有個泡泡，由於少了平常的尾巴或者是泡泡點，裡頭的句子比較像是海報標語，或是計程車門上的廣告，而不像是任何一個人心裡的念頭。

「妳怎麼看呢？」他問道。

「畫得很好。我想是一幅很貼心的畫。」

「是啊，我想也是，還有很貼心的訊息。」

突然樓上傳來震天價響的音樂和電子聲音，瑞克臉上露出厭煩的神情。他跑出大廳，手裡兀自抓著裘西的畫。

「媽！」他在走廊上大吼說：「媽！拜託關小聲一點！」

樓上有個聲音不知道說些什麼，瑞克又朝著上面叫道：「我再一分鐘就上去，拜託把它關小聲一點。」這次他的聲音溫柔許多。

聲音果然安靜了一點，瑞克回到大廳，又端詳起裘西的畫。

「沒錯，的確是一幅很貼心的畫，請替我向裘西致謝。」

「我想裘西會盼望瑞克親自去道謝。」

他臉上的微笑頓時不見蹤影。「可是沒有那麼簡單，不是嗎？」他說：「妳一直都在那裡，也都偷聽到了，所以妳知道的應該和我一樣多。她老是在數落我，我沒有理由要忍氣吞聲吧。她做得太過火了，接著她以為憑著一幅畫就可以盡釋前嫌，而且是叫一個愛芙送過來的。她得搞清楚，很多事沒有那麼容易修補的。」

「如果瑞克再去探望她一次，我相信裘西會想要道歉的。」

「真的嗎？聽著，我認識裘西不是一天兩天了，我猜想她心裡堅信該道歉的人是我吧。」

「裘西和我討論過這一點，我相信她很想要向瑞克道歉。」

「我想我也失態了。可是她不可以老是針對我母親品頭論足，那不公平。我母親已經盡力了，而且她正在漸入佳境。」

儘管打開門在露臺迎接我的那個瑞克，和造訪裘西家時一直忽視我的那個瑞克沒什麼兩樣，可是看到他現在更加接近在社交聚會裡當其他孩子都跑到戶外時和我單獨交談的那個人，這點還是一件很有趣的事。其實自從那天下午的交談之後，這個版本的瑞克似乎是第一次和我見面，並且延續我們上次的對話。

「我同意你說的話，裘西的措辭有時候的確不是很友善，」我說。「或許是因為裘西覺得瑞克的母親把瑞克抓得太緊了，使得瑞克和裘西的未來難以成真。」

「可是為什麼裘西總是要指責媽媽？那不公平。」

「裘西是擔心你們的計畫。我想她以為瑞克的母親不肯放手，是因為她害怕會因而感到寂寞。」

「妳或許是個相當聰明的愛芙，可是妳不知道的事還很多。如果妳只是聽到裘西的片面之詞，那麼妳永遠不會明白整個真相。問題不只是媽媽。裘西現在總是想辦法要誣陷我。」

「誣陷你？」

「妳應該聽過，現在她一直這麼做。她不是指責我滿腦子那檔子事，就是氣我對她沒有任何那方面的念頭。不管我怎麼辯解，她都要誣陷我。她說我對於在數位螢幕上看到的每個女孩都想入非非，然後下一次她又提到的時候，如果我不理會她，她又會說我有毛病，說我不是正常人。她老是說我們從小就太熟了，所以談到男女之事總是會很尷尬。而不管我說什麼或做什麼都不對，我都會被她誣陷。還有她談到媽媽的方式，真是太過分了。管他什麼計畫不計畫的，那太不公平了。」

他又坐了下來，太陽的圖案正好落在他身上。他小心翼翼地把裘西的素描放在他身旁，雖然畫紙面朝下，他依舊怔怔凝視著它。

「不管怎樣，」他輕聲說：「裘西現在纏綿病榻，如果她沒辦法趕快康復，眼下的一切，包括我們的計畫，都不會有任何意義。而整個發展的態勢……我不知道這些日子該思考什麼。」他抬頭看著我。「克拉拉，妳應該是超級聰明的。那麼妳的估算如何？裘西的病有多重？」

「我說過，我相信裘西病得很嚴重。她可能已經沉疴難起而命在旦夕了，就像她姊姊一樣。可是我相信有個辦法可以讓她痊癒，那是大人們一直沒有想到的方法。我也相信現在情況相當危急而不能再等了。即便有點失禮，即便會侵犯隱私，也許是時候該採取行動了。當然，我今天來這裡是有事要辦，然而我也盼望瑞克給我一點寶貴的建議。」

「妳那麼聰明，而我只是個落選的白痴孩子。不過，好吧，如果妳想要知道什麼的話，我會知無不言的。儘管問吧。」

「我想穿過田野去看看馬克班先生的穀倉。我想瑞克至少去過一次，裘西跟我提過。」

「妳是說那邊的穀倉？我們很小的時候的確去過一次，那時候她還沒有生病。後來我又去了幾回，不過只有我一個人。那裡沒什麼特別的，如果妳剛好到外頭散步，那裡可以坐下來歇歇腳，遮遮蔭。那對裘西有什麼幫助嗎？」

「我現在還不能透露，姑且先保守祕密。也許走一趟馬克班先生的穀倉可能太異想天開了，可是現在我必須試看看。」

「妳想要和馬克班先生談一談？關於裘西的病？如果妳在那裡遇到他，那還真是算妳走運了。他住在五英里外，他的主要活動範圍在那裡。這些日子他很少過來這邊了。」

「我不是要跟馬克班先生交談。可是不好意思，我不能透露什麼，否則裘西就得不到特別援助了。我只是想聽聽瑞克有什麼寶貴的建議。」我轉身跟他一起望著落地窗外。「請告訴我，從這裡到穀倉有沒有類似到瑞克家這裡來的非正式道路。」

他站起來走到窗前。「那裡有一條類似的小路。有些時候會比較好走，有時候則很難走。就像妳說的，它是非正式的。沒有人特別清掃它或什麼的，那條路上經常只有荒煙蔓草。可是如果那條路被封了或是太泥濘，往往可以另闢蹊徑。即使到了冬天，也總是會有路可以走。」他突然上下打量我，彷彿生平第一次認真看待我似的。「我對愛芙所知不多，所以我不知道那對妳有多難。如果妳願意的話，我可以陪妳去。如果那真的對裘西有幫助，雖然我直到現在才真正跟妳說話，我還是樂意幫忙的。」

「非常謝謝瑞克，可是我想我最好獨自前往。如我所說，我可能必須……」

「噢，天啊……」瑞克驀地轉身衝到大廳門口。

我才剛意識到有人走下樓的腳步聲，此刻人已經到了走廊。說時遲那時快，海倫小姐——雖然那時候我還不知道她的名字——已經走進大廳。她四下張望，卻顯然沒有注意到我。她肩上披著一件上班族到戶外會穿的那種薄外套，大步走到窗臺下的木箱子前面，外套跟著滑了下來，被她一把抓住。

「它到底藏在哪兒呢？我真是笨得可以。」她掀開箱蓋開始東翻西找。

「媽媽，妳在找什麼啊？」

瑞克的聲音聽起來有點惱怒，彷彿他母親違反了什麼規定似的。他走到我身邊，我們一起看著海倫小姐彎身翻找東西。

「我知道，我知道，」她說：「我們有訪客。我只要一下子就好。」

她站起身來面對我們，手裡拎著一隻鞋子，另一隻鞋子則是被鞋帶纏住而盪來盪去。

「真是不好意思，」她總算正眼看著我說：「我真是失禮。歡迎來我們家。」

「謝謝妳。」

「人們向來不知道怎麼和像妳這樣的客人打招呼。話說回來，妳算是客人嗎？或者我要把妳當作吸塵器？我以為我家事做得夠多了。我很抱歉。」

「媽，」瑞克低聲說。

「別大驚小怪，親愛的，讓我用我自己的方式來認識我們的新客人。」

剛才不住搖晃的鞋子因為重量的關係而掉進木箱裡。海倫小姐怔怔看著它，手裡兀自拿著另一隻鞋。我看到瑞克越來越忸怩，而我也不想侵犯他們的隱私。可是海倫小姐繼續對我說：

「我知道妳是誰。裘西的小玩伴。妳做得好極了！我都是聽克莉絲說的。妳知道嗎？她常常來我們家串門子。是不是啊，瑞克？妳不坐一下嗎？」

「承蒙妳的好意，可是我覺得我該回去了。」

「但願不是因為我的關係，我下樓來只是想要寒暄一下。」

「媽，克拉拉有要務在身。而且妳應該還很累吧。」

「我沒事的，謝謝你，親愛的。」接著她轉身對我說：「顯然我昨晚的狀況不是頂好的。克拉拉，我想妳一定對我很好奇。克莉絲說妳對什麼事都很好奇。那麼妳一定注意到我是英國人，妳身上的裝置有辦法辨別口音嗎？或者妳可以透視我，看出我的遺傳因子？」

「媽，拜託。」

「的確有許多英國人到我們店裡，」我微笑說：「所以啊，所有愛芙應該都很熟悉妳的說話方式。我們都覺得很悅耳，而且負責照顧我們的經理也鼓勵我們多聽多學。」

「一想到你們機器人都要上演說課，就讓人很開心！」

「媽……」

「說到上課，克拉拉。妳的名字叫克拉拉，是嗎？說到上課，這個家裡正在醞釀一個想法。」

「媽，不行啦，克拉拉不會有興趣……」

「讓我講完，親愛的。既然她親自來了，我們就要把握機會。我必須說，親愛的，這些日子以來，你越來越專橫了。那是最討人厭的。克拉拉，妳想要聽聽我們的想法嗎？」

「當然，我洗耳恭聽。」

瑞克轉身走開，一臉厭惡地想要走出大廳。可是他在門口駐足不前，從我這裡只看得到他的一部分腰背和手肘。

「那不關我的事，」他彷彿在對著走廊上的某個人叫喊。

海倫小姐對我淺淺一笑，接著坐到剛才瑞克坐的沙發上，一手調整她的外套，另一手依舊拿著那隻鞋子。

「妳知道的，瑞克以前上過學，我是說真正的、舊式的學校。那裡真是無法無天，可是他交了一些好朋友。是吧，親愛的？」

「我不想聽。」

「那麼你為什麼要在那裡踅來踅去的？你看起來很彆扭，親愛的。要不留下來，要不就走吧。」

瑞克沒有任何動作，始終背對著我們，肩膀倚著門框。

「好啦，長話短說，反正就是瑞克休學了，像其他比較聰明的孩子一樣上家教課。可是後來，妳知道的，情況越來越複雜。」

海倫小姐突然沉默不語，望著我後面的某個地方。我想她是在遠眺落地窗外面，我正要轉身時，她卻說道：

「外面沒什麼好看的，克拉拉。我只是一時出了神而已。我想起一段插曲。我有時候會犯那種毛病，瑞克會跟妳說的。如果我老毛病又犯了，會需要有人推我一把。」

「媽，看在老天的份上……」

「我們說到哪裡了？噢，是的，所以依照計畫，瑞克是要像其他聰明小孩一樣上螢幕教授的家教課。可是當然，妳或許也知道，情況越來越複雜。重點來了。親愛的，你要接手把故事說完嗎？不要？好吧，那麼我長話短說。即使瑞克一直沒有被錄取，他還是有個不錯的選擇。亞特拉斯·布魯金學院開放少數名額給落選的學生。那是唯一開放名額的名校。他們相信有教無類的原理，謝天謝地。可是由於每年名額有限，所以競爭自然也相當激烈。但是瑞克很聰明，如果他去申請，再加上一點專家指導，因為這個我沒辦法教他，我想他會很有機會的。沒錯，你有機會，親愛的！別搖頭！可是簡單說，我們沒辦法替他找到螢幕家教。他們有的是英語寫作測驗中心的成員，禁止招收落選的學生，有的則根本就是漫天開價的土匪，我們當然是負擔不起。可是我們聽說妳現在是我們的鄰居，於是我有個絕妙的點子。」

「媽！我是認真的。別再說了！」瑞克回到大廳，大步走向他母親，好像要把她拉走似的。

「好吧，親愛的，如果你這麼在意，我們就不說下去了。」

瑞克走到沙發前面，低頭瞅著海倫小姐。她微微調整坐姿才有辦法越過他看得到我。

「克拉拉，現在我有如身在夢境。但妳知道那不是在做夢。我在看那外頭，」她指著我後面的窗子。「而且我在回想。妳轉過身去，想看什麼就看什麼，我保證沒有什麼好看的。可是以前，我望著外面，的確看到了什麼東西。」

「媽，」瑞克又說話了，可是由於海倫小姐轉移了話題，他的語氣就沒有那麼急切了。他微微轉向我，退了幾步，才不致於擋住他母親的視線。

「天氣真好，」海倫小姐說：「那時候約莫下午四點左右。我叫瑞克過來，他也看到了。你看到了，是嗎？雖然他說他沒趕上。」

「妳看到的可能是任何東西，」瑞克說：「任何東西。」

「我看到的是克莉絲，裘西的母親，就是她沒錯。我看到她走出草叢，就在那裡，一隻手抓著某個人。我大惑不解。我是說，那就像是那個人想要逃走，而克莉絲在追她。而且她抓住了她，可是沒辦法讓她停下來。於是兩個人可以說是跌跌撞撞地滾出草叢。就在那裡，從草叢裡滾到我們的土地上。」

「媽媽那天的狀況也許不是太好，所以看得不是很清楚。」

「我看得一清二楚。瑞克不喜歡這個故事，所以他試圖含沙射影，暗示說我有毛病之類的。」

「妳的意思是說，」我問道：「妳看見裘西的母親抓著一個孩子從草叢裡走出來？而且那個孩子不是裘西？」

「克莉絲想要攔下那個人，她想盡辦法要壓制對方。就在外頭那裡。克莉絲兩隻手緊緊抱住那個女孩。瑞克跑過來的時候，剛好看到那一幕。然後她們倆又消失在草叢裡。」

「那可能是任何人。」瑞克現在比較放鬆了，坐在他母親旁邊，跟著眺望窗外。「好吧，其中一人是裘西的媽媽。這個我同意。可是另一個人……」

「另一個人看起來像是莎爾，」海倫小姐說。「裘西的姊姊。那就是為什麼我趕緊叫瑞克過來看。那是在莎爾所謂死亡整整兩年**之後**的事。」

瑞克放聲大笑，雙手摟著他母親的肩膀，深情款款地緊緊擁著她，使得她的薄外套歪了一邊。「媽媽總是有些怪誕的理論。好比說莎爾其實還活得好好的，住在那棟屋子裡，藏在某個壁櫥裡之類的。」

「我沒有那麼說，瑞克。我從來沒有認真地暗示過這種事。莎爾過世了，那是個莫大哀慟的悲劇。我們不應該拿關於她的回憶玩這種愚蠢的遊戲。我只是說，我看到的那個人，那個想要掙脫克莉絲逃走的人，**看起來很像**莎爾。我說的就只是如此而已。」

「這真是個奇怪的故事，」我說。

「克拉拉，我在想，」瑞克說：「裘西或許會擔心妳出了什麼事。」

「唉呀，可是我們的小朋友還不能走，」海倫小姐說：「我想起來我們剛才在討論什麼了。我們在討論瑞克的教育。」

「別這樣，媽，妳有完沒完呀！」

「可是親愛的，克拉拉好不容易來這裡，而我一直想要和她討論這件事。而且，瞧瞧我們這裡有什麼東西？」海倫小姐注意到裘西的畫作，瑞克把它面朝下放在信封上，信封則擱在沙發上。

「夠了！」海倫小姐還沒來得及搆到它，瑞克就一把拿走圖畫倏地起身。

「你又來了，親愛的。老是想要支配一切。你得改一改。」

他背對著海倫小姐不讓她看到他在做什麼，謹慎地把裘西的畫放回信封袋裡。接著他走出大廳，這次沒有在門口躊躇不前了。我們聽到他堅定地大步穿過走廊，打開大門，砰的一聲又關上。

「一點新鮮空氣對他會有好處的，」海倫小姐說：「他關在屋裡太久了。他現在甚至不去探望裘西了。」

她又遠望落地窗，我也跟著轉身看到瑞克在外面露臺的身影，他斜倚著木板階梯上的扶手。飄飄涼風吹亂了他的頭髮，可是他依舊佇立不動。

海倫小姐從沙發起身朝著我走過來，我們並肩站在落地窗前。她比母親高了兩英寸左右，可是她的站姿不像母親那樣挺拔，而是有點佝僂，宛如外頭被風吹拂的長草。在那個片刻，她的影像完全沒有被分割，在窗前的微光裡，我看到她早生華髮，兩鬢斑白。

「我還沒有自我介紹，」她說：「請叫我海倫。我真是失禮。」

「一點也不，妳一直很客氣。反倒是我擔心我的來訪會造成你們的摩擦。」

「唉呀，摩擦是每天都有的事。噢，對了，趁妳還沒有問到之前，答案是肯定的，我的確很想念英國。我尤其想念樹籬。在英國，我以前住的地方四周綠意盎然，而且總是有阡陌縱橫的樹籬。樹籬，樹籬，到處都是。井然有序。現在妳看看外頭。一大片荒煙蔓草。我猜想那裡頭大概有柵欄之類的東西吧，但是誰知道呢？」

我看到她默然不語，於是說：「我想那裡的確有柵欄。其實是三片田畝，有柵欄或碑壟經界田地。」

「妳可以三兩下就把柵欄拆掉，」她說：「然後移到別的地方。不用幾天就可以改變整個地貌。用柵欄經界的田地都只是暫時的。妳可以像換個場景一樣輕易改變任何事物。我以前是演員，妳知道嗎？有時候在很體面的劇院。有的劇院則相當寒傖。柵欄，那是什麼東西？只是舞臺設計而已。那是英國的優點之一。樹籬為田地保留了歷史感。我在演戲的時候從來不會忘詞，和我對戲的其他演員則老是忘記。他們的水準參差不齊，可是我從來不會忘詞。一句都不會。多年來，我一直想要問克莉絲我所看到的那個場景。她有時候會來看我，我們總是聊得很開心。我時常想要問她，可是欲言又止。我心想不行，還是別問的好。那到底關我什麼事啊？」

「我相信瑞克的母親現在想要討論的是瑞克的教育問題。」

「請叫我海倫。是的，沒錯。如妳所見，關於這個話題，瑞克連談都不想談。我的意思是找妳幫忙的這個點子。我想我得先問問克莉絲的意見才行，甚或是裘西。我不清楚，禮節這種東西真是模稜兩可。如果要借個吸塵器……可是妳的情況不一樣，我知道。妳一定要原諒我，我真是失禮。瑞克只是需要一點點指導。我為他買了最好的教材，都是甄選前的階段的，正好適合他。不過他們預設了要有個家教老師伺候他才行。他的資質是貨真價實的，特別是物理、工程之類的，可是遇到不懂的地方，卻沒有人可以解釋給他聽，讓他相當氣餒。我以前要他去問裘西，當然他一聽就發脾氣。」

「海倫小姐是要我幫忙瑞克研讀他的教材嗎？」

「只是個點子而已。這些教材對妳而言太小兒科了。那只是要讓他通過考試用的。妳知道的，他真的需要進亞特拉斯．布魯金學院。那是他唯一的機會。我不是指什麼長遠一點的機會。我想我真的得先問問克莉絲才行。」

「如果瑞克可以錄取亞特拉斯．布魯金學院，那就太好了。是的，在這個方面，我很樂意協助瑞克，只要沒有耽誤到我照顧裘西的工作。或許，如果瑞克還會來探望裘西的話，有時候也可以把他的書帶來。」

我看得出來海倫小姐對於我的回應不是很滿意。她依舊望著露臺上的瑞克，而他還是一動也不動。然後她說：

「我想，說老實話，那其實不是真正的問題所在。是的，我們請個家教就可以了。可是真正的障礙在於，在目前的情況下，**瑞克不想試看看**。真希望他願意全力以赴，我知道他是有機會的。尤其是，妳看，我有個祕密武器可以幫忙他。只要推他一把，他就上得了亞特拉斯・布魯金學院。可是他不肯放手一搏，一點也不願意，而那都是因為我。」

「因為妳？」

「他一直告訴自己說他不可以把我丟下，離開這裡。我當然可以應付得來。可是他喜歡假裝我很無助，只要他不在，我就會發生各種不幸之類的。」

「亞特拉斯・布魯金學院距離這裡很遠嗎？」

「一整天的車程，可是距離還不是重點。他認為他最多只能離開我一個鐘頭。如果他每次只能離開我一個鐘頭，他要怎麼長大到外頭的世界闖蕩？」

在外面，瑞克步下階梯，朝著草叢的方向走去。他步履蹣跚，宛如夢遊似的，我看到他一隻手緊緊貼在胸前，依舊把裘西的畫拿在手裡。他的身影沒入草叢，這時海倫小姐又說：

「我想要拜託妳的是，克拉拉，真正的請求，其實是更深層的。妳可以請裘西試看看說服瑞克嗎？她或許是唯一可以讓他改變心意的人。妳看到的，他相當固執，而且我猜他也會害怕。但這怎麼能怪罪他呢？我知道妳對她的影響力很大，妳會為我試看看嗎？跟她提起這件事，不只是一次，而是反覆提及，好讓她對他施壓？」

「當然，我樂意為之。可是我相信裘西這陣子已經跟瑞克說過了。他們之間最近的裂痕，或許就是因為在談到這個話題時，裘西的措辭太激烈了。」

「這倒是挺有意思的。如果妳所言屬實，那我對妳的請求就比以前更加重要了。裘西或許覺得自己要收斂一點，小倆口才能言歸於好。她或許會以為她的態度是錯的。呃，妳一定要跟她說，告訴她要堅持到底，不管他再怎麼暴跳如雷。有什麼問題嗎，親愛的？」

「很抱歉，我只是有點詫異。」

「噢？妳為什麼要驚訝，親愛的？」

「呃，我……老實說，我會詫異是因為海倫小姐關於瑞克的請求，似乎是很認真的。我很詫異有人居然會如此渴望選擇一條會讓自己孤單寂寞的道路。」

「這讓妳很驚訝嗎？」

「是的。直到最近，我都不認為任何人類會選擇寂寞。我也不認為有什麼力量會比擺脫寂寞更強大。」

海倫小姐淺淺一笑。「妳真的很可愛。妳話不多，可是我看得出來妳在想什麼。一個母親對她兒子的愛，如此高貴的東西，它可以無視對於寂寞的恐懼。妳或許沒有錯。可是我告訴妳，在像我這樣的生命裡，有太多理由讓人寧可選擇寂寞。過去我時常做了這種選擇。比方說，我選擇沒有和瑞克的父親在一起。過世的父親。我很遺憾，雖然瑞克對他沒有任何記憶。即便如此，他有一陣子是我的丈夫，而且不完全一無是處。多虧了他，我們才有現在的生活，儘管我們家不是很豪華闊綽。瑞克快要回來了。噢，沒有，他想要待在外頭繼續生悶氣。」

的確，瑞克踏在木板階梯上，朝著屋裡張望，接著就坐在階梯口，再度背對著我們。

「我必須回去找裘西了，」我說。「衷心感謝海倫小姐願意對我吐露心事。我會照著妳的要求，對裘西提起這件事。」

「而且要不斷地對她說。這是瑞克唯一的機會。況且正如我說的，我有個祕密武器。我有管道。也許下次克莉絲開車載裘西到城裡，也許下次她去坐著讓人畫她的畫像時，瑞克和我可以搭個便車。那麼瑞克就會見到我的祕密武器，但願他可以讓對方刮目相看。克莉絲和我聊過了。可是除非瑞克改變心意，否則這一切都是枉然。」

「我明白，那麼我就告辭了。我得走了。」

我走到屋外露臺上時，感覺到穿過木板間隙吹來的涼風比剛才更加凜冽。田野不再分割成若干影格，於是我可以看到清晰的單一畫面，一直橫亙到地平線那端。儘管角度不同，馬克班先生的穀倉依舊是我預期的模樣，雖然形狀和裘西臥房後窗的視角有點差距。

我經過蜘蛛網冰箱，走到瑞克坐著的階梯口。我以為他會氣我而不理睬我，可是他以溫柔的眼神抬頭看著我。

「我很抱歉我的造訪讓你們產生摩擦，」我說。

「其實不是妳的錯，這種事在我們家司空見慣了。」

我們一起遠眺前方的田野，片刻之後我才明白他和我一樣都在凝望著馬克班先生的穀倉。

「妳說的那件事，」他說：「在媽媽下樓之前，妳說基於某個理由，妳想去一趟那座穀倉。」

「是的。我傍晚就必須去。我必須算準這趟路的時間。」

「妳確定妳不要我陪妳去嗎？」

「謝謝瑞克。可是如果有一條非正式道路可以通到馬克班先生的穀倉，我最好是獨自前往。我要記得不能把任何事都視為理所當然的。」

「好吧，既然妳這麼說。」他抬頭斜眼看著我，部分是因為太陽的圖案照在他臉上，可是我知道他再度審視我，或許是在斟酌我有沒有能力獨自完成這趟路程。「我不是很清楚這到底是怎麼回事，可是如果真的有助於裘西的病情，那麼，好吧，祝妳好運。」

「謝謝你。現在我必須回家了。」

「妳知道的，我一直在想，」他說：「也許妳可以告訴裘西說我很喜歡她的畫，告訴她我很感激。而且如果她不介意的話，我想要儘早過去找她，親自對她說。」

「裘西聽了會很開心的。」

「也許就是明天。」

「好的，當然。那麼，再見了。這對我來說是一段很有趣的旅程。謝謝你的寶貴建議。」

「再見，克拉拉。路上小心。」

正如我對瑞克說的，走一趟馬克班先生的穀倉，時間點要拿捏得很準確。我在那天第二度穿過碎石子路走向相框柵門時，一股計算錯誤的恐懼襲上心頭。眼前的太陽已經低垂，而且我沒辦法假定第二和第三片田畝也像第一片田畝那麼容易定位前進。

旅程一開始我還很放心，到瑞克家的那條步道和早上大同小異。這次我用雙手撥開野草，夜行性昆蟲全部飛起來。我看到更多的昆蟲在我眼前滿天飛舞，牠們緊張地交換位置，卻都不願意落單。

我擔心沒辦法及時走到馬克班先生的穀倉，因此在經過瑞克的屋子時，我只是匆匆一瞥，就趕緊沿著非正式道路往前走，那是早上沒有走過的路。我穿過另一道相框柵門，前方的草太高了，我再也看不到穀倉。眼前的田畝分割成或大或小的許多影格，我奮力前進，意識到不同影格之間對比鮮明的氣氛。前一刻野草柔軟又滑順，腳下的土地也容易踩踏；下一刻我穿過一處田界，周遭黝闇了下來，野草也要很費力才撥得開，四下傳來各種怪聲音，我不禁擔心自己是不是犯了嚴重的計算錯誤，擔心我是否有正當的理由像這樣去侵犯人家的隱私，擔心我的做法會不會對裘西造成嚴重負面的後果。當我的目光掠過一個特別黯淡的影格時，聽到野獸痛苦的哀嚎，心裡浮現蘿莎的影像，她坐在砂礫地上，四周散落許多小鐵片，她的雙手抓著伸直而僵硬的雙腳。這個影像只在我心裡停留了一秒鐘，可是那頭野獸不斷地狂吼，我覺得腳下的土地都快要塌陷了。我想起前往摩根瀑布的路上看到的那頭可怕公牛，以及牠怎麼會從地底下鑽出來的事，在那個瞬間，我甚至覺得太陽一點也不仁慈，而這才是裘西的病情每況愈下的真正原因。即使做了這個推論，我還是相信只要能走進一個比較友善的影格，我就會安全了。剛才我也意識到有個聲音在呼喚我，而現在我察覺到一個物體，形狀像是檢修男的三角錐，就在前方不遠處的草叢裡。那個聲音正是來自三角錐，我走近一點，以為那是兩只上下套在一起的三角錐，使得上面的那一個搖擺不定，或許是要吸引路人的注意吧。

「克拉拉！過來！過來這裡！」

我又湊近一看，這才搞清楚那根本不是什麼三角錐，而是瑞克，他一隻手撥開野草，另一隻手伸過來要拉住我。現在我認出是他了，應該更有動機走向他，可是我的雙腳不住地往下陷，我知道我只要往前跨一步，就會一個踉蹌跌進泥淖裡。我也知道儘管瑞克就在觸手可及的地方，但是他其實沒有那麼近，因為我們的影格之間還隔著一個險惡的邊界。即使如此，他還是伸長手臂，而且他跨進影格裡的手看起來拉長且彎曲了。

「克拉拉，來吧！」

可是現在我相信沒多久我就會沉入地底，太陽在怪罪我，也許他很無情，而裘西也對我很失望。我開始失去方向感，就在這時候，瑞克的手伸得更長也更彎曲，終於搆到我了。他阻止了我繼續往下陷，我的雙腳也站穩了一點。

「好啦，克拉拉，這邊。」

他引導我，幾乎可以說是揹著我，跨了過去，接著我就到了一個親切和善的影格，太陽的圖案灑在我身上，我的思緒也更加有條理了。

「謝謝你。謝謝你跑來救我。」

「我是從窗子裡看到妳的。妳還好嗎？」

「是的，現在一切都沒事了。那片田畝的難題比我預期的還要多。」

「我猜想這些田溝可能難以應付。我必須說，從上面看下去，妳就像窗板上的沒頭蒼蠅四處亂飛。不過這個說法太不近人情了，對不起。」

我微笑說：「我覺得自己真笨。」我驀地想起一件事，抬頭看了一下太陽的方位。「這趟旅程很重要，」我回頭看著瑞克說：「可是我估算錯誤，現在恐怕來不及趕到那裡了。」

野草還是太高了，我看不到遠方馬克班先生的穀倉。瑞克舉起一隻手遮在眼睛上面，朝著穀倉的方向望去，我這才想到，以他的身高，他應該看得見。

「我應該早一點出門的，」我說。「儘管回家的時候會有點尷尬。我一直等到裘西睡著了，才讓管家梅蘭妮雅相信我又要到瑞克家辦點事。我以為時間會很充裕，可是田野比我想像的要複雜許多。」

瑞克還在眺望著馬克班先生的穀倉。「妳一直說妳來不及趕到那裡，」他說：「妳究竟是要在幾點鐘到那裡呢？」

「要在太陽下沉到馬克班先生的穀倉的時候，可是又要在他隱沒回家休息之前。」

「我完全搞不懂這是怎麼回事，我也尊重妳不管基於什麼理由而不能讓我跟妳去。不過如果妳願意的話，我可以跟妳去。」

「真的謝謝你。可是即便有瑞克帶路，我想現在也是來不及了。」

「我不是要帶路，我會揹妳去。我們還有一大段路要走，如果加快腳步，我想應該趕得上。」

「你真的要這麼做？」

「妳一直說這件事很重要，對裘西事關重大，那麼我樂意為之。雖然我不明白怎麼回事，不過我習慣了。如果我們要去，就必須快一點。」

說完他就轉身蹲下去。我知道那是要我趴在他的背上，於是我便不假思索地跳上去，雙手雙腳夾緊他。他就啟程了。

現在我變高了，也可以把黃昏的天空看得更清楚，馬克班先生的穀倉屋頂就在我們正前方。瑞克步伐堅定而有自信，窸窸窣窣地穿過一簇簇的草叢，由於他的雙手必須反抱著我，只好用頭部和肩膀頂開野草。我覺得很不好意思，可是我也沒辦法幫忙撥開它們。

接著我看到天空分割成一片片不規則的形狀。有些片段斜映著橙色或酡紅色的落日餘暉，其他片段則已經是夜空的顏色，遙遠的天際更看得到月亮的一角。瑞克腳下馬不停蹄，一片片的天空交互更迭，就在這時候，我們又穿過另一道相框柵門。柵門後面的野草不再是搖曳生姿的草浪，而是被壓得平平整整，可能是用諸如街頭廣告招牌之類的沉重木板壓出來的模樣，我很擔心瑞克陷在裡頭會受傷。接著天空和田野不再是破碎的片段，而是一整個開闊的景象，馬克班先生的穀倉赫然就在眼前。

在我心裡不斷湧現的不安想法，此刻再也揮之不去。早在瑞克跑來救我之前，我就不禁懷疑太陽休息的地方是否真的在穀倉裡面。當然，最早有這個念頭的是我而非裘西，那時候我們一起從房間後窗眺望遠方，所以任何錯誤都要算在我頭上。當然，裘西也絕對沒有誤導我。即便如此，一想到太陽有可能不是落在我此刻奮力抵達的目的地，而是更遙遠的某個所在，我就覺得十分洩氣。

眼前所見的景象更加讓我不得不相信，我的擔憂是有道理的。馬克班先生的穀倉迥異於我所見過的任何建築。它比較像是還沒有竣工的房屋外牆。那裡還是有草地，不過都被修剪到及膝的高度，也許是馬克班先生親力為之。修剪的技巧純熟，可以看到草地編織成一個圖案直到穀倉門口，而且由於現在太陽就在穀倉後面，穀倉的陰影也跨過草地一路延伸到我們跟前。

儘管有點失禮，我還是趕緊雙手雙腳夾緊瑞克向他示意。「請停下來！」我對他耳語說。「停下來！請放我下來。」

他小心翼翼地蹲下來，我們都凝神注視著眼前的景象。雖然現在我相信穀倉不會是太陽真正的休息處，卻還是抱著一點讓自己振奮的可能性：不管太陽最後落腳在哪裡，馬克班先生的穀倉都是他每個傍晚收工的地方，正如裘西上床前都要先去洗手間一樣。

「我非常感激，」雖然外頭聽得不是很清楚，我還是壓低聲音說：「可是到了這裡，瑞克最好還是讓我自己進去吧。」

「妳說什麼都好。如果妳願意的話，我會在這裡等妳。妳想妳會待多久？」

「瑞克最好回到他家去，否則海倫小姐會很擔心的。」

「媽媽沒事的。我想我還是在這裡等好了，還記得我趕來之前的情形嗎？妳回程的時候可能會伸手不見五指。」

「我會想辦法的。瑞克已經對我太好了，我還是獨自進去吧。而且我們這樣站在這裡，可能已經侵犯太多隱私了。」

瑞克看了看馬克班先生的穀倉，聳聳肩說：「好吧，妳就自個兒進去吧。如果妳必須這麼做的話。」

「謝謝你。」

「祝妳好運，克拉拉。我說真的。」

他轉身走進密密層層的草叢裡，不多久我就看不見他了。

子然一身的我開始把思緒專注於眼下的任務。如果就在五分鐘前，有個路過的人站在穀倉前面，他應該不僅看得到穀倉後面的向晚天空，以及連綿不絕的田疇，還可以看到陰暗的穀倉內部。可是現在太陽的絢麗餘暉直接映在我臉上，我只看得到裡面層層相疊的模糊箱狀物。於是我更加確信，即使太陽再怎麼慷慨仁慈，我現在要做的事還是有風險的，而且必須全神貫注才行。

我聽到草叢裡的習習微風以及遠方的鳥語間關，我一邊整理思緒，一邊穿過修剪整齊的草地朝著馬克班先生的穀倉走進去。

室內一片橙色的光。乾草的微粒飄浮在空中，就像夜裡的蟲子一樣，太陽的圖案遍灑在穀倉的木地板上。我回頭瞥見自己的影子宛若風中搖搖欲墜的孤樹。

周遭有一些莫名所以的東西。剛進入穀倉，我就看到明暗對比強烈的許多區塊，我的視覺好一會兒才適應過來。不過我很快就搞清楚了，在外頭看到的方塊，原來是在我左邊的乾草堆，一朵一朵的堆疊成平臺狀，差不多到我的肩頭那麼高，路人可以爬到上面躺下來休息。可是乾草堆和牆壁之間有個空隙，或許馬克班先生可以從另一邊爬上去吧。從乾草堆的平臺上面望過去，我的視線在那面牆壁上到處游移，看到像我們店裡的紅櫥櫃，還有倒覆著排列整齊的骨瓷咖啡杯。

在我的右手邊，最陰暗的地方，我看到一部分的牆壁幾乎和店裡前排壁龕一模一樣。其實我覺得如果我走過去，應該會在暗影裡看到一個愛芙傲然站在顧客第一眼就會看到的地方，不管別人說些什麼。

我的左邊，比距離壁龕更近一點的地方，有個穀倉裡唯一算得上是傢俱的東西：一張小型鐵合椅，它現在是打開的，暮光斜角照在椅子上，形成顯明的明暗對比。它也讓我想起經理的折疊椅，她一直擺在後場，偶爾會在店裡打開，只不過眼前這把椅子已經開始掉漆，露出底層的金屬部分。

我想了一下，認為坐在這張椅子上等候太陽應該不算失禮。如此一來，我就可以換個視角，修正周遭的影像。可是我訝然發現一切都被分割了，不僅是分割成平常的影格，而是不規則形狀的區塊。在若干區塊裡，我看到馬克班先生種田用的工具，像是鏟柄、鋁梯的下半部。在另一個區塊裡，我知道那是兩只併排的塑膠桶的上緣，不過或許是太過昏暗，看起來就像是兩個交集的橢圓形。

我知道太陽此刻就在左近，雖然我有時候覺得應該站起來，就像在接待顧客那樣，可是又想到如果我一直坐著，就比較不會侵犯他的隱私，也比較不會討人厭。於是我調整坐姿，盡可能貼緊鐵合椅，耐心等候。太陽的光束越來越顯著，越來越橙黃，我甚至以為這些光束會讓乾草屑脫落飄在半空中，因為眼前飄浮的塵粒越來越多了。

接著我又想到，如果我估算的沒錯，太陽正越過馬克班先生的穀倉上方，打算回到他真正的休息地。這時候也顧不得禮貌了，我必須大膽把握機會，否則我的努力以及瑞克的協助都會付諸流水。於是我收攝心神開始說話。我其實沒有大聲說出來，因為我知道太陽是不假文字的。可是我想要盡可能清楚地表達，於是文字在我心裡如水銀瀉地一般默默形成。

「請幫助裘西康復，就像你使乞男活過來一樣。」

我微微抬頭，看到除了農具和乾草堆的片段畫面以外，還有一段交通燈號，以及瑞克的機器鳥的翅膀。我想起經理講過的話：「那是不可能的。」又想到愛芙男孩雷克斯說：「妳太自私了，克拉拉。」於是我說：

「可是裘西還只是個孩子，她沒有做什麼不好的事。」

我又想起母親在摩根瀑布隔著餐桌椅審視我的眼神，還有氣呼呼瞪著我的公牛，彷彿我沒有權利經過牠的草原似的。我驀地想到我在太陽需要休息的時候這樣打擾他，或許早已惹惱了他。我在心裡向他道歉，可是現在地上的影子更長了，如果我伸出手指頭，它們的影子會一路延伸到穀倉入口。太陽顯然不願意對於裘西的病做出任何承諾，因為儘管他很仁慈，卻認為裘西和其他人沒什麼兩樣，他們有些人因為到處製造汙染而且不知道替別人著想，所以太陽很氣惱他們。我突然覺得跑來這裡做此要求，實在是一件很蠢的事。穀倉裡的橙光越來越暗沉，我又看到蘿莎倒臥在堅硬的地上，面露痛苦的表情，伸手撫摸她的雙腿。我低下頭，把身體蜷縮在鐵合椅上，接著又想到向太陽呼求的機會稍縱即逝，於是我鼓起勇氣，在心裡吞吞吐吐地說：

「我明白來到這裡是多麼鹵莽而無禮的事。太陽有權利對我生氣，如果你拒絕考慮我的請求，我也完全可以理解。即便如此，由於你的寬大為懷，我想我可以請你延遲一下你的行程，傾聽我的另一個提議。假設我可以做什麼事以取悅你，讓你特別歡喜的事，如果我做得到，那麼你會考慮賜予裘西特別的恩惠作為賞報嗎？就像你那次對乞男以及他的小狗所做的那樣。」

就在這些話語閃過我內心之際，四下的事物有了明顯的改變。穀倉裡仍然一片酡紅，眼前卻出現一抹微暈，儘管我周遭被分割的各個區塊仍舊浸潤在太陽的餘暉裡。我看到玻璃活動展示櫃的下半部，我認得它的腳輪，它漸漸升起，直到隱沒在鄰近的區塊裡。我抬頭環顧四周，卻再也看不到那頭可怕野獸的蹤影。我明白現在正是絕佳時機，任何瞬息片刻都不能虛擲，於是我繼續說下去，不再支支吾吾，因為我知道我沒時間了。

「我知道太陽有多麼討厭汙染。我知道它有多麼讓你傷心氣憤。噢，我也看過而且認得出那具造成汙染的機器。如果我有辦法找到那具機器並且摧毀它，讓它停止製造汙染，你會考慮賜予裘西你的特別援助以作為賞報嗎？」

穀倉裡越來越暗了，可是這樣的暗沉並不讓人害怕，而且那些區塊不久就消失了。我知道太陽就要走了，於是我趕緊從鐵合椅站起來，第一次走到穀倉後面的空地。我看到田畝一路延伸到不遠處的一排樹叢或類似樹籬的地方，疲倦而不再熾烈的太陽正沉入地底下。天空變成繁星熠熠的夜晚，我看到太陽在下沉休息時親切地對我微笑。

出於感激和尊敬，我始終站在空地上，直到太陽最後的瑰麗光輝跟著沒入地平面。接著我穿過馬克班先生的穀倉內部，沿著來時路離開。

我再度鑽進草叢時，周遭的長草款款擺動。在暗夜裡穿越田野是個令人撫膺長嘆的想法，可是適才的遭遇讓我大為振奮，幾乎感覺不到任何恐懼。崎嶇不平的地面提醒我前方的艱難險阻，突然我聽到瑞克的聲音就在附近，讓我欣喜若狂。

「是妳嗎，克拉拉？」

「你在哪裡？」

「過來這裡，妳的右手邊。我沒有聽妳的話直接回家。」

我朝著那個聲音走過去，野草都仆倒在兩旁，我來到一處林間空地。那裡彷彿是吸塵器創造出來的一片地，一塊圓形區域，上頭的草只有鞋子那麼高，夜空裡斜掛著上弦月。瑞克坐在那裡，看起來是坐在地上，可是我湊近一瞧，原來他是坐在一塊大部分隱沒在地底下的大石頭上。他一派輕鬆鎮定地對我微笑。

「謝謝你在這裡等我，」我說。

「那是為了我自己著想。假如妳整晚困在這裡而且搞到當機了，要把妳從這裡弄出去就會是個大麻煩了。」

「我相信瑞克是好心在等我的，我萬分感激。」

「妳到那裡找到妳要的東西了嗎？」

「噢，是的，至少我相信我找到了，而且我相信有理由心懷希望了。裘西的希望。希望她可以康復。可是我得先執行一個任務才行。」

「什麼樣的任務？也許我幫得上忙。」

「很抱歉，我沒辦法和瑞克討論這件事。我相信今晚已經達成了一個共識，一份合約，如果你要這麼說也行。可是如果我到處跟別人說的話，那就會破局了。」

「好吧，我也不想冒這個險。不過如果妳要我做什麼的話，我可以……」

「恕我直說，瑞克可以做的最重要的事，是努力申請到亞特拉斯．布魯金學院。然後裘西和瑞克就可以形影不離，那幅貼心的圖畫裡的願望也就可能成真。」

「天啊，克拉拉，顯然媽媽說服了妳。她把事情說得很容易似的。可是妳一點也不明白，對於像我這樣的人，要花多少代價才可以進入那種地方。而且就算我如願入學，那媽媽該怎麼辦？我就這麼拋下她一個人嗎？」

「海倫小姐或許比瑞克以為的堅強得多。而且就算瑞克落選了，他還是有許多特殊的天賦。如果他努力嘗試，我相信他會申請到亞特拉斯．布魯金學院的。再說，海倫小姐也說過，她有個祕密武器可以協助他。」

「她的祕密武器？她認識某個在那裡打雜的窩囊廢。她的老相好。我可不想蹚這渾水。喂，克拉拉，我們該回去了。」

「你說的對，我們出來很久了，海倫小姐也許很擔心。而且如果我可以趕在裘西的母親到家前回去，就可以避免某些尷尬的問題。」

第二天上午，門鈴響起，裘西似乎猜到了是誰，趕緊下床，一溜煙地跑到樓梯轉角。我緊跟著她，當瑞克穿過管家梅蘭妮雅身邊踏進門廳，裘西轉頭對我投以興奮的微笑。可是接著她又擺出冷淡的表情，施施然踅到樓梯口。

「嗨，梅蘭妮雅，」她朝著下面叫道。「妳知道這個怪人是誰嗎？」

「嗨，裘西，」瑞克抬頭望著我們，臉上堆起謹慎的笑容。「我聽到謠言說，我們或許可以重修舊好。」

裘西坐在樓梯口，雖然我站在她後面，卻知道她笑逐顏開。

「噢，真的嗎？那就怪了。不知道是誰會到外頭放這種消息。」

瑞克臉上的笑容更加有信心了。「我想只是流言蜚語而已。對了，我真的喜歡那幅畫，昨晚我替它裝上畫框。」

「是嗎？你自己做的畫框？」

「老實說，我用的是媽媽的舊畫框，家裡到處擺了一堆。我把一張斑馬的圖畫拆下來，放上妳的畫。」

「換得好。」

管家梅蘭妮雅走進廚房，瑞克和裘西隔著樓梯相望，不住地傻笑。接著裘西一定是使了個眼色，因為他們倆不約而同突然開始動作，她站起身，而他則是伸手扶著欄杆。

他們一起走進臥室，而我也遵照管家梅蘭妮雅之前的指示，跟著他們走進去。過了一會兒，就像以前的時光，我坐在鈕扣沙發上面對著後窗，瑞克和裘西在我後面笑談他們的種種傻事。我一度聽到裘西說：

「瑞克，我在想你這麼拿的姿勢對嗎？」我從窗影裡看到她拿起早餐留下來的餐刀。「或者是這樣才對？」

「**我**怎麼知道？」

「我想你或許知道，因為你是英國人。我的化學教授說應該這麼拿，可是她知道什麼？」

「我為什麼要知道？而且為什麼妳老是要說我是英國人？我從來沒有待過那裡，妳知道的。」

「那都是你自己說的，瑞克。兩、三年以前吧？你一直堅稱你是不折不扣的英國人。」

「我嗎？肯定是持續了一陣子吧。」

「是啊，有好幾個月呢。你老是把拜託和不好意思這些客套話掛在嘴邊。所以我才心想你或許知道餐刀之類的事。」

「可是為什麼英國人知道的一定要比別人多呢？」

幾分鐘之後，我聽到瑞克在房裡踱步，接著他說：

「妳知道為什麼我喜歡這個房間的其中一個理由嗎？這裡有妳的氣味，裘西。」

「什麼？我不敢相信你會說這種話！」

「我說的是完全正面的。」

「瑞克，你不可以這麼對一個女孩子說。」

「我不會對任何女孩子這麼說，這種話我只會對妳說。」

「什麼？我不是女孩子嗎？」

「噢，不是**任何**女孩子。我想說的是，我有一陣子沒來了，所以忘了這個房間裡的某些東西。它的樣貌，它的氣味。」

「天啊，那太無禮了，瑞克。」

可是她的聲音裡盡是笑意。沉默片刻之後，瑞克說：

「至少我們沒有再吵架了，對此我很開心。」

又是一片沉寂，然後裘西才說：「我也是。我也很開心。」她又說：「我很抱歉老是說那些話，關於你媽媽以及其他的。她是個好人，我完全沒有那個意思。而且我也很抱歉自己老是臥病在床，讓你操心了。」

我從玻璃的映影裡看到瑞克走近裘西，一隻手摟著她。一秒鐘之後，他把另一隻手也搭上去。裘西讓他抱著，儘管她沒有回抱他，就像她和母親每天道別那樣。

「這樣你就可以聞得更清楚一點了吧？」她過了一會兒才問道。

瑞克沒有回答她，只是說：「克拉拉？妳在嗎？」

我轉身的時候，他們趕緊分開，一起看著我。

「什麼事嗎？」

「也許妳應該……妳知道的，給我們一點隱私，就像妳一直說的。」

「噢，是的。」

他們看著我從鈕扣沙發站起來，經過他們走到門邊。我轉身說：

「我一直尊重你們的隱私，只是有些關於男女之事的顧慮。」他們一臉困惑，於是我接著說：「管家梅蘭妮雅囑咐我要防著你們胡搞，所以我才會一直待在房裡，即使是在你們玩填泡泡遊戲的時候。」

「克拉拉，」裘西說：「瑞克和我不會扯上性愛的事，好嗎？我們有一點事要跟對方說，如此而已。」

「是的，當然。那麼我就告退了。」

於是我離開臥房走到樓梯轉角，順手把門關上。

在那之後的幾天裡，我不時想起庫丁機的事，以及我怎麼樣才可以找到它並且摧毀它。我在心裡擬想各種藉口可以和母親一起進城，到了那裡以後又如何可以有充裕的時間單獨行動，可是所有藉口似乎都不怎麼有說服力。裘西注意到我不時心不在焉。「克拉拉，妳又失神了，也許妳的太陽能太低了。」我甚至考慮把我的祕密計畫告訴母親，不過馬上就打消了這個念頭，不僅是因為可能會惹惱太陽，我也覺得母親有可能既不明白也不相信我和太陽的約定。可是接著卻出現了不在我設想中的一個機會。

有一天晚上，就在太陽回去休息的一個鐘頭之後，我站在廚房的冰箱旁邊，聆聽它的愜意響聲。天花板的吸頂燈沒有打開，我是在暮色中從門廳走進來的。母親剛剛從辦公室加班回來，我下樓到廚房好讓她和裘西在臥房裡擁有她們的隱私。過了一陣子，她的腳步聲一路從樓梯走到廚房。她的身影出現在門口，使得廚房更加闃黑，接著她說：

「克拉拉，我要告訴妳一件事，畢竟這件事跟妳有關。」

「是的？」

「下週四我已經請了假，我要載裘西到城裡，而且會過夜。我們剛才談過了。裘西有個預約。」

「預約？」

「妳知道的，我讓人畫裘西的畫像。那幾次我們經過妳的店，就是為了這件事進城的。由於她的身體欠佳，我們中斷了很久，可是她現在好多了，我想要她再去坐著讓人畫一次。卡帕底先生一直耐心等候，把其他事情都推掉了。」

「我明白了。那麼裘西必須坐很久嗎？」

「卡帕底先生很有辦法，他不會讓她太累的。他可以替她拍照，然後用照片作畫。即便如此，她偶爾還是必須去一下畫室。我告訴妳這件事，是因為我要妳陪裘西一起去。我想她會很開心有妳同行。」

「是的，我也會很開心的。」

母親走進廚房，我借著走廊的燈光看到她的側臉。

「克拉拉，我要妳跟她一起去卡帕底先生的畫室。其實卡帕底先生一直很想見妳，他對愛芙特別有興趣，妳可以說那是他的愛好吧。妳沒有問題吧？」

「當然，我也很期待見到卡帕底先生。」

「他也許會問妳一些問題，他要做研究用的。因為就像我剛才說的，他對愛芙很著迷。妳不介意吧？」

「不會，當然不會。而且我相信裘西現在久病少瘥，到城裡逛一逛對她也是好的。」

「很好。噢，我們可能還會有一些乘客。我是說車子裡。我們鄰居要搭個便車。」

「瑞克和海倫小姐嗎？」

「他們也要到城裡辦一點自己的事，而她不再開車了。別擔心，車子可以塞進我們所有人的，妳不必一路窩在後車箱裡。」

星期天的時候，我又聽到她們談起這趟旅行，而那天下午瑞克和他母親剛好也來我們家。我依舊走到樓梯轉角處，讓房裡的瑞克和裘西擁有他們的隱私。我倚著欄杆俯看門廳，聽到廚房裡傳來母親和海倫小姐的笑聲。我聽不清楚她們在說什麼，只聽到她們偶爾提高嗓門的驚呼。海倫小姐有一次叫道：「噢，克莉絲，那太豈有此理了。」然後放聲大笑。又過了一會兒，我聽到母親也大聲笑說：「是真的，真的，半點不差！」

由於我聽不到她們太多的話語，也看不到母親的神情，因而沒辦法確切估算，可是我的印象是，那是自從我來到這個家以後，母親最沒有壓力的一刻。我正想要更仔細聽一聽她們在說些什麼，這時候房間的門打開，瑞克走了出來。

「裘西在浴室裡，」他走近跟我說：「我想這時候出來一下會比較禮貌。」

「是的，你很體貼。」

他順著我的眼神朝欄杆下面張望，也注意到大人們的聲音。

「她們一直很合得來，」他說：「真遺憾亞瑟太太沒辦法多到我們家串門子。如果可以有人像這樣和媽媽聊天，那對她該有多好。她每次遇到亞瑟太太總是滿心歡喜。我已經盡力取悅她了，可是我沒辦法讓她像這樣開懷大笑。我想因為我是她的兒子，她很難放鬆心情。」

「瑞克和海倫小姐一定相處得很融洽。可是你也看到的，就算她沒有你陪伴，還是找得到朋友說說笑笑。」

「我不確定，也許吧。」接著他說：「這一切我思考了很久，就是那天晚上妳提到的事。我同意。我承諾媽媽說我會去試看看。我會盡力，盡我所能，申請到亞特拉斯．布魯金學院。」

「那太棒了。」

他趴在欄杆上面，想要聽清楚一點。我擔心他因為重量而翻過去，可是接著他兩手撐著欄杆挺起上身。

「我還同意去見那個……男人。」他壓低聲音說。「她的舊情人。」

「那個祕密武器嗎？」

「是的，媽媽的祕密武器。她認為他可以為我走後門關說，而我也同意她那麼做。」

「可是也許這樣做會有好結果，裘西畫的那幅畫也更有可能成真了。」

「也許她們在樓下就是在談這件事，說我總算向母親的想法妥協了。也許她們正在笑我。」

「我不覺得她們是在訕笑。我想海倫小姐聽到瑞克的承諾一定開心極了，而且很有機會成功。」

他沉默了片刻，凝神傾聽樓下的聲音。然後他說：「我想我們會搭便車跟著裘西以及亞瑟太太一起進城。」

「是的，我知道。我也被要求一起去。」

「噢，那很好。那麼妳和裘西可以為我打打氣，因為我不是很想低聲下氣求助於那個傢伙。」

裘西在房裡突然叫道：「這下可好！每個人都拋棄我了。」瑞克正要轉身回房間時，她又叫道：「喂，克拉拉，妳也可以進來了。沒關係，我們沒有上演任何翻雲覆雨的大場面。」

兩天後，我又聽到更多關於進城的事，而且這次讓我相當詫異。

那是陰雨的平常日，沒有任何訪客。裘西用完午餐後，到開放式平面空間去上長方物的家教課，我則上樓到臥房裡。我坐在地板上，四周堆滿了雜誌，管家梅蘭妮雅出現在房門口。她瞅著我看，臉上的表情說不上和善也沒有眉頭緊鎖，我以為她是要斥責我三番兩次放任瑞克和裘西在房裡獨處而沒有監視他們。可是她走進來，嘶啞地低聲說：

「愛芙，妳想要幫裘西小姐對吧？」

「是的，當然。」

「那麼妳聽好了，太太星期四要載裘西到城裡。我說我想陪她們去，太太說不行。我堅持要去，太太還是不許。她不讓我去，是因為她很清楚我知道一些事情。她說她要愛芙一起去。所以妳聽好，妳到城裡要給我盯緊裘西小姐，聽到沒有？」

「是的，管家。」我也跟著悄聲說，雖然裘西不可能聽到我們在說什麼。「可是請妳解釋清楚一點，妳到底在擔心什麼？」

「聽著，愛芙。太太要跟裘西一起去找卡帕底先生，那個畫人像的傢伙，那個噁心的渾蛋卡帕底先生。太太說妳很會觀察，那麼妳就給我看好那個渾蛋。妳想要幫助裘西小姐，我們是同一邊的。」她回頭看了一下門口，正在樓下上課的裘西沒有半點聲響。

「可是管家，卡帕底先生只是要畫裘西的畫像而已，不是嗎？」

「畫個鬼啦。愛芙，妳要看緊那個渾蛋先生，否則裘西會吃大虧的。」

「可是，當然……」我把聲音壓得更低了。「母親當然不會……」

「太太很愛裘西小姐。可是莎爾小姐死了，太太也變得整天失魂落魄的。妳明白我的意思嗎，愛芙？」

「是的。那麼我會聽妳的話小心翼翼地盯著他們，特別是卡帕底先生。可是……」

「可是什麼，愛芙？」

「要是卡帕底先生真的如妳所說的，那麼我只是袖手旁觀行嗎？」

管家梅蘭妮雅惡狠狠地瞪著我，不知情的路人或許會以為她在威脅我，可是我知道她其實是憂心忡忡。

「我怎麼知道行不行？我要跟裘西小姐一起去，太太不准，反而要愛芙陪她。真是搞不懂。妳緊貼著裘西小姐就對了，尤其是有那個渾蛋在的時候。盡力而為吧，愛芙。我們是同一邊的。」

「管家，」我說：「我有個計畫，一個要幫助裘西的特別計畫。我沒辦法攤開來明講。可是如果我可以和裘西以及她母親一起到城裡，我或許有機會實現它。」

「什麼計畫不計畫的？聽好，愛芙，如果妳把事情搞砸了，我就會把妳大卸八塊。」

「可是如果我的計畫奏效，裘西就會霍然而癒。她就可以上學，而且變成大人了。可惜我沒辦法跟妳多說些什麼。如果我可以到城裡，我就會有機會的。」

「好吧。重要的是，愛芙，星期四到城裡的時候，妳要給我盯緊裘西小姐。聽到了沒有？」

「是的，管家。」

「還有，愛芙，妳的大計畫，如果它讓裘西小姐的病雪上加霜的話，我就會把妳拆掉，扔到垃圾堆裡。」

「管家，」我對她露出自從到這裡以來第一個自信的微笑。「謝謝妳的談話和告誡，也謝謝妳信任我。我會盡一切努力保護裘西周全的。」

「好吧，愛芙。我們是同一邊的。」

在開車到城裡之前的那段期間，還發生了另一個插曲，而它也讓我上了重要的一課。那是在深夜裡，裘西的聲音把我吵醒。臥房一室熒然。由於裘西不喜歡黑漆漆一片，前窗的百葉簾拉起了三分之一，月亮和星星的圖案也映照在牆壁和地板上。我朝著裘西的床望去，看到她裹著羽絨被隆成一團，那個低吟聲就是從被子裡傳出來的，彷彿她在回想一個曲調，卻又不想打擾房裡的其他人。我走近那團被子，輕輕碰了一下。羽絨被倏地掀開，沒入周遭的黝闇，房間裡頓時充滿了裘西的啜泣聲。

「裘西，妳怎麼了？」我壓低聲音，但顯得急切。「又在痛了嗎？」

「不，不會痛！可是我要媽媽！去找媽媽來！我要她過來一下！」

她的聲音很大，而且宛如層層相疊，有兩種高低聲音同時響起。我沒有聽過她發出這種聲音，一時間有些猶豫。她起身跪坐著，我看到羽絨被其實沒有掉到床底下，而是在她後面堆成一團。

「去找媽媽來！」

「可是妳母親需要休息。」我悄聲說。「我是妳的愛芙，這就是我為什麼在這裡。我一直都在這裡。」

「我不是說妳。我要媽媽！」

「可是裘西……」

我後面有個人衝進來，推了我一把，害得我差點跌倒。當我站穩的時候，看到床邊有個巨大物不停地變換形狀，加上陰影以及覆在它上頭的月光，看起來更加複雜。我知道那個東西是母親和裘西相擁而坐。母親穿著淺色運動服，而裘西則是一身平時的深藍色睡衣。她們的身體，她們的頭髮，交融在一起，她們的身影輕輕搖擺，宛如依依不捨互道晚安。

「媽，我不想死。我不要。」

「沒事的，好嗎？」母親的聲音很溫柔，就像我的聲音一樣。

「媽，我不要。」

「我知道，我知道。沒事的。」

我悄悄走向房門口，駐足在陰暗的樓梯轉角。我站在欄杆旁邊，凝視著天花板和樓下的門廳裡深夜的奇怪圖案，心裡反覆思忖著剛才那一幕的含意。

過了一會兒，母親不發一語地從房裡走出來，瞧也沒瞧我一眼，就轉進她房間前面的短廊。裘西的房間闃寂無聲，當我回到臥房時，羽絨被和床罩都拉得整整齊齊的，而裘西正在睡覺，呼吸也漸漸恢復平穩。

第四部

「朋友的公寓」位在一排連棟的樓房裡。從它的休息室望出去，我看到對街類似的連棟房屋。一排有六棟透天厝，大門粉刷的顏色都略為不同，以免住戶走錯臺階，跑到鄰居家裡去。

那天在我們要去找那個畫人像的卡帕底先生之前四十分鐘左右，我和裘西聊起我的觀察。她斜躺在我後面的真皮沙發上，從黑色書架上抽了一本平裝書來讀。太陽的圖案覆在她彎起的膝蓋上，她讀得很起勁，只是嗯哼一聲回應我。我很開心，因為剛才在等候的時候，她一直很緊張。我才走到三連窗前，她就明顯放鬆許多，她知道只要父親的計程車停在外頭，我馬上會提醒她。

母親也很緊張，雖然我不確定是因為等一下要見卡帕底先生，或者是父親馬上就要到了。她剛才離開休息室一下子，我聽到她在隔壁講電話。原本我只要把頭貼在牆上就可以聽到她的談話內容，我也甚至考慮這麼做，因為她有可能是在跟卡帕底先生說話。可是我又想到這麼做或許會讓裘西更焦慮，而且不管怎樣，我想到母親更可能是在告訴父親街道的方位。

當我明白裘西是要我察看父親的計程車到了沒有，便拋下多認識一點「朋友的公寓」的計畫，專心觀察窗外的街景，尤其是因為庫丁機總是有可能會經過，就算我追不上它，看到它在哪裡也會是個重要的進展。

可是後來我終於相信庫丁機駛經這裡的機率微乎其微。我們剛開車進城時，我信心滿滿，因為我們在外環道路上就遇到許多檢修男，而且就算沒看到那些男人，大街上還是不時看得到他們架設的路障。於是我心想庫丁機應該隨時會出現。不過儘管我朝車窗外四處張望，而且有其他不同的機器兩次呼嘯而過，它卻從來沒有出現。街上的交通漸漸壅塞起來，檢修男也越來越少。坐在前座的母親和海倫小姐一如往常地輕鬆聊天，而和我一起坐在後座的瑞克和裘西則是輕聲對著車外景物指指點點。有時候他們有誰看到某個東西掠過車窗，會推另一個人一把，然後兩人開懷大笑，儘管沒有任何言語。我們經過一座繁花似錦的公園，接著又看到一棟大樓旁邊有個交通標誌，上頭寫著「禁止臨停，貨車除外」，海倫小姐和母親在前座笑逐顏開，儘管兩人都刻意壓低聲量。「妳要嚴格要求他啦，克莉絲，」海倫小姐說。接下來則是一些中文招牌，腳踏車用鏈條鎖繫在號誌桿上，然後就開始淅瀝瀝下起雨來了——儘管太陽還在盡最大的努力——街上出現撐著傘的情侶，遊客則是用雜誌遮雨，我看到一個愛芙跟著他的孩子匆忙找避雨的地方。「瑞克，那太可笑了，」裘西不知談到什麼，咯咯笑個不停。乍雨初晴，我們轉進一條大樓林立的街道，兩側的人行道都蒙在大樓的陰影下，幾個背心男坐在大樓臺階上聊天並且注視著我們經過。「我說真的，克莉絲，任何地方讓我們下車都行，」海倫小姐說。「我們已經耽擱妳們太多行程了。」我看到兩棟高度不同的灰色大樓比鄰矗立，有人在其中一棟大樓高出隔壁的部分牆面上畫卡通，或許是要讓它們的落差沒有那麼尷尬。每次看到拖吊區的標誌，我總是滿心歡喜，雖然它們和我們店門口的有些許不同。裘西趴到前座椅背上講了個笑話，逗得兩個大人笑不可仰。「我們明天在壽司店再見囉，」母親對海倫小姐說。「它就在歌劇院隔壁，你們絕對不可能錯過的。」海倫小姐說：「謝謝妳，克莉絲，我知道這對我會有莫大的助益。對瑞克也是。」我們繼續開車經過一處噴泉廣場，接著是一座滿地落葉的公園，然後轉進又一條高樓林立的街道。

「他遲到了，」裘西坐在沙發上說，我聽到書本掉到地毯上的一記悶響。「不過那不是什麼新鮮事了。」

我知道她想要一笑置之，於是跟著笑說：「可是我確定他急著要再次見到裘西。妳一定記得我們進城時的路上有多麼壅塞，或許他也遇到交通大打結了。」

「我爸從來沒有準時過，而且媽都承諾要替他付計程車費了。好吧，我要暫時忘掉關於他的一切，實在沒有什麼好大驚小怪的。」

在她俯拾掉落的書時，我又轉身望著窗外。從「朋友的公寓」看出去的街景和從我們店裡看到的大不相同。這裡很少看到計程車，不過有其他不同大小、樣式和顏色的車飛馳而過，直到我視線左邊的遠方才停下來，那裡有一支懸臂式交通燈號高高掛在街道上空。這裡有零零星星的慢跑者和遊客，不過更多的是戴著耳機的行人，還有更多自行車騎士，有的一隻手拿著不知道什麼東西，另一隻手扶著把手。裘西剛說到父親遲到的事不久，一個自行車騎士脅下挾了一大塊板子，活脫像隻壓扁的小鳥，我擔心一個側風吹來會讓他摔倒，可是他技巧嫻熟地穿梭在車陣裡，停在前面的交通燈號正下方。

母親在隔壁房裡的聲音越來越焦慮，我知道裘西也聽到了，可是我回頭看到她依舊埋首書本。一隻狗拉著婦人走過，接著是一輛廂型車，車身上寫著「吉奧咖啡店熟食外送服務」。這時候一輛計程車在外頭減速下來，休息室比人行道高一些，因此我看不到計程車裡面，可是母親的聲音戛然而止，我想一定是父親到了。

「裘西，他來了。」

起初她繼續看她的書。接著她深深吸了一口氣，坐直起來，再度任由書本掉落在地毯上。「我猜妳一定認為他是個笨蛋，」她說：「有人覺得他是個笨蛋。可是他其實超聰明的。妳必須給他一個機會。」

我看到一個頎長卻有點駝背的人影下了車，身上穿著灰色雨衣，手裡拿著一只紙袋。他神情猶疑地抬頭張望眼前的樓房，我想他搞不清楚到底哪一棟才對，因為我們這一邊的樓房和對街的樓房外觀相仿。他小心翼翼地抱著紙袋，就像人們抱著走得太累的小狗一樣。他找到正確的臺階，或許也看到了我，雖然我一通知裘西之後就走回休息室裡。我以為現在母親會回到休息室，確實也聽到她的腳步聲了，可是她駐足外頭的走廊上。裘西和我以及站在走廊上的母親默默地等待，彷彿等到了天荒地老。總算門鈴響起，我們又聽到母親的腳步聲，接著是他們的聲音。

他們輕聲交談。走廊和休息室之間的門半掩著，裘西和我站在室內凝神留意各種跡象。父親走進來，不再穿著雨衣，但是雙手依然抱著那只紙袋。他穿著一件高檔的西裝外套，裡面卻是老舊的高領毛衣，領子還拉高到他的下巴處。

「嗨，裘西！我心愛的小怪獸！」

他顯然想抱抱裘西寒暄一下，再找個地方放下紙袋，可是裘西一個箭步往前熊抱住他、紙袋和所有東西。被裘西緊緊摟抱著的父親環顧休息室四周，視線終於落在我身上，接著又轉頭閉上眼睛，臉頰緊緊貼著她的頭頂。他們文風不動地站了好一會兒，不像母親和裘西有時候在早上道別時那樣款款搖擺。

站在他們後面的母親靜靜看著父女倆，從她兩邊肩頭看過去像是扛著黑色書櫃，臉上沒有半點笑容。他們就這麼一直擁抱著，我再度看了母親一眼，整個休息室的畫面又被分割了，她乜斜著的眼睛重複出現在每個影格裡，在若干影格裡，她的眼睛凝望裘西和父親，而在其他影格裡則是在瞅著我。

終於，他們分開了，父親微微一笑，把手裡的紙袋舉高，彷彿它需要氧氣似的。

「喂，小怪獸！」他對裘西說：「這是我最近的小創作。」

他把袋子拿給裘西，托住底部，直到她接過去，接著兩人並肩坐在沙發上，一起端詳紙袋裡頭。他們沒有把裡面的東西拿出來，裘西直接把紙袋撕開，露出一面凹凸不平的小圓鏡，下面有個底座。她把它放在膝上說：「這是什麼呀，爸爸？是化妝用的嗎？」

「如果妳想要的話。可是妳沒有仔細看呀。再瞧一瞧。」

「哇！太驚人了。這是怎麼回事？」

「我們大家都要忍受鏡子，這不是很奇怪的事嗎？所有鏡子裡的妳都是扭曲的，不是嗎？只有這面鏡子才照得出真正的妳，而且它沒有比一般的小鏡子來得重。」

「太棒了。是你發明的嗎？」

「我會申請專利，不過其實要歸功於我的朋友班哲明，我們社區裡的另一個傢伙。他想到一個點子，可是不知道怎麼在現實世界裡實現它。所以那個部分就由我來做。上週才熱騰騰剛出爐的，妳覺得如何，裘西？」

「哇，真是曠世傑作。現在我要一整天在大家面前攬鏡自照。謝謝！你真是個天才。這玩意兒要用電池嗎？」

父親和裘西又談了一會兒鏡子的事，間或插科打諢地寒暄，宛如他們是初次見面。他們肩並著肩，談話時又靠得更近了些。我一直站在休息室中央，父親有時候會看我一眼，而我以為裘西隨時會介紹我們認識。可是父親的到來讓裘西興奮莫名，她有如連珠砲似的和他絮絮叨叨，沒多久父親也不再對我多看一眼了。

「爸，那個新的物理家教，我打賭他知道的東西不及你的一半。而且他很古怪，如果他不是通過鑑定的，我大概會說，媽，我們得找人把這個傢伙抓起來。噢，不，不，別緊張，他不是不正派。只是顯然他會在自家的庫房裡修東西，你知道的，然後把我們大家都給炸掉。對了，你的膝蓋還好嗎？」

「噢，好多了，謝謝。其實沒問題的。」

「你還記得上次我們出去的時候你吃的餅乾嗎？看起來像中國國家主席的那種？」

儘管裘西說話像串珠似的滔滔不絕，我知道她的每一句話都是經過深思熟慮的。接著母親穿上她的外套回到休息室，揮舞著手裡裘西的厚夾克，打斷裘西和父親的談話。她說：

「保羅，過來一下。你還沒有跟克拉拉打招呼。這位是克拉拉。」

父親和裘西收起話匣子，一起看著我。然後父親才說：「嗨，克拉拉。」自從他走進公寓以來一直掛在臉上的微笑頓時不見蹤影。

「真不想催促你們，」母親說：「可是你遲到了，保羅。我們還要去赴一個約。」

父親的笑容又回來了，可是眼神裡有點惱怒。「我快三個月沒見到我女兒了，我不能跟她多聊個五分鐘嗎？」

「保羅，今天是你堅持要跟我們來的。」

「我想我有權利來，克莉絲。」

「沒有人否認這點，可是你不要讓我們遲到了。」

「這個傢伙有那麼忙……」

「別讓我們遲到了，保羅。而且我們到那裡的時候，拜託你收斂一點。」

父親看著裘西，聳聳肩。「妳瞧，惹麻煩了，」他大笑說：「來吧，小怪獸，我們還是趕緊上路吧。」

「保羅，」母親說：「你還沒有跟克拉拉說話。」

「我剛才打過招呼了。」

「來吧，跟她說些什麼。」

「像家人一樣，妳指的是這個嗎？」

母親凝視著他，接著似乎改變了主意，揮一揮裘西的夾克。

「來吧，寶貝。我們得走了。」

我們站在外頭等母親的車子的時候，父親又穿上他的雨衣，一隻手摟著裘西。他們站在人行道邊緣，我則站在他們後面，幾乎貼在公寓外面的欄杆，行人從我們中間魚貫穿過。由於距離以及戶外的收音效果，我聽不清楚他們在說什麼。父親時或會轉過頭來上下打量我，卻又繼續和裘西聊天。接著有個戴著大耳環的黑皮膚女士經過我們，當她走過以後，父親再度回過頭。

母親的車子到了，裘西和我坐在後座，啟程的時候我試著吸引她的目光，如果她因為要去畫人像畫而感到焦慮的話，我或許可以安撫她。然而她只是望著她那邊的車窗，沒有轉頭看我。

母親的車子開得很慢，從一個車道切到另一個車道。我們行經許多放下百葉窗的大門以及窗戶被堵起來的大樓。天空又下起雨，撐著傘的情侶也出現了，拉著人們走的狗三步併作兩步找地方躲雨。從我這邊的車窗望去，我看到一面濕漉漉的牆上塗滿了憤怒的卡通文字，而且宛如只要搖下車窗就摸得到那些字似的。

「還不算太差，」母親在跟父親說話。「我們的資源不足，每一場宣傳活動的預算差不多都被砍了四成。我們和行銷部門三天兩頭起衝突。除此之外，對，我還好。」

「史蒂文還是鋒頭很健嗎？」

「當然，他的人緣一直很好。」

「妳知道的，克莉絲，我真的懷疑它到底值不值得妳這樣堅持下去。」

「我不明白你的意思。我在堅持什麼？」

「顧德溫公司。妳的法務部門。這整個……職場。妳的每個清醒的片刻，都被妳簽下的契約給決定了。」

「拜託，我們別再談這個了。你的遭遇我很遺憾，保羅。我很遺憾而且生氣。可是套句你的話說，我一直**堅持下去**，因為哪一天我放手了，裘西的世界，**我的**世界，通通會瓦解。」

「妳為什麼這麼確定，克莉絲？聽著，那是個重大的抉擇，我知道。我只是建議妳多想想，換個不同以往的視角去看事情。」

「不同以往的視角？算了吧，保羅。別跟我說你很滿意這整個結局。你的所有天賦。你的所有經驗。」

「要我老實說嗎？我想，被撤換掉對我而言是最好的安排。幸好我沒有捲入。」

「你怎麼可以這麼說？你是第一流的人才。你擁有獨一無二的知識，專家的技術。他們怎麼可以不重用你？」

「克莉絲，我必須說，對於這件事，妳比我更加耿耿於懷。被換掉這件事，讓我得以用完全不同的角度去看世界，我真的相信它讓我看清楚什麼是重要的，什麼不是。而且我現在住的地方，有許多好人也是這麼覺得。他們都走上同一條路，有些人的職位比我高得多。我們志趣相投，而且我真心相信我們不是在自欺欺人。我們的生活比過去好得多。」

「真的嗎？每個人都這麼想嗎？就連你的那個朋友，以前在密爾瓦基州當法官的那位？」

「我不會說那是件容易的事。我們大家都有自己的坎坷人生。可是相較於我們以前所擁有的，我們都覺得……生平第一次真正地過生活。」

「聽到前夫這麼說，還真不錯。」

「不好意思，別在意。我有些問題。關於畫像。」

「現在不要，保羅。別在這裡談。」

「嗯嗯，好吧。」

「喂，爸，」裘西在我身旁叫道：「你想問什麼就儘管問，我沒有在聽。」

「還說妳沒有在聽呢，」父親笑說。

「別再為了畫像的事抬槓了，保羅，」母親說：「那是你欠我的。」

「我欠妳的？我不明白我欠妳什麼，克莉絲。」

「我現在不想說，保羅。」

就在這時候，我知道我們剛剛經過的拖吊區正是我再熟悉不過的那個地方，而亞波大樓也赫然出現在裘西那邊的車窗外，周遭也聚集了熟悉的計程車。可是正當我興奮地翹首張望我們的店時，卻看到有什麼地方不對勁。

當然，我從來沒有從街上看過我們的店，可是即便如此，此刻櫥窗裡既沒有愛芙也沒有條紋沙發，展示臺上只有若干彩繪瓶子，以及一塊招牌，上頭寫著「嵌燈」。我轉到右邊繼續張望，這時候裘西開口說：

「喂，克拉拉，妳知道我們在哪裡嗎？」

「是的，當然。」可是我們已經越過行人穿越道，我甚至來不及看看是否有小鳥棲息在交通號誌上頭。事實上，我們的店面不同於以往的外觀讓我吃了一驚，所以忘了像平常那樣仔細觀察四周的環境。接著我們來到一段全然不同樣貌的街道，我轉頭從後車窗望出去，看到亞波大樓隨著距離而越來越小。

「妳知道我在想什麼嗎？」裘西的聲音裡有一種憂慮。「我想妳的店也許已經搬走了。」

「是的，或許吧。」

但是我沒有時間多想店的事，因為接下來我湊著前座的間隙往外看到的，正是庫丁機。我不必等到駛近它看到機器上的那幾個字，就能夠認得出它了。它就在那裡，三具煙囪一如往常地噴出汙染。我知道我應該感到憤怒，可是經過剛剛的詫異，對於這部可怕的機器，我反倒覺得有點親切。我們經過它的時候，母親和父親兀自脣槍舌劍，而在我身旁的裘西說：「這些店家老是變來變去。那天我去找妳時，就是擔心這一點。我擔心那家店搬走了，妳和妳的所有朋友都跟著它不見了。」

我對她笑了笑，可是默不作聲。大人們在前座的聲音越來越大。

「保羅，這個問題我們不知道談過多少次了。裘西、克拉拉和我都要去那裡，而且都在計畫中。你也同意的，記得嗎？」

「我是同意，但我還是可以評論吧，不行嗎？」

「在這裡不行！現在還有在這該死的車子裡不行！」

裘西本來一直對著我叨唸些什麼，可是她越來越心不在焉。當大人們都沉默不語的時候，她說：「如果妳想要的話，克拉拉，我們明天可以抽個時間去找它。」

我差一點以為她說的是庫丁機，隨即明白她是指經理和其他愛芙搬到哪裡去了。只是因為櫥窗景象不復從前，她就認定他們都搬走了，我覺得還言之過早，而我正要對她這麼說的時候，她卻探身到前座對大人們說：

「媽，我們明天有什麼空檔嗎？克拉拉想要去看看她原來的店怎麼了。我們可以去嗎？」

「如果妳們要去的話，寶貝，妳看這樣好不好，今天我們去找卡帕底先生，他要妳做什麼妳就做什麼。然後明天妳要做什麼我們就做什麼。」

父親一副不以為然地搖搖頭望著車窗外，由於裘西坐在他的正後方，所以看不見他的表情。

「別擔心，克拉拉。」她摩娑我的手說：「我們明天會去找到它的。」

母親把車子開進一處圍著鐵絲網的小院子。柵欄上掛著禁止停車的標誌，可是她就停在它正前方，旁邊還停著另一輛車。我們下車之後，踩在堅硬又多處坑坑窪窪的地面上。裘西依偎著父親小心翼翼地朝著一棟可以俯瞰院子的磚砌建築走去，或許是因為路面高低不平，父親一路牽著她的手。站在車子旁邊的母親看在眼裡，卻一動也不動。讓我訝異的是，她走到我跟前，拉著我的手一起走，宛如在模仿父親和裘西似的。

兩側並沒有毗連的建築。我把它叫作建築而不是屋子，因為磚牆沒有粉刷，還有黝闇的防火梯曲曲折折地自平地竄起。那棟建築物有五層樓高，最上面有天臺，我隱約覺得它之所以沒有與其他建築相連，是因為以前遭遇過什麼不幸的事，所以檢修人員把它們都拆掉了。我不小心踩到坑洞的時候，母親挨著我更靠近了些。

「克拉拉，」她悄聲說：「不要忘了，卡帕底先生會問妳一些問題。其實，他或許會問一大堆問題。妳儘管回答他就對了，好嗎，寶貝？」

那是她第一次叫我「寶貝」。我回答說：「是的，當然。」接著那棟磚造建築就在我們眼前，裘西和父親一到了門口就轉身等我們，似乎是要讓母親先進去。她見狀便即放開我，一個人走到大門，遲疑了片刻才揿門鈴。

「亨利，」她對著對講機說：「我們到了。」

卡帕底先生家裡的風格和建築外觀截然不同。在他的大廳裡，地板和寬敞的壁面幾乎都是白色系的。固定在天花板上的聚光燈照射出強光，抬頭看的時候很難不讓人目眩。偌大的空間裡卻沒有什麼傢俱：一座黑色大沙發，前面有一只小茶几，卡帕底先生在上頭擺了兩臺相機和它們的鏡頭。就像我們店裡的活動玻璃展示櫃一樣，那只矮茶几也有滑輪可以在地板上平滑地挪動。

「亨利，我們不想讓裘西太累，」母親說：「我們現在可以開始了嗎？」

「當然。」卡帕底先生朝著遠邊的角落比劃一下，那裡的牆上併排貼著兩張掛圖。每張掛圖上都有各種角度的格線縱橫交錯，掛圖前面有一張輕便鐵合椅，還有一只三腳立燈，只不過立燈還沒有打開，角落處顯得陰暗而孤寂。裘西和母親有點擔心地看了它一眼，卡帕底先生或許注意到了，按了一下茶几上不知道什麼東西，三腳立燈隨即就亮起，整個角落瞬間燦若白晝，不過也投下了陰影。

「現在可以完全放輕鬆了，」卡帕底先生說。他頂上童山濯濯，滿臉于思，我估算他有五十二歲了。他的表情似笑非笑的。「沒什麼好緊張的。那麼如果裘西準備好，我們或許可以開始了。裘西，妳過來一下好嗎？」

「亨利，等一下，」母親說，她的聲音在屋子裡迴盪。「我想先看一下畫像，看看你到現在為止畫得如何了。」

「當然，」卡帕底先生說：「不過必須請妳諒解，畫作還在進行中。門外漢總是不懂為什麼要畫得這麼慢。」

「我還是要看一下。」

「我會帶妳上樓的。克莉絲，其實妳知道妳不需要我的准許，在這裡妳是老闆。」

「聽起來有點可怕，」裘西說：「可是我也想偷看一下。」

「噢，不，寶貝。我答應卡帕底先生還不能讓妳看。」

「我也是，」卡帕底先生說：「如果妳不介意的話，裘西。根據我的經驗，如果畫裡的主人太早看到畫像，事情就會搞得一團糟。我需要妳一直處於完全不會忸怩的狀態。」

「到底是對什麼東西忸怩？」父親問道，他聲音在屋裡產生巨大的回響。他依舊穿著雨衣，即使卡帕底先生兩次請他把雨衣掛在門口的掛鉤上。他徐徐走到掛圖前面，皺著眉頭仔細打量它們。

「我的意思是說，如果畫裡的主人，現在當然是指裘西，如果她想太多，她的姿態就會變得不自然。這就是我的意思。」

父親仍舊在端詳牆上的掛圖。接著他搖搖頭，就像在車子裡那樣。

「亨利？」母親說：「我現在可以去你的畫室嗎？看看你的進展如何？」

「當然，請跟我來。」卡帕底先生領著母親走鐵製樓梯到陽臺上，我從樓梯下的間隙看得到他們上樓的腳步。到了陽臺，卡帕底先生在一扇紫門旁的數字鍵盤上面按了幾下，嗶的一聲，他們兩人就進去了。

紫門隨即關上，我回到裘西坐著的黑色沙發旁，想要說個什麼笑話讓她放鬆一點，可是父親站在燈火通明的角落搶先說：

「小怪獸，我猜他是要妳不斷站在這些掛圖前面讓他拍照，」他湊近掛圖說：「看看這個。每條線上都有刻度。」

「爸爸，你知道嗎，」裘西說：「媽媽告訴我們說，你今天很想來，不過也許這不是個好主意。我們原本可以約在別的地方見面的，做點別的什麼事。」

「別擔心，我們晚點去做點別的事，比這個更棒的。」他轉身對她和顏悅色地說。「就說這幅畫像會完成吧。我在意的是它不會跟著我，因為妳媽媽會把它留在她身邊。」

「你隨時都可以來看它，」裘西說：「你可以把它當作藉口，多來看我。」

「裘西，我很抱歉事情變成這樣。我希望多陪陪妳，更多更多。」

「沒關係啦，爸，現在一切都還算順利。嗨，克拉拉，我爸爸跟我們來這裡，妳覺得如何？還不算太瘋狂，對吧？」

「我很開心見到保羅先生。」

父親依舊注視著掛圖，彷彿我不曾說話似的，他對著一個小地方指指點點。當他總算轉身看我的時候，眼尾的笑意又不見蹤影。

「很開心見到妳，克拉拉，」他說。接著他看了裘西一眼。「我跟妳說，我們趕快結束這裡的事。然後就我們兩個，我們可以找個地方吃東西，有個地方我想妳會很喜歡的。」

「好啊，當然，如果媽媽和克拉拉沒問題的話。」

她轉頭一看，陽臺上的紫門剛好打開，卡帕底先生走了出來。他回頭對著畫室叫道：

「妳可以在裡頭愛待多久就待多久，我得下去看看裘西。」

我聽到母親不知道說了什麼，然後她也從畫室走到陽臺上。她的腰板不再挺直，卡帕底先生伸出手，以防她跌倒的話隨時可以扶住她。

「好啦，妳覺得如何？」裘西眼神焦慮地問道。

「還可以，」母親說：「不會有問題的。保羅，如果你想看的話，那就自個兒上去吧。」

「也許看個一分鐘就好，」父親說：「卡帕底，拜託你今天趕快把我們打發掉，我還要跟裘西一起去喝咖啡吃蛋糕。」

「沒問題，保羅，一切都在掌握當中。妳確定妳沒問題了嗎，克莉絲？」

「我沒事，」母親說，卻匆忙坐到黑色沙發上。

「裘西，」卡帕底先生說：「我們開始以前，我其實想請克拉拉幫個忙。我要指派她一個小小的任務。我想或許她可以在我們拍照的時候開始做。可以嗎？」

「我沒有問題，」裘西說：「不過你要問問克拉拉才行。」

可是卡帕底先生卻轉身對父親說：「保羅，你也是個科學家，也許會同意我的看法。我相信愛芙對我們的好處應該比我們現在想像的要多得多。我們不應該擔心他們的智慧力量，我們應該跟他們學習。愛芙可以教我們許多東西。」

「我只是個工程師，從來不是什麼**科學家**，我想你知道這一點。不管怎樣，愛芙從來都不是我的研究領域。」

卡帕底先生聳聳肩，伸手摸一摸他的落腮鬍，看似在檢查它的質地。接著他轉向我說：「克拉拉，我為妳設計了一項調查。一種問卷之類的。就在樓上的電腦螢幕上，隨時都可以進行。如果妳不介意填寫好的話，我會很感激。」

我還沒來得及說什麼，母親就說：「這個主意很好，克拉拉。裘西坐著拍照的時候，妳也可以有點事做。」

「當然，我樂於協助。」

「謝謝！我保證一點都不難。克拉拉，其實我希望妳不要想太多。如果妳可以不假思索地回答，那是最好的。」

「我明白了。」

「它們甚至算不上什麼問題。我們何不上樓去，我讓妳瞧一瞧？各位，還有裘西，只要耽誤你們一分鐘就好。我讓克拉拉就定位，然後馬上就下來。裘西，妳今天氣色真好。克拉拉，跟我來吧。」

我以為他也是要我從紫門進去，可是我們走到屋子的另一頭，那裡有另一座鐵樓梯，上面是單獨隔開的陽臺。卡帕底先生帶頭上樓，我亦步亦趨地跟在後面。我回頭看到裘西、母親和父親都抬頭望著我們，母親仍舊坐在沙發上。我對裘西揮揮手，可是底下沒有任何動靜。接著裘西才說：「小心一點，克拉拉。」

「這邊請，克拉拉。」陽臺很狹窄，和樓梯一樣都是鐵製的。卡帕底先生打開一扇玻璃門，那個房間比裘西的浴室還要小，裡頭塞了一張有坐墊的椅子，面對著一個電腦螢幕。「請坐。它一直在等妳。」

我坐了下來，眼前的白色牆面剛好到我肩頭那麼高。螢幕下方是一塊狹長的三角置物架。那個房間太小了，擠不進卡帕底先生，所以他讓玻璃門敞開，站在外頭指導我，時或伸手進來操作一下設備。我仔細地聽他解說，雖然我知道樓下的父親和母親又在拌嘴了。在卡帕底先生講解的同時，我聽到母親說：「沒有人堅持要你留下來，保羅。」

「妳這句話前後矛盾，我只是指出妳的不一致而已。」

「我沒有要一致，我只是要為我們找到一條出路。為什麼要讓事情雪上加霜，保羅？」

卡帕底先生在我身旁忍俊不住，中斷了他的解說，對我說：「哎呀，看來我最好趕緊下樓當裁判！妳都明白了嗎，克拉拉？」

「謝謝，一切都很清楚。」

「非常感謝。有什麼不明白的地方，請對著樓下叫一聲。」

他關上門的時候，那玻璃門撞了我一下，我隔著玻璃看到他走下陽臺。接著我又隔著半空看到對面的陽臺以及母親剛才走出來的那扇紫門。

我開始填寫卡帕底先生的問卷。有時候螢幕上的問題是一串文字，有時候則是跑馬燈似的圖表，或者螢幕會一片漆黑，擴音器響起層層相疊的聲音。一個個臉龐——裘西、母親和一個陌生人——會出現又消失。起初大概回答十二個字元或記號就足夠了，但是隨著問題越來越複雜，我的答案也越來越長，有的多達一百多個字元和記號。樓下抬槓的聲音仍舊劍拔弩張，但是由於玻璃門關上了，我就再也聽不清楚他們在說什麼了。

問卷填到一半，我透過玻璃瞥見人影，轉頭看到卡帕底先生帶著父親走上對面的陽臺。我繼續填寫我的問卷，不過由於掌握到它的主要目的，我就不用再怎麼專注作答。我看到父親緊張兮兮地抓著雨衣走到那扇紫門前面。他背對著我，而且玻璃門起霧了，因此我不是很確定，但是他看起來好像突然哪裡不舒服似的。

在陽臺上陪著他的卡帕底先生看似一派輕鬆地載言載笑，接著他又在門旁的數字鍵盤上按了幾下。從我所在的斗室裡，我聽不到開門的啪噠聲，但是當我再次轉身望去，父親已經進去了，而卡帕底先生則是斜倚著門口不知道說了什麼。接著我看到卡帕底先生驀地往後退，父親走了出來，雖然透著起霧的玻璃看得不是很清楚，但是他看起來不再病懨懨的，反而充滿了新能量。他似乎不在意差點把卡帕底先生撞到一旁，飛也似的跑下樓梯。卡帕底先生看著他大搖其頭，就像看到孩子在店裡哭鬧的家長一樣，接著反手關上門。

螢幕上的影像跳轉得越來越快，我的任務仍然還沒完成，過了幾分鐘，一邊回答問題的同時，我把身旁的玻璃門半掩著，這樣樓下的聲音就聽得更清楚了。

「保羅，你要強調的是，」卡帕底先生說：「我們不管做什麼，都只會把我們自己給汙名化了。這就是你要說的，沒錯吧？我們的確被汙名化了，有時候不太公平。」

「那是個扭曲我的觀點的聰明做法，卡帕底。」

「算了吧，保羅，」母親說。

「我很抱歉，卡帕底，如果我說了什麼很失禮的話。不過我只是打開天窗說亮話吧？我想你是故意曲解我所說的話。」

「不是的，保羅，你真的沒有搞懂。任何工作總是會遇到許多倫理的選擇，不管我們有沒有收錢都一樣。」

「你真是體貼啊，卡帕底。」

「保羅，好了，」母親又插嘴說。「亨利只是照著我們的要求去做而已。不多也不少。」

「難怪，卡帕底，喔，是**亨利**，不好意思，像你這樣的人居然會搞不懂我說的是什麼。」

我把有滑輪的椅子往後推，起身穿過玻璃門走到陽臺上。剛才我就看到陽臺是一個用四片牆圍起的方框。現在我走到後面的陽臺，貼著白牆，盡量避免腳下的金屬網孔嘎嘎作響，或者是跨過聚光燈的光束而在樓下形成陰影。我無聲無息地走到紫門口，按下我觀察過兩次的密碼。緊跟著嗶的一聲，不過樓下的人仍舊沒有注意到。於是我走進卡帕底先生的畫室，關上紫門。

畫室是L型的，眼前的區域是將一個轉角做延伸，超出建築物原本的邊界。轉角前面有兩個工作檯緊貼著兩面牆壁，上頭堆滿了各種形狀和材質的東西、畫刀以及工具。可是我沒有時間細看它們，逕自走到角落，戰戰兢兢地踩著同樣也是金屬網孔鋪成的地板。

我繞過L型的轉角，看到裘西赫然在那裡，懸在半空中。她不是很高，雙腳懸在我的肩膀高度，可是由於她往前傾，兩手平伸，手掌張開，看起來像是墜落到一半被凍住了。各個角落都有燈光照射她，使得她無處躲藏。她的面孔極其肖似真實的裘西，然而眼裡沒有半點溫柔笑意、嘴唇曲線上揚的表情，卻是我從來沒有見過的。那張臉看起來既失望又害怕。她的衣服也不是真正的衣服，而是用極薄的紙巾仿造上衣和寬鬆短褲。那種紙巾是淡黃色且半透明的，在強光照射下，讓這個裘西的手臂以及雙腳顯得更加脆弱。她的頭髮和病中的真實裘西一樣綁了個馬尾，不過這是其中一個欠缺說服力的細節；頭髮的材質和我見過的任何愛芙都截然不同，而且我知道就算是這個裘西也不會喜歡它的。

我觀察了一下，心想趁著他們注意到我離開那間斗室之前，還是趕緊回去的好。於是我躡手躡腳地回頭經過那兩個工作檯，把紫門打開一個間隙，它還是嗶的一聲，不過我知道樓下的人並沒有聽到。我也看得出來他們的情緒越來越針鋒相對。

「保羅，」母親的聲音幾乎像是在大吼，「你一開始就是要來搗蛋的。」

「來吧，裘西，」父親說：「我們走吧。現在就走。」

「可是，爸……」

「裘西，我們現在就離開。相信我，我知道我在做什麼。」

「我不認為你知道，」母親說。

「保羅，算了吧，放輕鬆一點，如果有什麼誤會，我會負全責而且我道歉。」卡帕底先生附和。

「你到底還需要多少資訊？」父親問道，現在他也大聲了起來，不過那或許是因為他來回踱步所以講話得更費力。「我很驚訝你居然沒有要求她的血液採樣。」

「保羅，你講理一點。」母親說。父親和裘西同時間不知道說了什麼，可是接著卡帕底先生附和他們說：

「沒關係，克莉絲，讓他們走吧，反正不會有什麼差別了。」

「媽，為什麼我現在不能跟著爸爸走？至少妳可以不必大吼大叫了。如果我待在這裡，情況只會雪上加霜而已。」

「我不是在生妳的氣，寶貝。我是在氣妳父親。他太幼稚了。」

「來吧，小怪獸。我們走吧。」

「我們待會兒見，媽，好嗎？再見了，卡帕底先生……」

「讓他們走吧，克莉絲。讓他們走沒關係。」

大門關上時，整個屋裡回聲不絕於耳。我想到那輛車子是母親的，不知道父親有沒有錢招計程車載他和裘西到他現在想去的地方。裘西沒有想到要我跟她一起去，感覺有點奇怪，可是母親還在這裡，我想起我們一起到摩根瀑布的那天。

我走到陽臺上，現在不必躲躲藏藏或是躡手躡腳了。我靠在鐵欄杆上，看到母親坐到裘西剛才坐的地方，也就是掛圖前面的那張鐵合椅。卡帕底先生走來走去，就在我正下方，我看到他的禿頂，卻看不到他的表情。接著他慢條斯理地走到母親那裡，彷彿走得慢是代表他的友善。他在三腳立燈前面停下腳步。

「我看得出來妳憂心忡忡，」他換了個溫柔的口氣說：「我告訴妳，這種事我看多了。堅持到底、信心不被動搖的人，最後才會是贏家。」

「真該死，你說的沒錯，我是很擔心。」

「妳不可以讓保羅影響妳。記住，妳已經想通了，而他還沒有。保羅腦袋不清楚。」

「問題不在於保羅。見他的大頭鬼，問題在於樓上的肖像。」

說著說著，她不經意抬頭一瞥就看到我。她頂著天花板嵌燈炫目的強光望著我，卡帕底先生也跟著抬頭看。然後他滿腹疑竇地瞧一瞧母親。母親用手遮在前額，和我四目相接。

「好了，克拉拉，」她終於說：「下樓來吧。」

我走下鐵樓梯時，看到母親不再怒氣沖沖，反而是神色焦慮。我走到距離她幾步的地方就停下來。卡帕底先生先開口說：

「妳覺得怎麼樣，克拉拉？我做得不錯吧？」

「她的確和裘西維妙維肖。」

「那麼我猜那是個肯定的答案。喔，對了，克拉拉，妳都填完問卷了嗎？」

「我填好了，卡帕底先生。」

「謝謝妳的合作。妳把資料都儲存妥當了嗎？」

「是的，卡帕底先生。我的回答都儲存了。」

接下來是一陣沉默，母親依舊坐在椅子上看著我，而卡帕底先生則是站在三腳立燈旁邊。

我知道他們在等我多說些什麼，於是我往下說：

「真遺憾裘西和父親離開了。卡帕底先生的畫像工作或許會暫時受阻。」

「沒關係，」他說：「這不算是什麼重大的挫敗。」

「我想聽聽，」母親說：「克拉拉，我想聽聽妳的想法。關於妳所看到的。」

「我很抱歉沒有經過准許就檢視了畫像。可是在這個情況下，我覺得最好還是看看。」

「沒關係，」母親說，我再度看到她的表情是恐懼多過氣惱。「告訴我們妳怎麼想的。或者說，告訴我們妳在上面看到了什麼。」

「我一度懷疑卡帕底先生的畫像既不是繪畫也不是雕塑，而是一個愛芙。卡帕底先生把裘西的樣貌捕捉得淋漓盡致，不過或許臀部應該要再窄一點。」

「謝謝妳，」卡帕底先生說：「我會謹記在心。它還是個進行中的作品。」

母親突然低頭用雙手摀著臉，髮絲從指間滑落。卡帕底先生轉身用關懷的眼神看著她，不過沒有任何動作。母親並沒哭，只是雙手遮著臉壓低聲音說：「也許保羅是對的，也許這整件事是個錯誤。」

「克莉絲，不要喪失信心。」

她抬起頭來，眼裡充滿了惱怒。「那不是信心的問題，亨利。就算你做得再完美，你他媽的為什麼那麼確定我有辦法接受樓上那個愛芙？在莎爾身上就已經行不通了，為什麼裘西可以？」

「這一次和莎爾那次是不能相提並論的。我們走過來了，克莉絲。我們為莎爾做的是個玩偶。一個喪慟者的玩偶而已。從那時候到現在，我們走了漫長的一段路。妳要明白的是，新的裘西不會是個模仿品。**她會是真的裘西**。是裘西的一個**延伸**。」

「你要我相信這個？**你自己**相信嗎？」

「我真的相信。就我能力所及的範圍，我相信。我很開心克拉拉也進去看了。現在我們需要她上場，我們等很久了。因為唯有克拉拉才能讓一切變得不同。這一回要非常、非常不同。妳必須堅定信心，克莉絲。妳現在不可以動搖。」

「可是我會相信它嗎？到了那一天，我真的會嗎？」

「對不起，」我說：「我想說的是，也許有個機會，現在的這個裘西會漸漸康復，那麼妳就永遠不需要新的裘西。我相信這個機率很大。當然，我也要把握機會促成這件事。可是看到妳如此憂心，我想現在就跟妳說。如果那個悲傷的時刻到來，裘西不得不離開，我會竭盡所能去做任何事。卡帕底先生說的沒錯。它不會像上次莎爾那樣，因為這次妳有我的協助。現在我明白為什麼妳要我不時地觀察和學習袞西。我盼望那個悲傷的日子永遠不會到來，可是如果它臨到了，那麼我會把我學習到的一切教給樓上的那個袞西，讓她盡量和上一個袞西相仿。」

「克拉拉，」母親現在的語氣堅定了些，而且她突然被分割成許多影格，比剛才父親走進「朋友的公寓」時還要多。在若干影格裡，她的眼睛乜斜著，而在其他影格裡，卻是雙眼圓睜。每一個影格裡，只容得下一顆瞅著我的眼珠子。而在其他影格的角落，我看得到一部分的卡帕底先生，意識到他舉起手來不知道做了什麼手勢。

「克拉拉，」母親說：「妳的推論好極了，我相當感激妳剛才說的那番話。可是有些事情妳要聽好。」

「不，克莉絲，時候還沒有到。」

「為什麼不行？到底為什麼不行？你說克拉拉該上場了，只有她才會讓一切變得不同。」

他們頓時陷入沉默，接著卡帕底先生才說：「好吧，如果那是妳想要的，妳就告訴她吧。」

「克拉拉，」母親說：「我們今天來這裡，主要不是要讓袞西再當一次模特兒。我們是因為妳才來的。」

「我明白，」我說：「我知道為什麼要填寫問卷，那是要測試我對袞西了解多少，她怎麼做決定，以及為什麼有種種情緒。我想測驗的結果會證明我有能力訓練樓上的那個袞西。可是我要再說一次，放棄希望絕對是錯的。」

「妳還是沒有很明白，」卡帕底先生說。儘管他就站在我眼前，他的聲音卻宛如來自視線之外，因為我仍舊只看得到母親的眼睛。「克莉絲，讓我來跟她解釋一下。我來說會簡單一點。克拉拉，我們不是要妳訓練新的袞西。我們是要妳**變成**她。妳應該也注意到了，妳在樓上看到的那個袞西是個空殼子。如果那一天到來，雖然我希望不會，但是如果到了那一天，我們要妳和妳學習到的東西一起住進樓上那個袞西的身體裡。」

「你們要我住進她的身體裡？」

「克莉絲在挑選妳的時候，就是這麼想的。她相信妳的配備最適合模仿袞西，不只是外觀上，還包括深層的東西，整個袞西。模仿她，一直到第一個袞西和第二個袞西沒有任何差別。」

「亨利現在跟妳說的，」母親開口，突然間她不再分割成許多影格了。「聽起來像是有個周詳的計畫。但是其實根本不是那樣，我甚至不知道我是否該相信這個計畫會成功。也許以前我相信它會，可是看到樓上那個肖像以後，我再也不確定了。」

「所以妳知道我們要妳做什麼了，克拉拉，」卡帕底先生說：「我們不只是要妳模仿袞西的外在行為。為了克莉絲，我們要妳接續她而存在。也為了每個深愛著袞西的人。」

「那是可能的嗎？」母親說：「她真的可以為我延續袞西嗎？」

「是的，她可以，」卡帕底先生說。「而且現在克拉拉填完了問卷，我就有辦法提出科學的證明，證明她已經以她自己的方式，相當完整地存取了裘西所有的衝動和欲望。問題在於，克莉絲，妳和我一樣，我們都太感情用事了。我們沒辦法。我們這一代仍舊懷著過去的種種情感，我們心裡有個部分拒絕放手。那個部分想要一直相信我們每個人心裡都有個無法觸及的東西。獨一無二而無法轉移的東西。可是我們現在都知道，世上並沒有那種東西。妳知道的，對於我們這個年紀的人來說，要放手實在太難了。我們**必須**放手，克莉絲。那裡沒有什麼東西。裘西心裡沒有什麼東西是這個世界的克拉拉沒辦法接續的。第二個裘西不會是個複製品。她會是同一個人，而妳也有權像妳現在愛裘西一樣地愛她。妳需要的不是信心，而只是理性。我必須那麼做，那的確很艱難，可是我現在走過來了。以後妳也會的。」

母親站起來在大廳裡踱步。「也許你是對的，亨利，可是我太累了，現在沒辦法思考。而且我必須跟克拉拉談一下，和她單獨談談。我很抱歉把事情搞得一團亂。」她走到門口掛著她手提包的地方。

「我真的很高興讓克拉拉知道，」卡帕底先生說：「事實上，我也鬆了一口氣。」他走在母親後面，彷彿不想落單似的。「克拉拉，那些資料或許會指出妳還有哪些地方需要加強的。可是我很開心可以更加開誠布公地談一談。」

「來吧，克拉拉，我們走吧。」

「那麼，克莉絲，關於這一切，我們還要進行下去嗎？」

「我們沒有問題的，可是現在我要休息一下。」

她拍一拍卡帕底先生的肩膀，接著走出他剛才匆匆忙忙為我們打開的大門。他跟著我們走到電梯口，在電梯門關上之前，笑容可掬地朝我們揮手道別。

電梯下樓的時候，母親從手提包裡拿出她的長方物，看著它出了神。電梯門打開時，她又把它放下。我們走到一塊坑坑洞洞的水泥地上，太陽的黃昏圖案穿過了鐵絲網。我一直在想，裘西和父親會不會在那裡等我們，可是那裡空無一人，只有樹影落在母親的車子上，還有鄰近街道的喧囂聲。

「克拉拉，寶貝，坐到前座來吧。」

當我們坐定，望著擋風玻璃外面的禁止停車標誌，母親卻沒有發動車子。我望著卡帕底先生的建築，還有外牆上的太陽圖案以及防火梯，建築物的外觀居然會這麼骯髒，倒也讓我嘖嘖稱奇。母親再度注視著她拿在手裡的長方物。

「他們去了某家漢堡店。裘西說她沒問題，而且說**他**也沒問題。」

「但願他們樂在其中。」

「我有些事要跟妳說，可是我們離開這個地方再說吧。」

當車子駛向附近街區時，有個婦人騎著掛籃自行車穿越車道，我們只好停下來等她。後來我們又在懸臂式交通燈號底下等了幾分鐘，雖然放眼望去一輛車也沒有。燈號變換之後沒多久，我們駛經一棟高聳的褐色建築，它連一扇窗子都沒有，倒是有個巨大的中央煙囪，接著我們又穿過一座橋下，到處是陰影、水坑和滑板人。我們出了橋下，車身籠罩在太陽的圖案下，旁邊有一棟建築，牆上貼了「急徵立即上班」的廣告，沒多久路上越來越多行人，人行道上有幾株矮樹。母親終於放慢車速，停在一塊寫著「自製牛絞肉」的招牌旁邊。其他車子不滿地朝我們呼嘯而過，可是那裡並沒有禁止停車的標誌。眼前又是另一個橋下區，車輛魚貫而過。

「就是這家店。他們在那裡頭。」接著她說：「保羅是對的，他們有時候需要單獨相處。就他們兩個，他們需要空間。我們不應該老是跟著他們。妳看到了嗎，克拉拉？」

「當然。」

「她很想念她父親。那是天性。我們就在外頭坐一會兒吧。」

車子上方的燈號變了，我們看到車陣駛入橋下的陰影裡。

「這一切應該都讓妳很震驚吧？」她說：「妳應該會有很多問題。」

「我想我明白。」

「噢？妳明白嗎？妳明白我要妳做什麼？而且是我的要求，不是卡帕底或者保羅。到頭來都是我，都要算在我頭上。是我要妳促成這件事的。因為如果那一天到來，如果它又來了，我沒有別的辦法，不然我活不下去。莎爾的事我走過來了，可是我沒辦法再經歷一次。所以我要求妳，克拉拉。為了我，盡妳一切的努力。他們跟我說，妳在店裡相當引人注目。我觀察妳很久，確認他們所言是否屬實。如果妳下定決心去做，誰知道呢？也許真的行得通。而且我想我就有辦法愛妳了。」

我們沒有四目相接，只是凝望著擋風玻璃外頭。我這邊的車外有個圍裙男從「自製牛絞肉」的建築裡走出來，在人行道上掃地。

「我沒有怪罪保羅。他有權抒發他的情緒。莎爾走了以後，他說我們不應該再冒險了。就算裘西沒有被錄取，那又怎麼樣？許多孩子也沒有啊。可是為了裘西，我就是不甘心。我要她出類拔萃。我要她有個幸福人生。妳明白嗎，克拉拉？我滿心期待，現在裘西卻病了，而這都是因為我的決定。妳知道我是什麼感覺嗎？」

「是的，我很遺憾。」

「我不是要妳感到遺憾。我要妳盡力而為，而且要想想那對妳的意義是什麼。妳會變成這個世界裡的寵兒。也許有一天我會和別的男人交往。誰知道呢？可是我保證我不會像愛妳一樣地愛他。妳會變成裘西，而我會永遠愛妳勝於一切。所以，為了我，妳要全力以赴。我要妳為了我這麼做。為了我而接續裘西。來吧，說些什麼。」

「我還是很納悶，如果我要接續裘西而存在，如果我住進新的裘西裡，那麼這一切……會變成什麼樣子？」我雙手一攤，這時候母親才正眼看著我。她端詳我的面孔，接著掃視我全身。然後她又別過頭說：

「那有什麼關係呢？只是材質不同而已。妳或許會比較在意其他東西。或許妳不是很在乎我對妳的愛。可是還有別的東西。那個男孩，瑞克。我看得出來他對於妳有特別的意義。妳別說話，讓我把話說完。我要說的是，瑞克對裘西情有獨鍾，一直都是。如果妳接續裘西的存在，妳不只擁有我，更會擁有他。如果他沒有被錄取，那又怎麼樣呢？我們會想辦法住在一起，遠離……一切。我們可以離群索居，只有我們，遠離這一切。妳、我、瑞克，還有他母親，如果她想要的話。那不會有問題的。可是妳必須促成它。妳必須模仿整個裘西。妳聽到了，寶貝？」

「直到今天，」我說：「一直到現在，我相信我的職責是保護裘西周全，幫助她痊癒。不過或許這是比較好的方法。」

母親徐徐側身，伸出雙手抱住我。車子裡的設備把我們隔開，我們沒辦法緊緊相擁。可是就像和裘西擁抱許久而款款搖擺一樣，母親閉起雙眼，我感覺到她的溫柔傳遍我全身。

想要通過橋下的駕駛一個個怒不可遏地超車過去。許多人在超車的時候惡狠狠地瞪我一眼，即使他們知道我是乘客，問題不在我身上。

可是我在意的不是那些超過我們的車子或是不友善的駕駛，而是那個時候在「自製牛絞肉」

的建築裡發生了什麼事。如果不是母親的話以及她的擁抱一時間讓我心神蕩漾，我或許可以勸她不要走進去。可是她抱了抱我以後，儘管她自己說要讓裘西和父親單獨相處一會兒，她卻驀地下車，反手砰的關上車門。

時間一分一秒過去，我回想起在卡帕底先生的建築裡劍拔弩張的時刻，心想儘管會不太禮貌，不過我是不是應該走進去，幫忙裘西轉移類似的困擾場面。可是我還沒來得及做決定，父親就出現在人行道上。他拿起遙控鑰匙對著車門指指點點，看到沒有任何動靜，又湊近檢查並且按一下車門。這次啪嗒一聲車門鎖打開了，母親一定是把我反鎖在裡頭。父親走到車道旁，一溜煙地坐進車裡。他坐到駕駛座上，幾乎不瞧我一眼，只是盯著橋下的地方。接著他把一隻手放在方向盤上，用手指輕敲了起來。

「她居然還留著這輛車，真是太神奇了，」他說：「這輛車是我幫她挑的。有一陣子她很著迷一款德國車，可是我跟她說這個車款比較可靠。噢，我說的沒錯，至少它活得比我久。」

「既然保羅先生是工程師，」我說：「他建議的車款一定很好。」

「不見得。汽車引擎不是我的專長。」他不停地撫摸方向盤，神情有點感傷。

「裘西和母親也要出來了嗎？」我問道。

「什麼？噢，不。不，她們還沒有。我想她們還要一會兒才會出來。」接著他說：「其實克莉絲建議我把車子開走。她要我離遠一點，讓她多跟裘西談一談。」他看起來不像在卡帕底先生的建築裡那麼疾首蹙額，現在的他倒是有些魂不守舍。「老實說，克莉絲剛才進去的時候，我並沒有惱火。妳以為被她打斷我們的談話，我會很不開心。但事實是，裘西和我並不是在輕鬆閒聊。其實那時候我很尷尬。」他總算正眼看著我，「對了，如果說我一直對妳沒好氣，我很抱歉。我覺得我或許太失禮了。」

「請不用擔心，現在我完全可以理解保羅先生為什麼對我那麼冷淡了。」

「我向來不善於和你們這種東西相處，請妳原諒我。不，我不介意克莉絲打斷我們的談話，因為裘西正在問我一些尖銳的問題，而我完全不知道該怎麼回答她。別想愚弄那個裘西。」他又望著窗外的橋下，繼續用手指在方向盤上輕敲。「經過剛才的**造訪**之後，我想要讓我們放鬆一下，喝杯咖啡，吃點東西。可是接著她問我說，既然我以前也說過卡帕底是在幫助我們，為什麼現在我這麼討厭他？」

「保羅先生怎麼回答呢？」

「我從來都騙不了她。所以，妳知道的，我只能顧左右而言他。而且我知道她也看穿我的把戲。這時候克莉絲就進來了。」

「裘西是不是猜到……這個計畫？萬一她不得不離開我們的計畫。」

「我不知道，也許她猜到了，只是不敢面對它。可是她並不是傻瓜。於是她問我一大堆尖銳的問題。我為什麼那麼反對別人畫她的畫像？噢，就讓克莉絲試看看怎麼回答吧。」他突然插入鑰匙發動引擎。「她要我們離開一下子。準確地說，」他看了一下他的手錶，「直到五點四十五分。然後我們就要到一家壽司店聚餐。看起來是我們大家都要一起去。裘西、克莉絲和鄰居。所以，除非妳想坐在車裡頭等一個鐘頭，不然我建議還是開車去兜兜風吧。」

雖然他發動了車子，但是車道上大排長龍，我們一時間還動彈不得。我繫上安全帶耐心等候。接著燈號變了，車子跟著蹣跚前進。

周遭的光影斑駁，犬牙交錯，我們開車離開橋下，轉入一條褐色高樓林立的大街。我們行經一頭有許多肢體和眼睛的巨獸，我看到它的正中間有一道裂痕。當它裂開的時候，我才明白那是兩個人，一個慢跑者和一個遛狗的婦人，剛好彼此擦身而過。接著映入眼簾的是一家店，招牌寫著「內用外帶」，店門口的人行道上有一頂不知道是誰遺失的棒球帽。

「妳想要去什麼特別的地方嗎？」父親問道：「裘西提過你們以前的店。她說我們下午開車有經過。」

我聽到他這麼一說，知道機會來了，於是有點失態地大聲說：「噢，有啊！」接著克制自己，壓低聲音說：「如果你不介意的話，我很想去。」

「她說那家店不在那裡了，可能搬走了。」

「我不確定。即便如此，如果保羅先生可以載我們到那個區域，我會非常歡喜。」

「好啊，我們有的是時間。」

到了下一個路口，他把方向盤往右打。「我在想克莉絲和裘西談得如何了，不知道現在她們在聊什麼。也許她也在想辦法轉移話題吧。」

交通越來越壅塞，我們跟在其他車子後面徐徐前進。我還看得見太陽，可是他已經漸漸低垂，我的視線老是被大樓擋住。人行道上盡是下班的上班族，我們駛經一個站在梯子上的人，他不知道在一塊寫著「旋轉烤雞」的招牌上頭做什麼。剛剛經過了行人穿越道和拖吊區標誌，我感覺到快要到我們的店了。

「我可以問妳問題嗎？」父親說。

「是的，當然。」

「我想裘西仍然被蒙在鼓裡，可是我不知道妳怎麼樣。妳以前猜到了多少？妳今天發現了多少？也許妳不介意告訴我妳知道了什麼吧。」

「在今天造訪卡帕底先生之前，」我說：「我的確覺得有些蹊蹺，卻也忽略了許多其他跡象。可是在我們拜訪過卡帕底先生之後，我可以明白保羅先生的不安了，而且我也理解他之前為什麼對我那麼冷淡。」

「我再次為此道歉。所以說，他們一五一十全部告訴妳了，以及妳要怎麼配合整個計畫。」

「是的。我相信他們告訴我所有事了。」

「那麼妳是怎麼想的？妳覺得妳可以促成它嗎？擔任這個角色？」

「那不是容易的事，可是我相信只要我繼續仔細觀察裘西，我應該會勝任的。」

「那麼讓我問妳一件事。我問妳一個問題好了。妳相信人心嗎？當然，我指的不是器官。我是指在詩的意義下，人的心。妳認為有這種東西嗎？那個使我們每個人成為獨特的個體的東西。而且如果我們假設它存在，那麼妳不覺得，為了真的模仿裘西，妳不僅要學習她的舉手投足，更要探索她的內在世界？妳不必探索她的心嗎？」

「是的，當然要。」

「而那是很困難的事，不是嗎？是妳的神奇能力所不能及的事。因為一個模仿的東西再怎麼鬼斧神工，也做不到這件事。妳必須探究她的心，而且要徹頭徹尾地探究它，否則妳就沒辦法真正成為裘西。」

一輛公車停在若干棄置的水果箱旁邊。父親想要超車繞過它的時候，後方的車子氣沖沖地猛按喇叭。接著更多車子也跟著憤怒地喇叭齊鳴，不過他們只是疾馳而過，並非針對我們。

「你所說的心，」我說：「或許是探究裘西時最困難的部分。它就像是一棟有許多房間的屋子。即便如此，一個忠實的愛芙，只要有足夠的時間，她會走遍每個房間，一間間仔細探究它們，直到它們變成她自己的房間。」

有一輛車子要從路邊切換到內側車道，父親也惡狠狠地對它按了喇叭。

「可是假如妳走進其中一個房間，」他說：「發現裡頭還有另一個房間。而走進那個房間以後，又看到另一個房間。房間裡有房間。在摸索裘西的心的時候，會不會就像是這樣？不管妳在那些房間裡遊蕩再久，總是有其他房間是妳沒有進去過的？」

我思忖片刻後說：「當然，人的心是很複雜的。然而它總是有個限度吧。即便如保羅先生所說的，在詩的意義之下，窮究到底還是有個盡頭吧。裘西的心很可能就像是房間裡還有房間的一棟陌生屋子。但是如果要救回裘西，除此之外別無他途，那麼我會全力以赴。而且我相信成功的機率相當高。」

「嗯。」

接下來我們不再交談。車子行經一棟上頭寫著「美甲精品」的大樓，又看到貼著一整排斑駁海報的外牆，這時候他說：「根據裘西的說法，你們的店應該就在這個街區。」

它以前可能真的在這裡，可是周遭街景已經不復熟悉。我對他說：「保羅先生對我誠實以告，也許他也容許我坦誠以對。」

「妳儘管說吧。」

「我請你開車到這個街區，並不是要來看看我們的店。」

「不是嗎？」

「我們今天稍早時來到這裡，在距離我們的店不遠的地方，我們經過了一部機器。那是檢修男在使用的，而它持續製造汙染。」

「了解。往下說。」

「有點難以解釋。可是保羅先生要相信以下我所說的，這一點非常重要。那部機器必須被摧毀。這才是我請你載我來這裡的原因。它應該就在這附近，很容易認，因為它身上寫了個名字叫『庫丁』。它有三支煙囪，它們都在排放可怕的汙染。」

「妳現在要找到那部機器？」

「是的，而且要摧毀它。」

「因為它製造汙染。」

「它是一部可怕的機器。」我開始探身東張西望。

「那麼妳到底要怎麼摧毀它？」

「我不確定。這也是為什麼我要對保羅先生說實話。我想請求他的協助。保羅先生是個工程專家，也是個大人。」

「妳是要問我怎麼破壞一部機器嗎？」

「可是我們得先找到它。比方說，我們可以轉入這條街嗎？」

「我不可以轉進去，那是單行道。我跟妳一樣不喜歡汙染，可是妳這樣的做法會不會太激烈了一點？」

「我沒辦法多作解釋，可是保羅先生必須信任我。這對於裘西至關重要，為了她的健康著想。」

「這件事對裘西能有什麼幫助？」

「我很抱歉，現在實在不方便多說什麼。保羅先生必須信任我，只要我們找到庫丁機並且摧毀它，我相信裘西就可望康復。到那個時候，不管是卡帕底先生、他的畫像，或者我是否有辦法模仿裘西，那都不重要了。」

父親想了一下。「好吧，」他終於開口說。「我們至少要放手一搏吧。妳說上次在哪裡看到那玩意兒的？」

我們行行復行行，我看到亞波大樓以及它旁邊的逃生梯大樓就在眼前。太陽正以熟悉的方式沉沒到它們後面，接著我們經過了那家店。我又看到了彩繪瓶子的展示臺，以及寫著「崁燈」的招牌，可是我擔心錯過了庫丁機，因而對它們視若無睹。我們駛經行人穿越道的時候，父親說：「我想這裡只會有計程車。妳瞧，到處都是。」

「也許就在這個轉角。如果可以的話，請轉進去。」

庫丁機並不在我之前看到的位置，街道越來越陌生，我不由得東張西望。太陽時或從大樓間隙照射絢麗的餘暉，我心想他是想要為我加油打氣，或者只是作壁上觀。我們又轉進另一條街道，依舊不見庫丁機的蹤影，我的慌張失措溢於言表，父親以更加慈祥的語氣對我說：

「妳真的相信這回事，是嗎？妳覺得這對表西有幫助。」

「是的。是的，我相信。」

他的思緒似乎起了變化。就像我一樣，他也探身以焦急的眼神左顧右盼。

「『希望』這種鬼東西從來不會放過你。」他一臉厭惡地搖搖頭，可是不知哪來的力量又振作起精神。「好吧，妳說是一輛車子是嗎？建築工事使用的。」

「它有輪子，可是我想它不是車子。它到哪裡都必須被拖著走。它身上有『庫丁』的字樣，而且它是淺黃色的。」

他瞥了一眼手錶。「工人們今天可能收工了。我再試試一些地方。」

父親熟練地往前加速，我們把其他車子、路人和店面都甩在後頭，轉進若干小路，兩旁被沒有窗子的大樓遮蔭，偌大的外牆滿覆著色彩鮮豔的塗鴉。有時候父親會煞車迴轉，慢慢開到鐵絲網旁邊的狹窄空地，對面停了許多卡車和骯髒的汽車。

「看到什麼沒有？」

每次我搖搖頭，他就會顛顛簸簸地再往前疾駛，我不由得擔心下一個急轉彎會不會撞上消防栓或是大樓轉角。我們又轉進更多的空地，有一次還穿過歪歪扭扭的柵門，雖然上頭掛著「嚴禁進入」的標誌，然後我們在那個塞滿了汽車、一堆大木箱以及塔式起重機的空地繞了一圈才離開。可是依舊找不到庫丁機。接著父親開到鄰近一處陰暗的地方，那裡只有殘破的人行道和寥落的路人。他又在一棟鬼影幢幢的「樓層出租」大樓轉角處駛入另一條窄巷，那大樓後面也是一處用鐵絲網圍起來的空地。

「在那裡！保羅先生，就是它！」父親猛地煞車。那塊空地剛好在我這邊的窗外，我趕緊探出頭張望，父親也在我後面調整位置好看清楚一點。

「那一臺嗎？有煙囪的那臺？」

「是的，我們找到它了。」

父親慢慢迴轉，而我則是目不轉睛地盯著它。接著我們再度停車。

「大門入口用鏈條圈起來了，」他說：「可是側門……」

「是的，側門是開著的。路人可以徒步進去。」

我解開安全帶正要下車，卻感覺到父親抓住我的手。

「除非妳真的決定要做什麼，否則我不會進去。它看起來年久失修了，可是誰知道呢？也許裡頭有警報器，也許有監視器。妳或許根本沒時間到處看看和思考。」

「是的，你說的對。」

「而且妳確定那是妳要找的機器嗎？」

「相當確定。我從這裡看得一清二楚，錯不了的。」

「把它摧毀有助於裘西恢復健康？」

「是的。」

「那麼妳建議該怎麼下手？」

我看到庫丁機就停在空地中央，和其他車子有一段距離。太陽正落到兩棟宛如剪影一般的大樓中間，在不遠處俯瞰著空地。這時候陽光沒有被任何建築遮住，停放在空地的汽車線條因而閃爍炫目。

「我覺得自己很鹵莽，」我終於開口說。

「的確，沒有那麼容易，」父親說：「首先，妳的提議會被認定為毀損罪。」

「是的。然而，如果樓上窗子裡的人們剛好看到的話，我確定他們也會樂見庫丁機被摧毀的。他們應該都知道那是多麼可怕的機器。」

「或許是吧。可是妳建議要怎麼動手？」

父親靠著椅背，一隻手輕鬆地放在方向盤上，我隱約覺得他已經想到辦法了，只不過基於某種理由祕而不宣。

「保羅先生是工程專家，」我轉身直視著他說：「我希望他可以想到什麼辦法。」

父親依舊凝視著擋風玻璃外的空地。「剛才在咖啡店裡，我沒辦法跟裘西解釋。我不能跟她解釋為什麼我如此討厭卡帕底先生。為什麼我不能勉強自己對他客氣一點。可是我想試著跟妳解釋，克拉拉。如果妳不介意的話。」

他就這樣轉移話題，實在是不近人情，可是我不想違拗他的好意，也就沒說什麼。「我想我之所以討厭卡帕底，那是因為在我內心深處，我懷疑他也許是對的。他所說的都是對的。科學現在已經不容置疑地證明了，我女兒並沒有那麼獨一無二，沒有什麼是我們現代工具沒辦法挖掘、複製和轉換的。多少個世紀以來，人們生活在一起，不管是愛憎，都奠基在錯誤的前提上。我們一直有個迷信而不自知。卡帕底看到的就是這個，而這也是我害怕他說對了的地方。可是克莉絲和我不一樣。也許她還不明白這一點，她也絕對不會相信的。如果那個時刻到來，不管妳的角色扮演得有多好，克拉拉，不管她有多麼盼望可以成功，克莉絲還是沒有辦法接受的。她太過……守舊了。即使她知道她要對抗的是科學和數學，她還是沒辦法。她應付不過來。但是我不一樣。我心裡有……一種她欠缺的冷靜。就像妳說的，或許是因為我是個工程專家吧。這就是我很難對卡帕底這種人客氣的原因。他們的一言一行感覺都像是要奪走我生命裡最珍貴的東西。妳懂我的意思嗎？」

「是的，我可以理解保羅先生的感受。」我頓了頓又說：「根據保羅先生所說的，更重要的是卡帕底先生的提議從來沒有接受過檢驗。如果我們可以讓裘西康復，那麼不管是畫像或是模仿裘西，都無關緊要了。所以我再次請求你。請建議我該怎麼做才能摧毀庫丁機，我隱約覺得保羅先生知道怎麼做。」

「是的，我想到一種可能性，我也在想是否有其他更好的點子。可惜似乎沒有。」

「那麼請告訴我吧。情況瞬息萬變，或許這個機會也稍縱即逝。」

「好吧，是這樣的。那種機器內部會有個席維斯特發電機組。中等價位的。低油耗且堅固耐用，可是沒有什麼特別的防護。意思是說，機器雖然耐得住灰塵、煙霧和雨水，可是萬一把高濃度的丙烯醯胺注入它的系統裡，好比說，PEG 9 溶液，它就會受不了。那就像是把汽油加到柴油引擎裡一樣，只不過情況更慘。如果妳把 PEG 9 倒進去，它一下子就會聚合。那個損害會是救不回來的。」

「PEG 9 溶液。」

「沒錯。」

「保羅先生知道怎麼在短時間內弄到 PEG 9 溶液嗎？」

「我剛好知道，」他又端詳我片刻，接著說：「妳自己身上就有一點 PEG 9 溶液。就在妳的腦袋裡。」

「原來如此。」

「我相信裡面通常會有個腔室，就在後腦杓連接頸部的地方。這不是我的專長。卡帕底可能懂得多一些。可是我猜損失少量的 PEG 9 溶液應該不會對妳造成太大的損害。」

「如果……如果我們從我身上抽出一點溶液，就足以摧毀庫丁機了嗎？」

「這其實不是我的專門領域。可是我猜妳身上大概有五百毫升，而只要一半就足以讓這類中價位的機器停擺。雖然剛才說過了，可是我要再強調一次，我並不主張這麼做。任何危害妳的功能的事，也會破壞卡帕底的計畫，況且克莉絲也不會喜歡的。」

我感到恐懼萬分，不過我說：「可是保羅先生相信如果我們抽取溶液，就可以推毀庫丁機。」

「我是這麼相信的，沒錯。」

「也有可能保羅先生建議的這個做法不僅會摧毀庫丁機，也會損害克拉拉，以及卡帕底先生的計畫？」

「我的確也有想過這點。可是我如果真的想要傷害妳，克拉拉，我想有許多更容易的方法。其實妳讓我心裡再度燃起了希望。希望妳所說的都會成真。」

「我們要怎麼抽出溶液呢？」

「只要劃開一個小口子就行了。在耳朵下方。兩邊的耳朵都可以。我們需要一個工具，任何尖銳或鋒利的東西。只要穿刺外層。噢，此外，應該還有個閥門可以打開，然後再用手指頭旋緊。」他一邊說，一邊翻找母親車子裡的工具箱，又拿出一只寶特瓶礦泉水。「好啦，這個應該可以接住溶液。還有這裡，不是很稱手，有一把小螺絲起子。如果我把它磨尖一點……」他拉長語調，把工具放在車內的燈光下。「接著只要走到那裡，小心把溶液倒進那些煙囪噴嘴即可。我們可以利用中間那支，它很可能直通席維斯特發電機組。」

「我會失去我的功能嗎？」

「我說過，妳的整體性能應該不會有太大的損害。不過這不是我的領域。妳的認知能力可能會受到影響，可是妳的主要能源是太陽能，所以影響程度應該不會太大。」

他搖下他那邊的車窗，伸出寶特瓶，把水倒在外頭地上。

「由妳決定吧，克拉拉。如果妳要的話，我們可以直接開車離開這裡。我看看，我們還有二十分鐘就要和其他人會合。」

我又望著鐵絲網裡面的空地，想辦法壓抑心裡的恐懼。從車裡看出去，眼前的畫面沒有被分割，太陽依舊在兩棟剪影大樓後面注視著我。

「妳知道嗎，克拉拉，我根本不知道這是怎麼回事。可是我會為了裘西做任何事，就像妳一樣。所以我願意把握眼前的任何機會。」

我轉身對他點頭微笑。「是的，」我說：「我們就試看看吧。」

坐在壽司店的窗子旁邊，看到窗外劇院的影子越來越長，想到太陽或許會把他的特別養料直接灑進來，穿過這扇窗子，澆灌在坐在我對面的裘西身上，我就興奮不已。可是我明白太陽應該很疲憊，他差不多要收工了，而且要求他立刻回應，似乎既不尊重也不合理。我心裡還是懷著一絲希望，凝視著裘西，可是不多久我就相信至少要等到明天早上才行。

我也明白透過壽司店的窗子看得不是很清楚，是因為它滿覆灰塵而且汙跡斑斑，和在那個空地裡發生的事無關。儘管劇院大門上方的布條被風吹得鼓鼓的，我還是讀得到上頭寫著「演出成功」。我也看得到劇院外頭大排長龍，只要有更多的人加入，他們就會寒暄說笑。我聽不清楚他們在說什麼，不過應該也是因為隔著一道厚玻璃的關係。

我們在那空地上的任務並沒有讓我們遲到太久，只不過父親和我終於找到壽司店的時候，裘西、瑞克、母親以及海倫小姐已經圍著窗邊的桌子坐了幾分鐘。父親笑容可掬地和每個人打招呼，一副在卡帕底先生那裡不曾有過任何衝突似的，而母親則是站起來走到外面的人群裡，拿起長方物貼著耳朵。

父親隔著桌子翻閱瑞克的筆記本，不時嘖嘖稱讚。可是我關心的是裘西一反常態地默默不語，沒多久父親也注意到了。

「妳沒事吧，小怪獸？」

「我還好，爸爸。」

「我們忙了一整天了，妳想要回公寓去嗎？」

「我不累。我也沒生病。我沒事，爸，讓我坐一下就行了。」

瑞克坐在裘西身旁，也關心地看著她。「裘西，妳想要幫我吃掉它嗎？」他湊在她耳畔悄聲說，把剩下的紅蘿蔔蛋糕輕輕推到她面前。「這會給妳能量的。」

「我不需要能量，瑞克。我沒事，我只是想坐一下。」

父親打量著裘西，接著又埋首瑞克的筆記本。

「真的很有意思，瑞克。」

「親愛的瑞克，」海倫小姐說，「我剛才想到一件事。把你做的圖解筆記也帶去，應該是個好點子。可是除非梵斯特別要求你，否則最好不要拿出來給他們看。」

「媽，這個我們討論過了。」

「因為那或許有點不妥當，太操之過急了。畢竟只是個社交拜訪而已，隨意聊聊就好。」

「媽，如果安排得那麼周詳，而且是專程拜會的，怎麼會是隨意聊聊呢？」

「親愛的，我只是說，你要盡量表現得很隨興的樣子。梵斯會吃這一套的。只有在他特別要求看看你的作業時……」

「我知道啦，媽。一切都在掌握中。」

瑞克看起來很緊張，我想要為他打打氣，可是我坐在他對面，沒辦法拍一拍他的手或肩膀。父親又看了裘西一眼，可是我覺得她不是不舒服，只是若有所思。

「無人機不是我的領域，」父親過了一會兒才說。「可是這個玩意兒，瑞克，真的令人激賞。」

接著他又對海倫小姐說：「不管有沒有被錄取，嗯，錐處囊中，其末立見。除非現在這個世界澈底瘋狂了。」

「你總是在鼓勵我，亞瑟先生，」瑞克說。「從我開始準備這些的時候。你現在看到的，都是奠基在之前你告訴我的東西之上。」

「謝謝你的好意，瑞克，可是我很確定這個說法是完全沒有根據的。無人機技術從來都不是我的專長，而且我不覺得我對你有什麼幫助。不過還是謝謝你這麼說。」

透著窗子，我看到太陽今天最後的圖案澆灑著一身黑色套裝打領巾的女士們、穿著鎧甲散發傳單的劇場工作人員、打扮得光鮮亮麗的情侶，以及穿梭在人群中彈奏吉他的音樂家。透著玻璃我依稀聽得到他們的陣陣樂聲。

「喂，小怪獸，妳媽說了什麼讓妳不開心嗎？這麼安靜地坐著，很不像妳。」

「我沒事。我不是在演戲好嗎？我沒辦法整天神采奕奕地取悅大家。有時候我只想要坐著放空一下。」

「你知道我們都很想念你，保羅，」海倫小姐說：「已經四年了吧？噢，你瞧，排隊的人越來越多。我懷疑劇院什麼時候才要放他們進去。現在也交通管制了。克莉絲到哪裡去了？她還在外頭嗎？」

「我看到她了，媽。她還在講電話。」

「真開心她今天跟我們來。她總是讓人很放心，真是我的好朋友。我也要謝謝你們這麼支持瑞克和我。」她環視餐桌，還特別瞧了我一眼。「我不想假裝自己不緊張，我們上場的時間快到了。而且老實說，那不僅是因為瑞克的關係。我跟你說過嗎，保羅？我們要見的那個男人，他和我有過一段激情，而且不只是一個星期或一個月，而是好幾年……」

「媽，拜託……」

「保羅，如果你有機會和他談話，我想你會發現你們有些共同點。比方說，他也有法西斯主義傾向。他向來如此，雖然我試著忽視它……」

「媽，我的天啊……」

「喂，海倫，慢點，」父親說：「妳是在暗示說我是……」

「那只是因為你今天說的，保羅，關於你們社區的事。」

「噢，海倫，別再說了，而且也別在孩子們面前說。我今天說的和法西斯主義一點關係也沒有。我們除了必要的自我防衛以外，不會去攻擊別人。至於妳住的地方，海倫，或許妳還不必擔心，而且我衷心希望你們一直不用擔心。可是我住的地方就不一樣了。」

「那麼，爸，為什麼你不搬走呢？為什麼要住在一個有幫派和槍枝的地方？」

父親似乎很開心裘西終於加入他們了。「因為那是我的社區，裘西。它並沒有聽起來那麼不堪。我喜歡那裡。我和一些和善的人分享我的生活，他們大多和我有類似的經歷。我們大家都很清楚，要過一個像樣而充實的生活，其實可以有許多不同的方式。」

「爸，你是說你很開心丟掉工作嗎？」

「就許多面向而言，裘西，是的。重點不在於我真的失去了我的工作。它是改變的一部分。每個人都必須找到新的方式去過他們的生活。」

「我道歉，保羅，」海倫小姐說：「我不應該說你和你的新朋友是法西斯主義者。我不應該這麼說。只不過你說你們都是白人，而且都是來自職場菁英階級。你真的說過。而且你們必須大規模武裝自己以抵擋其他**類型**的人。這些聽起來都有點法西斯傾向……」

「海倫，我不會的。裘西也知道不是那樣，可是我不要她聽到妳這麼說。我也不要瑞克聽到。那不是真的。我們住的地方有許多不同的社區，這點我不否認。我們沒有訂什麼規則，它們自然而然就區隔開來了。而且倘若其他社區不尊重我們以及我們的財產，他們就必須知道會惹來一場惡鬥。」

「我媽太失態了，」瑞克說：「她很焦慮，沒什麼。你們得原諒她。」

「別擔心，瑞克。我認識你母親很久了，而且我也很喜歡她。」

「他的名字叫作梵斯，」海倫小姐說：「我們等著要見的男人。瑞克和我很感激你們的加油打氣，可是接下來要靠我們自己了。我跟你說，保羅，有一陣子梵斯對我很迷戀。瑞克，親愛的，拜託不要擺那個臭臉。瑞克從來沒有見過他，這些都是他出生以前的事了。噢，對了，我想有一次，可是那應該不算見面。保羅，我敢說你會很懷疑我到底是怎麼會看上他的。可是我跟你保證，他以前甚至比你還要帥。說也奇怪，他的生活越成功，人就沒有那麼好看了。現在他有錢有勢，卻是面目可憎。不過我還是會試著在他的滿臉肥肉底下，尋找往昔那個英俊年輕的男子。我懷疑他是不是也這麼看我。」

「外頭怎麼回事，小怪獸？妳看得到妳母親嗎？」

「她還在講電話。」

「我猜她是在生我的氣。只要我一直賴在這裡，她就不肯回來。」

或許父親希望有人會反駁他的話，可是沒有人作聲。海倫小姐甚至揚起眉毛乾笑一下。接著她說：

「時間差不多了，親愛的瑞克。我想我們現在得走了。」

聽到她這麼說的時候，我感到一陣恐懼湧上心頭。我再也不確定在空地發生的那件事造成的影響會不會越來越明顯，而如果我試圖在外頭陌生的地形履險如夷，別人會不會察覺到我的狀況不同於以往。

「我實在很懷疑，」海倫小姐說：「當梵斯建議在劇場外頭見面時，他是否知道那裡會有一場表演，而且群眾都湧到廣場上來。我們必須到那邊去，他可能會提早到，人群會把他搞得暈頭轉向的。」

瑞克摩娑裘西的肩頭悄聲說：「妳確定妳沒事吧，裘西？」

「我發誓我沒事，你儘管赴會去吧，使出你的渾身解數，瑞克小子。這是我最希望的。」

「沒錯，」父親說：「而且記得，你很有才華。噢，也許我們大家現在都該走了。」

他站起來的時候，視線落到我身上，比往常更仔細地看著我。當下我很擔心別人會不會注意到異狀，雖然切口被頭髮遮住了。接著父親的目光轉向裘西。

「小怪獸，我們必須送妳回去了。我們去找妳母親吧。」

我們走出壽司店的時候，太陽正映照著今天最後的圖案，至於他是否會在所剩無幾的時間裡賜予他的特別援助，我也不再抱持任何期待了。我現在可以清晰無礙地聽到劇場人們的歌聲和音樂，注意到劇場大門外的街燈成了他們的主要光源。的確，有一會兒我以為劇場的人群聚在街燈下圍成圈子，是預先排演好的，可是接著他們的圖案就瓦解了，群眾組成的形狀也不斷地變換。

父親和海倫小姐走在我前頭幾步，他們邁開大步走到人群裡，瑞克和裘西則是跟在我後面，由於貼得太緊了，如果我突然停下腳步，他們很可能會撞上我。我聽到裘西說：

「別提了，瑞克，以後再跟你說。我只能說媽媽她今天大概是吃錯藥了。」

「可是她說了什麼？到底怎麼回事？」

「瑞克，現在那不是最要緊的事。重要的是你們就要赴約了，還有你要準備跟他說什麼。」

「我看得出來妳很生氣……」

「我沒有生氣，瑞克。可是如果你心不在焉，沒有把那個傢伙當一回事，那麼我**就會**生氣，絕對會生氣。這才是最重要的事，對你以及我們都很重要。」

我以為如果我不是透著玻璃觀察外頭的人群，應該會看得清楚一點。可是現在我廁身其間，他們的形象也更加簡化，宛如用平滑的卡紙做成的三角錐和圓錐體。比方說，他們的衣服沒有一般常見的褶痕或褶疊，即使是在街燈下，他們的臉龐看起來也像是把許多個平面巧妙地裝置成複雜的結構，因而創造出一種輪廓感。

我們不斷前行，周遭越來越嘈雜。我停下來回頭要牽裘西的手，但是她沒有跟在我後面了。即便我聽得到她和瑞克聊天說「媽媽在那裡」，我尋聲望去，卻看不到裘西或瑞克，只看到一個平滑的臉孔朝著我走過來。有人從背後推了我一把，雖然不是惡意的，接著我聽到父親的聲音，轉身看到他和海倫小姐站在一個陌生人的肘邊。我聽到父親說：

「剛才我不想在孩子們面前說這件事。可是海倫，我其實不在乎妳叫我法西斯主義者，妳愛叫我什麼都行。不過妳現在住的地方，或許沒有一直那麼和平吧。妳知道上星期這個城裡發生了什麼事嗎？我不是說你們在這裡有危險，而是說你們要未雨綢繆。我跟克莉絲提到這一點時，她就只是聳聳肩不置可否。可是妳要把它放在心上。為了瑞克還有妳自己，妳要想得長遠一點。」

「噢，我就是在為了未來著想呀，保羅。不然你以為我們今天為什麼要來這裡？你認為我為什麼要東張西望地尋找分手多年的愛人？我就是在替未來做打算，我就是在計畫未來，如果事情真的水到渠成，瑞克不久就會去別的地方。而且希望不是在一個用武器把自己封鎖起來的社區裡。我要瑞克過得幸福，為此我需要梵斯的協助。唉呀，他到底跑到哪裡去了？也許他搞錯劇院了。」

「瑞克已經變成一個有為的年輕人了。我們留給這一代一堆亂七八糟的東西，我希望他有辦法在裡頭找到一條出路。可是如果事與願違的話，海倫，不管是為了妳或是他，我要你們和我保持聯絡。我可以在我們的社區裡替你們找個地方安頓下來。」

「你真是貼心，保羅。我很抱歉剛才太鹵莽了。也許你會有點詫異，可是對於我們的境遇，我其實沒有什麼怨懟。如果一個孩子比另一個孩子更有才華，那麼比較聰明的那個應該機會更多才對。他們的責任也更重。我相信這點。可是我不相信瑞克沒辦法有個像樣的生活，我不相信這個世界變得這麼殘酷。瑞克沒有被錄取，不過他還是有可能時來運轉，脫穎而出的。」

「我衷心祝福他。我只是想說，成功的生活有各式各樣不同的方式。」

許多面孔在我周遭簇擁著，可是這會兒有個新面孔跑到最前面，一直朝著我擠過來，差一點要貼上我的臉，我這才認出來是瑞克，不由得噫的驚呼一聲。

「克拉拉，妳知道裘西怎麼了嗎？」他問道：「你們來這裡之前發生了什麼事？」

「我不知道裘西和母親談了些什麼，」我說：「可是我有個好消息。我被賦予的任務，就在那天夜裡你幫助我到馬克班先生的穀倉時，現在它已經完成了。那是我想要完成的任務，雖然有好長一段時間我不知道該怎麼做。瑞克，現在我真的做到了。」

「那太好了。可是我不確定我是否知道妳在說什麼。」

「我沒辦法解釋，而且我不得不放棄某個東西。可是那一點也不重要，因為現在我們又有一線希望了。」

我周遭僅存的空間裡擠進更多的三角錐和圓錐體，或者它們的片段。接著我明白了其中一個擠過來取代了瑞克的片段，其實是裘西。當我認出她的時候，她的形象立即清晰許多，我再也不難在心裡把她牢牢抓住。

「嗨，克拉拉，這是辛蒂。她是我們剛才的服務生，對吧？她知道你們舊店的事。」

我感覺到有人摸我的手，又聽到有人大聲說：「嗨，我以前很喜歡你們的店喔！」我朝著那個聲音轉身，看到兩支很高的煙囪，一支插在另一支上頭，上面的那支朝著我微微傾斜。我微笑說：「幸會。」那支煙囪繼續說：

「我剛才和妳的主人講到這件事。上個星期我經過那裡，它就變成了傢俱店了。喂，妳知道嗎，我確定我在櫥窗裡見過妳。」

「克拉拉想知道他們搬到哪裡去了。辛蒂，妳知道嗎？」

「噢，我不確定他們**搬到**……」

有人用力拽著我的手，可是現在我眼前的許多片段看起來像一堵牆。我開始懷疑這些形狀其實不是立體的，而是畫在平面上，再利用聰明的投影技術創造出弧型和深度的錯覺。接著我明白了，站在我旁邊拉著我離開的影像就是母親。她貼著我的耳朵說：

「克拉拉，我知道我們先前聊了很多事。我是說在車子裡。可是妳要了解，我往往會同時思考三、四件事。我要說的是，不管我們說了什麼，妳都不必當真。妳明白的，是吧？」

「妳是說車子裡只有我們兩個的時候嗎？我們停在橋邊的時候？」

「是的，我就是說那裡。我不是說我們要改變決定什麼的。可是我只是說說而已，妳明白了就好。唉呀，整個事情越描越黑了。而保羅也不幫忙一下，妳瞧瞧他，他在跟她說什麼？」

在我們不遠處，父親彎腰貼著衷西的臉，面色凝重地不知道跟她說了什麼。

「這些日子以來他總是滿口胡言亂語。」母親想要走向他們，可是人群裡伸出一隻手一把抓住她的手腕。

「克莉絲，」海倫小姐的聲音說：「再給他們一分鐘吧，他們很久沒有相處了。」

「保羅一整天都在推銷他的荒誕理論，我真是受夠了，」母親說：「妳瞧，他們吵起來了。」

「他們不是在吵架，克莉絲。我跟妳保證他們沒有，讓他們再多聊一會兒吧。」

「海倫，妳其實不必替他們解釋，我知道我自己的女兒和丈夫在想什麼。」

「是**前夫**，克莉絲。所有前任的男人都不知道腦袋裡在想什麼，就像等一下我要碰面的那位。梵斯發誓說他不會遲到，結果現在妳看看。我們不像妳和保羅那樣，我們沒有結婚，所以苦澀的回憶有不同的滋味。可是妳不要瞧不起它，克莉絲。我已經十四年沒見過他了，後來也只是匆匆偶遇而已。我們會不會在人群裡擦身而過卻認不出來對方呀？」

「妳後悔了嗎，海倫？」母親冷不防問道：「妳知道我的意思是什麼。妳後悔嗎？我是說妳不打算和瑞克繼續往前走。」

海倫小姐朝著父親和裘西聊天的地方看了一會兒。接著她說：「是的。老實說，克莉絲，答案是肯定的，尤其是看到妳的遭遇。我覺得……我覺得自己沒有為了他盡我最大的努力。我覺得我不像妳和保羅那樣，我甚至沒有整個想清楚。我整天失魂落魄，蹉跎了大好光陰。也許這是我最後悔的事。我愛他愛得不夠多，以致錯失了該做的決定。」

「沒關係，」母親輕撫海倫小姐的手說：「沒關係。那是很困難的事，我知道。」

「可是現在我盡力了。這次我要為他打點一切。不過我的前男友要出現才行。噢！他在那裡。梵斯！梵斯！對不起……」

「可不可以請妳在我們的請願書上連署？」出現在母親面前的男子一頭黑髮，整張臉畫成白色的。母親不由得退了一步，彷彿這個白臉傢伙會撲上她似的。「那是什麼東西？」

「我們在抗議拆除牛津大樓的提案。那棟大樓裡目前住了四百二十三個郵局員工，還有他們的八十六個孩子。不管是萊思達公司或者市政府，都沒有為他們提出任何合理的安置計畫。」

我再也聽不到那個黑白男子跟母親說什麼，因為父親擋在我面前對她說：

「天啊，克莉絲，妳到底對妳女兒說了什麼？」他壓低聲音，可是聽得出來很憤怒。「她一直很不對勁，妳是不是不小心跟她說了些什麼？」

「我沒有，保羅，沒有。」母親的語氣一反常態地支支吾吾。「至少沒有提到……那些事。」

「那麼究竟妳……」

「我們只是聊到那幅畫像，如此而已。我們沒辦法對她隱瞞所有事。她疑神疑鬼的，如果我們什麼都不跟她說，她會再也不信任我們。」

「妳跟她說**畫像**的事？」

「我只是告訴她說那不是一幅畫，而是雕塑。當然，她還記得莎爾的玩偶……」

「天啊，我以為我們說好了……」

「裘西不是小孩子了，保羅，她遲早會搞清楚的，而且她也有權要求我們對她誠實以對。」

「瑞克！」我認出那是海倫小姐的聲音。「瑞克！快過來！梵斯先生在這裡，我找到他了。過來打個招呼吧。噢，克莉絲，我也要妳見見梵斯，一個很要好的老朋友。這位就是梵斯。」

梵斯穿著一身正式西裝，白色襯衫的鈕扣都扣上，還繫著一條藍色的領帶。他和卡帕底先生一樣童山濯濯，比海倫小姐還矮一點。他環顧四周，一臉錯愕的模樣。

「嗨，幸會，」他對母親說，接著又跟海倫小姐說：「這裡怎麼回事？每個人都是要來看表演的嗎？」

「瑞克和我一直在這裡等你，梵斯。是你說在這裡碰面的。能夠再次見到你真好！你幾乎都沒有變。」

「妳看起來氣色也很好，海倫。可是這裡怎麼啦？妳兒子在哪裡？」

「瑞克！過來一下！」

我看到瑞克站在遠處招手回應，接著穿過重重人群走向我們。我不知道朝著瑞克的方向望去的梵斯先生是否認得出他。就在這個時候，穿著背心的劇院工作人員正好站在梵斯先生和走向我們的瑞克中間。

「你有這場表演的入場券嗎？」穿著背心的工作人員問道：「或者也許你已經有票了，可是你有興趣升級嗎？」

梵斯默不作聲地瞪了他一眼。瑞克繞過背心工作人員，梵斯先生說：「嗨！這就是妳的孩子嗎？看起來很優秀。」

「謝謝你，梵斯，」海倫小姐低聲說。

「您好，」瑞克說，他的笑容就像在裘西的社交聚會裡第一次和大人們打招呼時的模樣。

「嗨，瑞克。我就是梵斯，你母親很老很老的朋友。我久聞你很多事。」

「謝謝您來和我們見面，先生。」

「好啦，你們都見到面了！」裘西倏地占據了我眼前的空間。她身旁是一個年約十八歲的女孩，我知道她是辛蒂，那個女服務生，她的輪廓不像我剛才看到的那麼簡化了。

「是啊，我想你們的店其實沒有**搬走**，」辛蒂說。「可是在德蘭西區開了一家新店，或許你們老店的一些愛芙搬到那裡去了。」

「不好意思，」一位穿著高雅藍色洋裝的女士走到我面前，她面對著裘西和辛蒂，我估算她大概四十六歲。「請問妳們是要帶這部機器進去劇院嗎？」

「喂，我們要不要帶她進去關妳什麼事？」辛蒂說。

「這些座位是一票難求的，」那位女士說：「不應該讓機器坐。如果妳們執意要拎著這部機器進去劇院，我們就不得不提出抗議了。」

「妳管得著嗎……」

「沒關係啦，」裘西說：「克拉拉不會去看表演，我也不會……」

「問題不在這裡，」辛蒂說：「我只是氣不過這一點。」接著她對那位女士說：「我不認識妳！妳是誰？冒冒失失跑來用這種態度跟我們說話……」

「所以這就是妳的機器嗎？」那位女士問裘西。

「克拉拉是我的愛芙，如果妳指的是她的話。」

「他們先是搶走了工作，接著又要搶占劇院的座位嗎？」

「克拉拉？」父親的臉龐湊到我面前說。「妳感覺還好嗎？」

「是的，我還好。」

「妳確定嗎？」

「剛才也許有點失去方向感，可是現在我沒問題了。」

「很好。我等一下就必須離開了。我在想妳現在是不是要跟我說，我們剛才在那裡到底是在做什麼？而且我們可以期待有什麼結果嗎？」

「保羅先生信任我，那真是太好了。可惜就像我說的，我不能對你透露太多，否則很可能會壞了事。可是我相信現在真的有了一線希望。請耐心等候好消息。」

「隨便妳吧。明天早上我會到公寓去跟裘西道別，到時候見了。」

母親的聲音在我後面某處響起：「我們回到公寓再談，現在別說了。」

「可是這就是我要說的，」裘西的聲音說：「我不要妳把它封起來，就像莎爾的房間一樣。我只要克拉拉使用我的房間，她隨時都可以進進出出。」

「可是我們為什麼現在要談這個呢？妳會康復的，寶貝。我們可以不必煩惱這種事……」

「噢，克拉拉，妳在這裡呀，」海倫小姐出現在我身旁。「克拉拉，我跟克莉絲說了。妳要跟我們待一會兒。」

「跟你們？」

「克莉絲要和裘西回公寓，就她們兩個。所以妳暫時跟我們在一起。克莉絲半個鐘頭後會來接妳。」接著她俯身對我耳語說：「妳看到了嗎？瑞克和梵斯真是一拍即合！不過，親愛的，瑞克會很高興有妳陪他一會兒，畢竟那有點像是一場試煉。」

「是的，當然。可是母親……」

「她會準時回來接妳的，別擔心。她只是需要和裘西單獨相處幾分鐘。」

「我現在最想做的事，」梵斯湊過來笑說：「就是趕緊脫離擁擠的人群。我們到對面那家館子好了，它看起來還不錯。我們可以坐下來好好聊一聊。」

我感覺到有一雙手臂摟著我，知道是裘西在擁抱我，有點像是當時母親在店裡做出重大決定之後，她欣喜若狂地抱住我的感覺。可是這次她附耳低語說：

「別擔心！我不會讓妳受到任何損害的。我會跟媽媽說的。妳放心和瑞克待在一起。相信我。」

接著她放開我，海倫小姐溫柔地把我拉開。

「我們走吧，克拉拉，親愛的。」

我們從劇院的人群裡鑽了出來，梵斯先生帶頭走向那家餐廳，海倫小姐趨步和他並肩而行。瑞克和我跟在大人們後面幾步，當周遭空曠起來，涼風習習吹拂，我的方向感終於回來了。我回頭看，很詫異街上一片黝暗寂靜，只剩下一小群人還聚集在街燈下。其實當我們走得更遠，剛才我還身處其中的人群，看起來就像是那天夜晚在田野裡飛行的成群昆蟲，他們每個人都忙著變換位置，急著要找到更好的地方，卻始終沒有超出他們組成的形狀界線。我看到裘西在人群的那頭一臉茫然地對我們揮手，母親則把手搭在她的肩頭，眼神冷淡地望著我們走遠。

四周越來越陰暗，劇院人群的嘈雜聲也漸漸消褪，我知道我的觀察力沒有太大的損害，因為我可以清楚看見眼前燈火通明的餐廳。我看得見它的形狀像是一塊切開的派餅，尖端朝著我們；它的兩側有兩條街道斜交，餐廳的窗戶面對著歪斜的人行道，不管路人走哪一條路，都看得到餐廳燈燭輝煌的內部陳設——淺色的皮質椅子、拋光的桌面，以及透明的櫃檯，餐廳經理穿著白色圍裙和白色廚師帽在櫃檯後面招呼客人。

餐廳外頭沒有任何車輛，周遭的大樓也一片漆黑，於是它成為這個街區唯一的光源，傾斜的影子投在石板路上。我心裡正在想梵斯先生會走哪一條叉路，可是當我們走近一些，我注意到尖角上開了一扇門。我猜想我剛才之所以沒有看到，是因為那扇門和窗子的形狀一模一樣，都是玻璃做的，只不過上頭寫了一些字。梵斯先生打開門，然後站在門側讓海倫小姐先進去。

我跟在瑞克後面進去的時候，黃色的強光讓我一時無法適應。我慢慢地才看清楚一片片的水果派，每一片都和餐廳外形相仿，裡面有透明的櫃檯，還有餐廳經理，一個身材魁梧的黑皮膚男人，站在櫃檯後面，注視著梵斯先生和海倫小姐，他們挑了個餐桌面對面坐下來。

我看到瑞克走過光可鑑人的地板，坐到他母親身旁。這時候，裘西臨別的話語又浮上心頭，我心想母親到底有什麼重要的事必須和裘西在公寓裡談，而我為什麼必須迴避。

海倫小姐和梵斯先生始終默默地注視著對方，使得我不方便湊近他們。我覺得和梵斯先生還不太熟，不好意思坐在他身旁。況且他也坐在兩人座的正中間，我知道如果我坐在他旁邊，那會讓他很不舒服。所以我獨自坐在走道另一邊的鄰近座位。

梵斯先生終於不再和海倫小姐凝眸相望，轉身對餐廳經理招招手。直到那時候，我才想到雖然餐廳裡除了我們以外沒有別的客人，所有桌椅卻都悉心擺設，好讓其他客人隨時可以入座。我在想，這位經理也許很寂寞，或者至少在他的餐廳裡會很寂寞，夜裡兩側人行道上的路人都可以透著餐廳裡的燈光看到他。

「梵斯先生，」瑞克說：「謝謝您撥冗來看我們，也謝謝您考慮幫助我。」

「你知道嗎，瑞克？」梵斯先生說：「我很久沒有見到你的這位母親了。」

「感激不盡，梵斯先生。而且您以前從來沒有見過我，除了我兩歲左右那次的偶遇。所以說，這次您願意來這裡看我，更顯得您慷慨大方。以前媽媽老是說您是個古道熱腸的人。」

「聽到你說你母親總是說我的好話，讓我鬆了一口氣。或許她也說了什麼關於我的壞話吧？」

「噢，一點也沒有。我母親只提到您的優點。」

「真的嗎？這些年來，我以為……噢，算了。海倫，妳的這個孩子很優秀。」

海倫小姐始終凝睇著梵斯先生。「梵斯，我對你的感謝盡在不言中。我原本也想要對你道謝個沒完，可是這是瑞克的機會，我不想越俎代庖。」

「妳這麼說真是貼心，海倫。瑞克也是。你要不要跟我說看看這是什麼東西呢？」

「唉呀，我有點不知道從何說起，我很熱中於無人機科技。可以說是著迷吧。我研發出我自己的系統，現在我有自己的搖控機器鳥飛行中隊……」

「等一下，你說『自己的系統』，瑞克，你是說你的研究成果超越了所有其他人嗎？」

瑞克的臉上閃過一抹惶恐的神情，他瞟了我一眼。我對他微微一笑，想要讓他知道這個微笑不只是我的，也代表了裘西的心意。不管他領會了沒有，他似乎感受到我的鼓勵。

「我想沒有吧，梵斯先生，」他乾笑一聲說：「我不會自稱為天才，但是我會說我的無人機系統是我自己研發出來的，沒有任何家教老師的協助。我的各種資訊來源都是網路上找到的。我母親也一直很支持我，為我訂購了許多價格不斐的書籍。其實我也帶了一些素描來，如果您想要粗略理解一下的話，請看。可是我不認為我的研究有什麼開創性，而且我知道如果沒有專家指導，我也不太可能完成它。」

「我知道你的意思。所以現在你想申請個好學校一展長才。」

「噢，可以這麼說吧。我母親和我都認為亞特拉斯．布魯金是相當自由開放的學院……」

「確實相當的自由開放，所有資優生都可以有適性發展的空間，即使不是遺傳編輯工程下的寵兒……」

「的確如此，梵斯先生。」

「而且無疑的，瑞克，你母親應該跟你說過，目前我是學院校董會的主席，那是主管獎學金的機構。」

「是的，她是這麼跟我說的。」

「這麼說吧，瑞克。我希望你母親沒有暗示你說亞特拉斯．布魯金的招生程序有任何徇私舞弊的機會。」

「梵斯先生，不管是我母親或是我，都不會要求您為我走後門，我只是想請教您是否認為我有資格申請亞特拉斯．布魯金學院。」

「你真會說話。好吧，讓我看看你的資料。」

瑞克早就把他的筆記本放在桌上，梵斯先生打開筆記本，第一眼就看到裡頭的圖表。接著翻到下一頁，又看到一張圖表，看起來相當聚精會神的樣子。他不停地翻閱，有時候還回到前一頁，低頭喃喃說：「這些都是你未來計畫要創作的東西嗎？」

「大部分是的。雖然有些設計我已經完成了，就像下一頁那個。」

海倫小姐默默望著他們，臉上洋溢著溫柔的微笑，眼神在梵斯先生和瑞克的筆記本之間來回游移。在那個瞬間，雖然一閃即逝卻歷歷在目，我再次感覺到父親一手扶著我的頭部，調整到需要的角度，另一隻手拿著寶特瓶貼近我的臉部，接著就聽到液體流進寶特瓶裡的滴答聲。

「嗯嗯，瑞克，」梵斯先生說：「我對於這些題目沒怎麼涉獵。即便如此，我覺得你的無人機的監測功能很強。」

「這些機器鳥是用來蒐集數據的沒錯，可是那並不意味著它們就要用在侵犯隱私的行為上。它們還有許多有潛力的應用方式，不管是保全公司，甚或是托嬰服務。還有外頭那些人，或許我們也有必要提防一下。」

「你是說不法之徒之類的。」

「或者是好戰份子。或者什麼詭異的教派。」

「我懂你的意思。是的，這些設計相當有趣。你不認為其中涉及任何現實道德的問題嗎？」

「是的，梵斯先生，我確定有各種道德問題。可是畢竟決定這些東西是否應該管制的，是立法者而不是我。就目前而言，我只是盡可能想多學一點，把我的理解提升到另一個層次。」

「說得好。」梵斯先生頷首稱許，接著又繼續翻閱瑞克的筆記本。

寂寞的餐廳經理端著盤子走過來，把飲料放在海倫小姐、梵斯先生和瑞克面前。他們分別輕聲道謝，他再度轉身離開。

「你知道的，瑞克，」梵斯先生說：「我不想在這裡掃你的興。我只是要，呃，測試你一下，看看你的資質如何。」接著他對海倫小姐說：「而且到目前為止，他讓我相當驚豔。」

「梵斯，親愛的。你要吃點什麼搭配咖啡嗎？也許來個那邊那種甜甜圈？你一直對甜甜圈情有獨鍾。」

「謝謝妳，海倫，可是我待會兒還要和別人一起吃晚餐。」他瞄了一下手錶，又看著瑞克說：「你想想，瑞克。亞特拉斯・布魯金學院相信，有許多孩子像你一樣才華橫溢，卻因為經濟或其他原因而沒辦法上通識教育社區大學的課。我們學校也相信這個社會沒有讓那些天才出人頭地，是個嚴重的錯誤。不幸的是，其他機構並不這麼想。那意味著我們收到像你這樣的孩子的入學申請人數，遠超過我們的招生名額。我們可以剔除來陪榜的人，但是接下來，老實說，就要各憑造化了。好了，瑞克，你剛才說你不是要求走後門。那麼我要問你。倘若真是如此，**那麼我現在為什麼會坐在你面前？**」

梵斯先生話鋒驟變，語氣急轉直下，我差一點失聲驚呼。瑞克似乎也嚇一跳。只有海倫小姐看起來並不意外，反倒是一副她日夜擔心的事終於到來的樣子。她微笑說：

「我來代替他回答好了，梵斯。沒錯，我們是要請你幫個忙。我們知道那是在你能力範圍之內的事。所以我們請你幫忙。噢，我要修正這個說法。是我要請你幫忙。我請求你讓我的孩子在這個世界上有個奮力一搏的機會。」

「媽……」

「不，親愛的瑞克，就是這樣沒錯。要拜託梵斯的人是我，不是你。我們的確是要請求他為我們走後門。我們當然是。」

我本來以為我們是餐廳裡僅有的客人，但是我錯了。我看到我這一排的三號桌坐著一個年約四十二歲的女士。剛才我之所以沒有看到她，是因為她倚著窗子，前額貼著玻璃凝望著外頭的暗夜。我心想餐廳經理是否也沒有注意到她，也許她因而更加寂寞，以為餐廳經理對她視而不見。

「妳知道的，海倫，」梵斯先生說：「妳的做法很不尋常。就像其他舞弊形式一樣，走後門都是見不得光的。可是撇開這個不談，」梵斯先生探身向前說：「我以為這是瑞克的要求，那就另當別論了。他是個令人刮目相看而且惹人憐愛的孩子，如果要為他關說，我一點問題也沒有。可是看看妳剛才做了什麼。妳說要我幫妳一個忙。經過了這麼多年。這麼多年來，妳一直不回覆我的訊息。年年月月日日時時分分秒秒，我都在思念著妳。」

「你一定要在這裡提到這個嗎？在瑞克面前？」海倫小姐的臉上依舊掛著微笑，聲音卻有些踧踖不安。

「瑞克是個聰明的年輕人。他才是最終要承擔成功或失敗的人。所以為什麼要隱瞞他呢？就讓他知道整個真相吧，讓他明白這一切是怎麼回事。」

瑞克再次隔著走道看了我一眼，我還是報以微笑鼓勵他，那是我和裘西的微笑。「可是為什麼要這麼做，梵斯？」海倫小姐問道：「真的有那麼複雜嗎？我只是請求你幫我兒子一個忙。如果你不願意，那麼我們會很有禮貌地離開，事情就到此為止。」

「誰說我不想幫助瑞克呢？我看得出來他是個歧嶷不群的年輕人。這些素描證明他的未來的確不可限量。我絕對有理由相信他在亞特拉斯．布魯金學院會優游自得。問題在於請求我的人是妳，海倫。」

「也許我不應該說話的。在我開口之前，似乎就要水到渠成了。我看得出來你們很合得來，而且瑞克跟你說話也必恭必敬。可是我多話插嘴，現在成了問題。」

「的確是個該死的問題，海倫。整個二十七年的問題。二十七年來，妳音信全無。瑞克，我在這段期間裡並沒有騷擾你母親喔。我不要你胡思亂想。剛才，呃，我的語氣確實有點情緒化。可是我從來沒有騷擾她，也沒有威脅或責備她。我只是在申辯而已，這樣公平嗎，海倫？這個說法公平嗎？」

「相當公平。你鍥而不捨，而我們也沒有什麼不愉快。可是梵斯，我們一定要在瑞克面前說這個嗎？」

「好吧，我尊重妳。或許我不該絮絮叨叨說個沒完。也許該妳說了，海倫。」

「梵斯先生，我不知道以前是怎麼回事。但是如果您覺得我們的請求讓您為難的話……」

「等一下，瑞克，」梵斯先生說：「我很想要幫你，可是我覺得我們應該讓你母親有機會說說她的想法。」

他們兩人突然沉默不語。我看了餐廳經理一眼，心想不知道他有沒有在聽我們的談話，可是他凝望著窗外的暗夜，似乎沒有聽到什麼讓他感興趣的事。

「我承認，」海倫小姐說：「我對你的態度很差，梵斯。我承認這一點。可是後來我對我自己，對每個人，也都很不好。你不必以為我是特別針對你。我會一視同仁地把脾氣發洩在每個人身上。」

「或許如此。可是我並不是每個人。我們在一起生活了五年……」

「是的，而且我也要為此道歉。梵斯，還有瑞克，我並不在意在你們面前說這個，我時常想要讓所有人排成一列，每個被我刻薄對待過的人，儘管可能大排長龍。然後我要巡禮一遍，你知道的，就像君王一樣。一個個和他們握手，看著他們說聲對不起，說我不是故意的。」

「太好了，那麼我一定要去排隊，如果有幸接受女王的道歉的話。」

「噢，親愛的，我真是不會說話。我只是想說……說出我的感覺。我知道我那麼說太難聽了。可是每當我回想起從前種種，實在是無地自容，而我在想是否有某種解套的方式。如果我是個女王，那麼我就可以……」

「媽，真的，我知道妳想說什麼，可是或許措詞不當……」

「以前妳曾經是個女王，海倫。一個美麗動人的女王。而且妳以為不管妳做什麼都不會受罰。我有點難過，卻也有點開心，看到妳終究難逃懲罰。妳到頭來還是無法倖免，必須為自己所做的事付出代價。」

「我要付出什麼代價呢，梵斯？你是說我窮途潦倒嗎？我不是很在乎這種事，你知道的。」

「妳或許不在乎貧窮，海倫。可是妳越來越脆弱，而且我認為妳也越來越在乎這些。」

海倫小姐沉默了片刻，梵斯先生依舊凝眸望著她。

「是的，你說的對，自從我們相識以來，我變得……很脆弱。我脆弱到風一吹就會化為碎片。你看看我朱顏辭鏡，失去了美麗，那不是因為年華不再，而是因為我的脆弱。可是梵斯，親愛的梵斯，你可不可以至少部分地原諒我？你不想幫我兒子嗎，梵斯？我可以給你任何東西，任何東西，可是我想我沒有什麼可以給你的。什麼也沒有，除了這個懇求以外。所以我只能乞求你幫他，梵斯。」

「媽，拜託。別再說了。沒有人這樣……」

「你看到我的困難了吧，瑞克。我不是很清楚你母親所指為何。她說她要道歉，可是要道什麼歉呢？那都太空泛了。我想，海倫，如果我們就事論事，或許會好一點。」

「我只是請你幫我兒子，梵斯。這還不夠明確嗎？」

「就事論事，海倫。比方說，那晚在麥爾斯．馬丁家裡，妳知道我指的是哪個晚上。」

「是的，是的。我跟他們大家說你沒有讀過詹金斯的報告……」

「妳消遣我而惹得眾人哄堂大笑，海倫。而且妳知道自己在做什麼。」

「那麼，梵斯，我要為那晚的事道歉。我太失態了，我存心報復。但願我……」

「再提另一件事。我沒有依照順序，只是從清單裡信手拈來。妳在旅館裡留了語音訊息給我，在奧勒岡州的波特蘭，妳不覺得那很傷人嗎？」

「它的確讓人很受傷。那是個很卑鄙的留言，我沒有忘記。我……即使現在，它依舊在我腦海裡縈迴不去，總是不期然地襲上心頭。我默然面對自己，在我心裡，我拿起電話重新留言，只不過這次我換了個說法，讓它聽起來沒有那麼不堪入耳。因為我沒有聽到那個留言，而只是聽到我自己在心裡說的，有時候我會覺得亡羊補牢，為時未遲。我不得不這麼想，那是我在心裡玩的把戲，而我也一再覺得自己很卑鄙。相信我，梵斯，我為那則留言自責不已。而且你也必須體諒我，當時的我實在是不知道怎麼刪除送出去的訊息……」

「媽，別再說了。梵斯先生，我不認為這對我母親有什麼好處。她近來狀況不錯，可是……」

海倫小姐推了一下瑞克的手臂要他住嘴。「梵斯，我在向你道歉，」她說：「我向你懇求。我對你的態度太差了，而如果你要的話，我會一直懲罰我自己，直到我們重修舊好。」

「媽，我們走吧。這樣子對妳不好。」

「梵斯，如果你願意的話，我們下次可以再碰個面。好比說，兩年後在這個地方。到時候你就知道我是否信守諾言。你可以仔細端詳我，看看我有沒有真的懲罰我自己……」

「夠了，海倫。如果瑞克不在這裡，我會告訴妳我是怎麼想的。」

「梵斯先生，我不希望您為我做任何事。我不想蹚這渾水了。」

「不，瑞克，你不知道你在說什麼，」海倫小姐說。「別聽他的，梵斯。」

梵斯先生站起來說：「我得走了。」

「媽，妳冷靜一下。這沒什麼大不了的。」

「你不知道你在說什麼，瑞克！梵斯，請先別走！我們不可以就這麼走掉。你一直很喜歡甜甜圈。你不想吃一個嗎？」

「我同意瑞克的話。這對妳一點好處也沒有，海倫。我最好現在就離開。瑞克，我很喜歡這些素描，我也很喜歡你。你好好照顧自己。再見了，海倫。」

梵斯先生沿著走道頭也不回地離開，打開玻璃門，隱沒在暗夜裡。海倫小姐和瑞克並肩而坐，低頭望著他們眼前的餐桌。接著瑞克說：「克拉拉，過來跟我們一起坐吧。」

「我在想，」海倫小姐說。

瑞克挨近她，輕輕摟著她的肩膀。「媽，妳在想什麼？」

「我在想這麼做到底夠不夠。是否令他滿意。」

「媽，老實說，如果早知道事情會搞到這個地步，我說什麼都不會來。」

我悄悄坐到梵斯先生剛才的位置上，海倫小姐和瑞克都沒有抬頭看我。我凝視著海倫小姐，心想當時他們是怎麼思惹情牽而墜入愛河的。我也在想海倫小姐和梵斯先生當時是否也像裘西和瑞克那樣兩情相悅。會不會有一天，裘西和瑞克也成了夙世冤家。我想起父親在車子裡談到人心的事，說到它有多麼複雜，我看到他在空地上，面對著西沉的太陽，他的身形和薄暮裡的影子糾纏在一起，變成一個狹長的形體。他爬上庫丁機，用螺絲起子旋開煙囪口的保護蓋，我心焦如焚地站在他後面，手裡拿著盛有珍貴溶液的寶特瓶。

「剛才是怎麼回事？」海倫小姐問道。「梵斯打算怎麼做？他會幫忙嗎？他至少可以給我們一個答案吧。」

「對不起，」我說：「我不想讓你們游思妄想，但是依我所見，我認為梵斯先生會幫助瑞克。」

「妳真的這麼想嗎？」海倫小姐問：「為什麼？」

「也許是我看錯了。可是我相信梵斯先生還是很喜歡海倫小姐，而且會決定幫助瑞克。」

「噢，妳真是個討人喜歡的機器人！但願妳是對的。我不知道我還能怎麼做。」

「媽，別管他了。我怎麼樣都不會有問題的。」

「他不像我以為的那麼有敵意，」海倫小姐望著外頭暗夜裡空蕩蕩的街道說：「其實他的臉色一點也不差。我只是希望他告訴我們，不管答案是什麼。」

母親在靠近我們這邊的路口停下車子時，應該是看到我們坐的餐桌了。可是她只是熄燈坐在車子裡，或許是不想多加打擾，即使她看到梵斯先生已經離開了。

不過當我們走出餐廳坐進車子裡，準備要駛入暗夜的時候，我看得出來她對於讓裘西獨自待在「朋友的公寓」裡感到忐忑不安，而急著要載我到那裡，再送瑞克以及海倫小姐回他們的平價旅館。我們一上車，母親就問道：「還順利嗎？」海倫小姐回答說：「不太妙，我們還得等看看。」接下來車子裡就沒有什麼對話，每個人都一副若有所思的模樣。

夜裡的公寓更加看不出來和鄰近的樓房有什麼不同。母親帶著我走到正確的臺階，站在臺階頂端，我回頭瞥見街燈下等候的車子。我看到海倫小姐和瑞克在車裡的身影，心想現在只有他們兩個人，不知道他們在說些什麼。

公寓裡和我們離開它去找卡帕底先生的時候一模一樣，只不過現在一片闃暗。我從走廊上看得到休息室以及灑在沙發上的黑夜的圖案，白天的時候，裘西就是坐在那裡等候父親的姍姍來遲。她的書依舊躺在她讓它掉落的地毯上，其中一角映著慘白的夜色。

母親指著走廊盡頭溫柔地說：「她可能睡著了，妳靜靜地進去吧。如果有什麼事，隨時打電話給我，我二十分鐘後就會回來。」

她轉身又要出門，我不想耽擱瑞克和海倫小姐回旅館的時間，卻還是悄聲說：

「也許現在我們有希望了。」

「妳是什麼意思？」

「明天一早，當太陽回來的時候，我們可能就有希望了。」

「好吧，我猜應該很有希望吧，就像妳一樣總是很樂觀。」她伸手開門。「別開任何燈，那可能會使她驚醒，即使她在房間裡。」接著母親一反常態站在陰暗處動也不動，鼻子幾乎貼在大門上。她沒有轉身，背對著我說：「裘西和我談過了。我們翻來覆去談了很久，我猜我們都累了。如果她醒來對妳說什麼奇怪的話，妳別太在意。噢，記著，不要把門鏈扣上，否則我會進不來。晚安。」

我躡手躡腳地走進第二間臥房，看到裘西正呼呼大睡。房間比家裡的臥房還要狹窄，不過天花板倒是比較高，而且由於裘西把百葉簾拉到一半，外頭有些影子投射到衣櫥以及旁邊的牆壁上。我走到窗邊望著外面的黑夜，想要確認早上太陽升起的路徑，以及他要怎麼樣才比較容易看得見臥房裡面。窗子跟房間一樣又高又窄。房間緊鄰著兩棟大樓的後面，我可以分辨出看起來像一條條直線的排水管，以及樣式重複的窗子，其中大部分的窗戶裡不是空蕩蕩的，就是被窗簾遮住。兩棟大樓中間有一條街，我知道到了白天那條街一定會喧囂繁忙。街道上方是一大片夜空，我估算太陽可以輕易地從那裡把他的養料傾倒進來。我也知道我必須保持警覺，只要一有徵兆，就要把百葉窗整個拉起來。

「克拉拉？」裘西醒過來。「媽媽也回來了嗎？」

「她很快就會回來了。她正開車送瑞克和海倫小姐回他們住的地方。」

她似乎又睡著了，可是沒多久我又聽到被子翻動的聲音。

「我絕對不會讓妳受到任何損害。」她的氣息漸漸悠長，我想她大概又睡著了。可是接下來她的聲音更清楚了：「一切都不會改變的。」

現在她看似真的清醒了，於是我說：「母親跟妳討論了什麼新的點子嗎？」

「噢，我不覺得那是什麼**點子**。我跟她說我們不會那麼做的。」

「我在想母親建議了什麼。」

「她不是跟妳談過了嗎？沒什麼大不了的，她只是在腦袋裡胡思亂想而已。」

我心想她是不是要再多說些什麼。接著羽絨被又響起窸窸窣窣的聲音。

「我猜她是想要……提議什麼。她說她可以放棄她的工作，全天候陪著我，如果那是我想要的。她說她可以永遠陪著我。只要我願意，她可以那麼做，她會辭掉工作。可是我說那麼克拉拉怎麼辦？然後她好像是說，我們再也不需要克拉拉了，因為她會一整天都陪著我。妳看得出來她並沒有把整個事情想得很清楚。可是她不停地問我，說我必須做個決定，於是到頭來我跟她說，媽，那是行不通的。妳不會想要放棄工作，我也不會想要放棄克拉拉。我們大概就談了這些。我們不會那麼做的，媽媽也同意了。」

我們沉默半晌，裘西躲在陰影裡，而我仍舊站在窗邊。

「也許，」後來我開口說：「母親以為，如果她整天都可以陪伴裘西，那麼裘西就不會那麼寂寞了。」

「誰說我寂寞了？」

「如果真是如此，裘西有母親陪伴就不會那麼寂寞，那麼我會很開心地離開。」

「可是誰說我寂寞了？我不覺得寂寞啊。」

「也許每個人都會寂寞吧，至少是可能會感到寂寞。」

「克拉拉，那只是媽媽的一個爛點子。我原本是問她畫像的事，結果她支支吾吾的，然而就冒出這個點子來。只不過那算不上什麼點子，什麼都不是。所以我們別再說了好嗎？」

她又默不作聲，沒多久就睡著了。我心想如果她又醒來，我應該說些什麼，讓她對於早上要臨到的事有個心理準備，至少不要讓她阻礙太陽的特別援助。可是現在，也許是因為我在房裡陪她，她睡得很沉，最後我只好離開窗子站在衣櫥旁，在那裡我可以看到破曉時太陽回來的第一個徵兆。

我們坐的位置和出發時一模一樣。由於椅背的高度，母親在開車的時候，我只能看到她的一部分後腦杓，而幾乎看不到海倫小姐，除非她回過頭來強調她在說什麼的時候。我們還開在交通壅塞的城裡時，海倫小姐轉身到後座對我們說：

「別再說了，親愛的瑞克，我不要你講他的壞話。你根本不認識他也不了解他，怎麼可以這麼口不擇言？」接著她回過頭去繼續說：「我想我昨晚說了很多事。可是今天早上我才明白那對他太不公平了，我有什麼權利期待他做任何事呢？」

海倫小姐最後一句話顯然是對母親說的，可是母親似乎心不在焉。駛往下一個路口時，她喃喃自語：「保羅其實沒有那麼差勁，有時候我覺得我對他太嚴厲了。他不是什麼壞人。我覺得對他很不好意思。」

「可是說也奇怪，」海倫小姐說：「今天早上起來以後，我卻覺得希望更濃了。我感覺梵斯很可能還是願意幫這個忙。他昨晚情緒太激動了，等到他冷靜下來想一想，或許會決定對我們寬厚一點。妳知道的，他總是想營造出一個正派人士的形象。」

瑞克插嘴說：「媽，我跟妳說過了，我不想跟那個男人牽扯不清。妳也別再找他了。」

「海倫，」母親說：「這樣對妳真的有好處嗎？一直這麼糾纏不清？為什麼不靜觀其變就好？為什麼要自討苦吃？你們兩個都已經盡力了。」

裘西坐在瑞克的另一邊，她執起瑞克的手，和他十指緊扣。她對他微笑以示鼓勵，可是我覺得她的神情有些悲傷。瑞克也報以微笑，我心裡在想，他們含情脈脈的眼神或許是在交換什麼心照不宣的訊息吧。

我轉身把前額貼在車窗上。從天剛破曉之際，我就一直在等待與觀望。可是儘管太陽的第一道曙光早就穿過兩棟大樓中間，灑進第二間臥房裡，我卻沒有看到任何的特別援助。我當然記得要惜福感恩，卻也難掩心中的失望。接著是清晨的早餐和整理行囊，當母親通過公寓的安全檢查時，我還是在遙望等待。而此刻，我探身望著瑞克和裘西身旁的窗外，看到升起的太陽在大樓間閃耀著燦爛的光芒。我想到父親那時候關上車門，望著窗外空地上的庫丁機說：「別擔心，我聽到了。那個嘶嘶聲，那是指示器的訊號。那頭怪獸再也爬不起來了。」過了一會兒，他把臉孔湊到我的面前，我聽到他的聲音說：「妳還好嗎？妳看得見我的手指嗎？妳看到幾根？」而一如今天整個早上，我不時感到焦慮，擔心太陽不會信守他在馬克班先生的穀倉裡所做的承諾。

「你聽著，瑞克，」母親說：「不管昨晚發生什麼事，你的作品，你的**專題研究**，著實讓人驚豔不已。你應該要感到振奮才對。你更有理由相信自己了。」

「媽，拜託，」裘西說：「瑞克現在不需要聽這些大道理。」雖然大人們看不見，但是此刻她緊緊握著瑞克的手，再次對他粲然一笑。他也凝視著裘西說：

「我非常感激，亞瑟太太。妳總是對我那麼好，謝謝妳。」

「這可難說了，」海倫小姐說：「梵斯究竟是怎麼想的，還很難說。」

有那麼一會兒，我覺得路旁的大樓越來越接近我這邊。它有點像亞波大樓，只不過更加高聳，而且車速慢了下來，我有機會仔細打量它。太陽把他的光芒灑在大樓正面，大樓的其中一截成了太陽的鏡子，映射著灼灼粲粲的陽光。一排排的窗戶縱橫交錯而顯得雜亂無章，有些地方甚至像是要撞在一起似的。在若干窗子裡，我看到上班族穿梭其間，有時候他們會走到窗邊俯瞰底下的街道。由於一陣灰霧飄過，許多窗子幾不可辨，而在下一個瞬間，當母親把車子再往前開一點，我隔著鄰近的車輛看到一部機器杵在那裡，檢修男用路障把它圍起來，指揮車輛改道。那部機器的三支煙囪不停地噴出汙染物，它的側邊有幾個字「庫丁」。儘管內心湧上一股失望之情，我也觀察到它並不是父親和我昨天在空地上摧毀的那部機器。它身上的黃色調有點不同，而且體積更大，排放汙染的能力更甚於昨天那部庫丁機。

「我們就等看看吧，海倫，」母親說。「無論如何，瑞克也許還有其他選擇。」我們駛經新的庫丁機，灰撲撲的汙染物飄到擋風玻璃上，母親也注意到了，她低聲抱怨說：「妳看看這個，怎麼沒有人來取締他們呢？」

「媽，就算有其他選擇，」裘西說：「妳會讓我申請那些學校嗎？」

「我不明白為什麼妳和瑞克一定要念同一所學校，」母親說：「妳以為妳是誰？結婚了嗎？年輕人應該到處闖蕩，你們還是可以保持聯繫的。」

「媽，我們現在一定要談這個嗎？瑞克真的不需要。」

我回頭從後車窗望出去。高樓依然可見，可是新的庫丁機已經被其他車輛遮住了。現在我知道為什麼太陽遲遲沒有行動了，有那麼片刻我頹然低頭不語。裘西探身看著我。

「妳看，媽，」她說：「妳讓克拉拉也不開心了。她的店搬了家已經夠讓她沮喪的了。我們現在聊點開心的事好嗎？」

第五部

我們從城裡回到家過了十一天之後，裘西的身體狀況江河日下。起初似乎沒有比之前的病情嚴重，可是接著出現了其他病兆，例如呼吸異常之類的，早上也半睡半醒，眼睛雖然睜開卻茫然無神，如果我在這段期間跟她說話，她也不會有任何回應。母親每天清晨都會上樓到臥房看看她，如果裘西似醒非醒，母親會站在床邊不停地輕聲呼喚「裘西、裘西、裘西」，宛如這是她記得的一段歌詞。

在裘西身體好一點的日子裡，她會在床上坐起身聊天，甚至用長方物上家教課，可是在其他日子裡，她會昏睡一整天。萊恩醫生開始每天都來看診，神情裡不再有笑容。母親出門上班的時間越來越晚，她和萊恩醫生會把開放式平面空間的滑門拉上，在裡頭長談許久。

大人們從城裡回來時就說好了，我要陪瑞克做功課，所以這段期間他時常到家裡來。可是由於裘西的健康每況愈下，他再也無心功課，不時在走廊上踱步，等著母親或管家梅蘭妮雅叫他上樓到臥房去。即便如此，她們也只准許他在門口站個幾分鐘，看看裘西沉睡的模樣。有一次，當他凝望著裘西的時候，她睜開眼睛對他嫣然一笑。

「嗨，瑞克，對不起。我今天太累了，沒辦法畫畫。」

「沒關係，妳儘管休息吧，妳會好起來的。」

「你的機器鳥都還好嗎，瑞克？」

「我的機器鳥都很好，裘西，進展得很順利。」

在裘西的眼睛再度閉上之前，他們就只能聊這麼多了。

瑞克似乎很沮喪，我跟著他一起下樓走出大門。我們站在碎石子路上，抬頭望著灰濛濛的天空。我知道他想多聊一會兒，可是或許擔心從樓上臥房會聽得見我們的聲音，於是他沉默不語，只是用球鞋的鞋尖撥弄石子。於是我問道：「瑞克想要跟我去散散步嗎？」我用手指著遠處的相框柵門。

當我們走到第一片田畝時，我看到野草比我們到馬克班先生的穀倉的那個夜晚枯黃許多，習習微風時或把野草吹開，可以看到不遠處瑞克的家。

我們走在非正式道路上，來到一個空曠處，瑞克停下腳步轉身面對著我，周遭的野草被風吹得沙沙作響。

「裘西從來沒有病得這麼重過，」他低頭看著地上說：「妳一直說我們有理由心懷希望，妳一直說會有個**特別的**援助。於是妳也讓我有了希望。」

「我很抱歉。也許瑞克很憤怒。其實我也很失望。即便如此，我相信仍然有理由心存希望。」

「算了吧，克拉拉，她的情況只會越來越糟糕。醫生、亞瑟太太和妳都看在眼裡。他們也快要放棄希望了。」

「就算這樣，我相信還是有一線希望。我相信在大人們不曾想到的地方，或許會找到援助。可是現在我們要動作快一點。」

「我不知道妳在說什麼，克拉拉。我猜又是妳無法告訴任何人的大事吧。」

「老實說，自從我們從城裡回來以後，我就不再那麼篤定了。我耐心等候卻又感到遲疑，希望那個特別的援助無論如何都會到來。可是現在我相信我必須回去解釋清楚，這才是唯一正確的方法。如果我提出特別的申辯……可是現在我不能多說。瑞克必須再相信我一次。我必須再去一趟馬克班先生的穀倉。」

「所以妳要我再揹妳去？」

「我得盡快去。如果瑞克沒辦法揹我去，那麼我就自己去。」

「哇，等一下，我當然可以幫忙。我看不出來這對裘西有什麼好處，可是如果妳說有，那麼我當然會幫忙。」

「謝謝你！那麼事不宜遲，我們今天就去。而且和上次一樣，我們必須在太陽休息前到達。瑞克必須在同一個地方和我碰面，今晚七點十五分。你可以嗎？」

「百分之百可以。」

「謝謝你。還有一件事。當我到達穀倉時，我要表達我的歉意。那是我的錯，我低估了我的任務。我必須額外再做點別的事，才能提出申辯。這就是為什麼現在我必須問瑞克一件事，即使可能會侵犯你的隱私。你必須告訴我，瑞克和裘西是否真的相愛，你們的愛是不是真實而永遠的。我必須知道。因為如果答案是肯定的，那麼我就有了討價還價的條件，不管在城裡發生了什麼事。所以請仔細想清楚，瑞克，然後告訴我實情。」

「我想都不用想。裘西和我一起長大，我們兩小無猜，而且我們有我們的計畫。我們的愛當然是真實而永遠的。不管我們其中誰被錄取了，都不會有任何改變。這就是我的答案，克拉拉，不會有別的答案了。」

「謝謝你。現在我有了很特別的東西。所以請別忘了。七點十五分，我們在這裡碰見。就在我們此刻站著的地方。」

現在我更習慣趴在瑞克的背上了，也不時伸手幫忙撥開周遭的野草。眼前的野草比我們上一趟旅程時更枯黃，也更加柔軟且易於彎折，就連迎面而來的向晚蟲群也友善地讓了路。這一次田野不再分割成不同區塊，通過第三個相框柵門後，我就可以清楚看到馬克班先生的穀倉了，天空則是一片廣袤的橙色，太陽已經快要觸到三角形的屋頂。

當我們來到穀倉前面，我請瑞克停步，讓我下來。他和我駐足眺望太陽漸漸西沉時，穀倉的影子也遮住我們，延伸到宛如織錦一般的草地上。太陽隱沒在穀倉屋頂後面，我想還是盡量不要侵犯他的隱私，於是先請瑞克離開。

「那裡頭到底是怎麼回事?」他問道。我還沒來得及回答,他就親切地拍拍我的肩膀說:「我會在那裡等妳。跟上次同一個地方。」

於是他轉身離開,留下我獨自等待太陽落到了屋簷左右的高度時再次出現,穿過穀倉灑下落日餘暉。我突然想到,太陽或許是抱怨我在城裡把任務搞砸了,不僅如此,這也可能是我最後一次乞求他提供特別援助的機會。而且我也想到,如果我又失敗了,裘西會是什麼下場。我心裡湧現一陣恐懼,可是我記得太陽的寬大為懷,於是我不再遲疑,緩步走入穀倉。

穀倉就像上次一樣灑瀉著橙色的光,起初我難以看清楚周遭的狀況,可是不久就認出左側層層疊疊的乾草堆,也看得出來它們築起的矮牆又更矮了些。夕陽餘暉裡依舊可見一樣的乾草微粒,只不過不是溫柔地飄浮在空中,而是狂暴地飛舞著,宛如不久前有一朵乾草堆砸落堅硬的木板地面上而解體。我伸手觸摸狂舞的微粒時,看到手指投下的影子一路延伸到穀倉大門。

乾草堆後面才是穀倉真正的外牆,我很開心看到以前店裡的紅櫥櫃仍然依偎在牆角,儘管這會兒它們歪歪斜斜的倒向建築的後方。骨瓷咖啡杯依舊井然有序地排列,不過有點錯亂的跡象:比如說,在一排杯子中間,我看到一個東西,我確定那就是管家梅蘭妮雅的食物調理機。

我還記得上次在這裡等待太陽的時候，我坐在一張鐵合椅上，我轉身望向穀倉的另一邊，希望不只會看到椅子，還有我們店裡的前排壁龕，甚或有個愛芙氣宇軒昂地站在裡頭。但是我真正看到的是太陽燦爛絢麗的光芒，它沿著接近地平線的軌跡，從後門一直投射到前門。我彷彿是在觀望繁忙的街道上目不暇給的車輛，而當我勉強極目眺望，發現光線被分割成座標高低不平的影格。過了幾秒鐘之後，我才找到那張鐵合椅，或者可以說是它落在若干影格裡的各個部分。我想起上次它讓我感到多麼舒暢愜意，於是朝著它走過去。可是我一踩到金色夕陽就驀地想起，如果要在太陽離開之前引起他的注意，就必須馬上採取行動，不能再耽擱了。於是我站在炫目的燁燁光芒裡，在心裡想好我要說的話。

「你一定很疲倦了，很抱歉打擾你。你記得我在夏天來過一次，那時候你很體貼地為我稍事停留。今晚，我不揣冒昧，要來和你討論同樣那件重要的事。」

我還沒有完成這段話，就想起裘西的社交聚會，那個憤怒的母親大步走進開放式平面空間裡，咆哮說：「丹尼說的對！你根本就不應該出現在這裡。」幾乎就在同時，我又注意到右側的影格裡，出現了我在車子裡看到的大樓牆面上的胡亂塗鴉。無論如何，我還是快速地在心裡把剩下的話說完。

「我知道我沒有權利來到這裡說這些話。我也知道太陽一定在生我的氣。我讓他很失望，沒辦法澈底阻止汙染。事實上，現在我才知道自己有多麼愚蠢，居然沒有想到會有第二部可怕的機器也在不停地製造汙染。可是太陽那天也在空地上看到了，他知道我已經盡力了，而且我也犧牲了我自己，但我一點都不後悔，雖然我的能力已經不若以往。而且太陽一定也看到父親如何傾力相助，即便他完全不知道太陽的友善協議，只因為他看見我的希望，也相信它。我要為了低估任務的困難度而誠摯道歉。那都是我的錯，和別人無關，而太陽雖然有權利生我的氣，我還是要請他相信裘西是完全無辜的。就像父親一樣，她一直不知道我和太陽的約定，到現在都一無所知。現在她一天一天地憔悴。以前在一個像今天這樣的夜晚裡，我同樣來到這裡，因為我從來沒有忘記太陽有多麼仁慈。但願他可以像那天伸手援助乞男和他的小狗一樣憐憫裘西。但願他可以施予裘西她迫切需要的特別養料。」

當這些話掠過我心頭的時候，我想起那天到摩根瀑布的路上遇見的可怕公牛，牠的犄角和冷酷的眼睛。我也想到在陽光燦爛的草原上和一頭憤怒而且沒有拴住的野獸對峙時的感覺。我聽到小路上傳來母親的聲音，她大聲說：「別再說了，保羅，現在不要，不要在該死的車子裡好嗎？」我還看到獨自坐在餐廳裡的那個寂寞女子，就連餐廳經理也沒有注意到她，她的前額貼著窗子眺望外頭黑暗的街道，我想起來那位女士和蘿莎長得真像。可是我知道我不可以分心，太陽隨時都會離開，於是我讓種種念頭在心裡湍流，不等它們形成正式的語句。

「我不在意自己流失了珍貴的溶液。我願意多捐一點，或者是全部，如果可以換來太陽對裘西提供的特別援助。上次我來到這裡，發現還有另一個辦法可以拯救裘西，而如果那是唯一的辦法，我願意竭盡全力去完成它。但是我不確定那個方法會不會奏效，儘管我再怎麼努力。所以現在我深深期盼太陽再度賜予至高無上的慈悲。」

落日餘暉照在一個堅硬的物體上，我伸手探摸，知道我抓到的是鐵合椅的椅架。我很開心又找到它了，可是我沒有坐下來，擔心那樣子看起來會很失禮。我雙手抓著它撐住身體。

從穀倉後面照下的陽光太刺眼而無法逼視，因此雖然有點鹵莽，我再度轉身端詳右邊那些飄浮的形體，或許是想要看到坐在寂寞的餐桌前的蘿莎。可是現在太陽的圖案落在前排壁龕上，一時間璀璨奪目，我沒有看到那裡有任何愛芙，只有一大張橢圓形的照片掛在牆上。照片裡是晴天裡的一片蒼翠田野，上頭點綴著零星羊群，在前景裡我看到母親開車從摩根瀑布回家時遇見的那四隻很特別的羊。牠們似乎比我記憶中的還要溫馴，整齊排成一列低頭吃草。那一天，這些小動物讓我心中充滿歡喜，因而把那頭可怕的公牛拋在腦後。我很開心再次看到牠們，雖然只是在照片裡。但是有個地方不大對勁：儘管那四隻羊的隊形和我從車裡看到的沒什麼兩樣，牠們在照片裡卻是突兀地懸空，看起來不再是站在地面上。牠們低頭要吃草卻碰不到草地，使得這些小動物看起來雖然快樂，卻也蒙上了哀傷的陰影。

「請別急著離開，」我說：「請再給我一點時間。我知道在城裡沒有兌現我的承諾，所以我沒有權利對你提出任何其他請求。但是我記得咖啡杯女士和雨衣男重逢的那天，太陽有多麼欣喜，而你的喜悅是藏不住的。因此我知道，你衷心盼望有情人終成眷屬，即使是在多年之後。我知道太陽總是祝福著他們，或許甚至願意幫助他們相遇。那麼，請你幫助裘西和瑞克吧。他們正值青春年華。如果裘西現在就離世，他們就要天人永隔了。但願你可以賜予她特別的養料，正如我看到太陽為乞男以及他的小狗所做的，如此一來，裘西和瑞克就可以一起長大，就像在他們的素描裡寫下的願望。我可以保證他們的愛堅定而永恆，就像咖啡杯女士和雨衣男的愛一樣。」

我注意到壁龕前面幾步的地上有個三角形物體。我一度以為那是餐廳經理陳列在他的透明櫃檯裡的一塊派餅。我又想起梵斯先生冷酷的聲音：「如果你不是要我走後門，那麼我現在為什麼會坐在你面前？」而海倫小姐立即把話接過去說：「我們是請求他走後門，我們當然是。」這時候我才明白那不是一塊派餅，而是裘西的平裝書的一角，那是她在公寓裡等候父親時從沙發掉落地上的。其實它根本不是三角形，只是因為書本的一角突出到陰影外面。前排壁龕左邊的影格宛如在晚風中飄浮重疊。我看到若干影格閃爍著明亮的顏色，注意到影格裡有我在店鋪新的櫥窗裡看到的彩繪瓶子，儘管只是在背景裡。那些彩繪瓶子在對比的色調底下輝映著，而在若干影格裡，我看到寫著「嵌燈」字眼的招牌。我知道我的時間快要到了，於是趕緊接著說：

「我知道走後門是很不好的事。可是如果太陽願意破例，那麼讓兩個相愛的年輕人廝守終身，當然是最值得伸手幫助的。或許太陽會問：『我們怎麼可能打包票呢？孩子哪裡知道什麼是真愛？』可是我一直在仔細觀察他們，我確定那是真的。他們從小一起長大，你儂我儂，難分難捨。瑞克直到今天才對我吐露衷曲。我知道我在城裡把任務搞砸了，可是請太陽再次展現你的慈悲，賜予裘西特別的援助。明天，或者是後天，請進來看看她，為她灑下你送給乞男的那種養料。我要請求太陽，即便那是走後門，即便我的任務失敗了。」

夕陽餘暉漸漸黯淡，穀倉裡的黑暗也蔓延開來。雖然我一直面對著夕陽照射的後門，卻也時而意識到右肩後面有另一個光源。我起初以為那是彩繪瓶子的另一種效果展現，可是穀倉裡的暮光越來越弱，新的光源也就更加難以視而不見。於是我轉身一探究竟，赫然看到太陽不但沒有離開，更是堂而皇之地進來，安置在馬克班先生的穀倉裡，差不多是地板的高度，落在前排壁龕和穀倉前門之間。這個發現完全出乎意料之外，而在低矮角落裡的太陽更是璀璨奪目，一時半刻我差點失去方向感。接著我重新調整視線，整理我的思緒，才明白太陽其實根本不在穀倉裡，而是那裡不知怎的有一塊反光的東西，捕捉到日落最後一刻的映像。換句話說，有個東西成了太陽的鏡子，就像亞波大樓或其他建築一樣。我走向那個反光的平面時，暮光不再那麼刺眼，儘管在陰影之中，它仍然映射著橙色的光。

直到我俯身察看，才搞清楚那個反光的物體是什麼。馬克班先生或是他的朋友把幾片長方形的玻璃疊在一起擱在牆角。也許他們是要用來修葺殘破的外牆，或許是要做一扇窗子。無論如何，我在玻璃的映像裡——我估算總共有七片，幾乎是垂直擺放——看到了太陽在黃昏時的臉孔。我又走近一點，放聲大叫說：

「請為裘西展現你的慈悲吧。」

我目不轉睛地凝視著玻璃片。當我仔細端詳方框裡的太陽臉孔，儘管他的映像依舊呈現著強烈的橙光，卻不再那麼炫目，而我也察覺到眼前不是單一的影像；其實每一片玻璃上都有太陽的不同臉孔，我起初以為是單一的形象，其實是七個獨立的影像疊在一起，而我則是從第一片透視到最後一片。儘管他在最外層玻璃上的臉孔看起來嚴峻而冷漠，接下來的那片更加不友善，可是後面兩片就溫和慈祥許多。而剩下的三片，雖然已經不是那麼清楚了，我卻忍不住估算這些臉孔應該有個幽默而親切的表情。不管每一片玻璃上的形象是什麼，整個看起來，那就是一張臉孔，只不過有形形色色的輪廓和情緒罷了。

我持續凝神注視，直到太陽所有的臉孔都消褪了，馬克班先生的穀倉也越來越黝黯，就連裘西的書角以及低頭要吃碰不到的草的羊群也看不見了。於是我開口說：「謝謝太陽再度悅納我。我很抱歉上次無法履踐對你的承諾。請再考慮一下我的請求。」就算是在我的心裡，我也只是悄聲說出這些話，因為我知道太陽已經走了。

在接下來的幾天裡，萊恩醫生和母親老是在開放式平面空間裡為了是否該把裘西送到醫院去而吵了起來。儘管他們針鋒相對，我從滑門外面就聽到爭執的聲音，但是到頭來他們似乎都一致認為，醫院那種地方只會讓她的病情雪上加霜。雖然意見相同，萊恩醫生每次來看診的時候，他們還是都會到開放式平面空間裡重頭再討論一遍。

瑞克每天都會過來，輪班到臥房裡坐著照護裘西，讓母親以及管家梅蘭妮雅可以休息一下。到了這個關頭，兩個大人的作息大亂，只有在累到不行的時候才會小睡片刻。儘管她們知道有我陪伴著，但是不知怎的，卻認為我幫不上什麼忙，即使母親明白我比任何人更可能察覺到危險的徵兆。無論如何，日復一日，從母親和管家梅蘭妮雅的動作就看得出來，她們已經體力透支了。

在我造訪穀倉後的第六天，早餐之後的天空超乎尋常地陰暗。雖然我用「早餐」這個字眼，其實所有家務都亂成一團，已經沒有人在用餐時間吃飯了。那天早晨灰撲撲的天空讓人更加搞不清楚到底是幾點鐘了，是瑞克的探望才提醒我們夜晚還沒有到來。

還不到中午時間，天空卻越來越陰沉，雲層漸漸厚重，風勢也轉強。一塊不知道是什麼的東西從房屋上方脫落，不停地拍打外牆，我從臥房前窗望出去，上坡路的樹木都被強風吹得彎下腰而且搖晃不止。

裘西整天昏睡，健忘，氣息短淺急促。在那個暗濁的上午，瑞克和我一起照護裘西，管家梅蘭妮雅走進來，眼睛累得幾乎睜不開了，卻說輪到她要接手。於是我看著瑞克走在我前頭下了樓。哀悽之情顯露在沉重下垂的雙肩，他頹然坐在底層的階梯上。我想讓他獨處片刻，於是越過他走到門廳，母親正從開放式平面空間裡走出來。她身上一襲穿了一整晚的黑色輕薄晨袍，露出纖弱的秀頸，和我匆匆擦身而過，彷彿急著要喝一杯咖啡似的。她剛要走進廚房，注意到瑞克坐在樓梯口，於是轉身凝視著他。瑞克過了好一會兒才知道母親在看他，於是打起精神對她笑了笑。

「亞瑟太太，妳好嗎？」

母親仍舊目不轉睛地盯著他。接著她說：「你過來一下。」然後就走進廚房。瑞克站起來，對我投以疑惑的眼神。儘管母親沒有邀請我，我想最好還是跟著他進去。

由於天光昏黯，廚房看起來不大一樣。母親沒有開燈，我們進去的時候，她正望著落地窗外平時上班的路。瑞克遲疑地站在中島旁邊，我則是倚在冰箱旁以尊重他們的隱私。我從那裡可以看到落地窗，以及母親身影之外蜿蜒而上的公路和搖擺的樹木。

「我要問你一些事，」母親說：「你不會介意吧，瑞克？」

「請直說，亞瑟太太。」

「我在想，現在你會不會覺得自己是贏家。也許你贏了。」

「我不明白妳的意思，亞瑟太太。」

「我一直對你很好是吧，瑞克？我希望如此。」

「當然。妳一直對我很親切，而且妳也是我母親的摯友。」

「那麼我要問你，瑞克，你是否覺得到頭來你才是贏家。裘西下了賭注。好吧，是我替她擲骰子的，可是輸贏都是她，而不是我。她下了重注，而如果萊恩醫生是對的，她可能不久就要輸了。可是你，瑞克，你打的是安全牌。這就是為什麼我要問你。你現在感覺如何？你真的覺得自己是個贏家嗎？」

母親說這話的時候一直凝望著灰濛濛的天空，可是現在她轉頭面對著瑞克。

「因為如果你覺得自己是個贏家，瑞克，我想要你思考一下。首先，是什麼讓你相信你贏了？我會這麼問，那是因為任何關於裘西的事，自從我懷了她的那一刻起，任何關於她的事都告訴我說她渴望生命。她對整個世界感到心醉神馳。所以我一開始就知道我不能剝奪她的機會。她要求一個值得她振作奮發的未來。這就是我說她押了重注的意思。那麼你呢，瑞克？你真的覺得你有那麼聰明嗎？你相信在你們兩個之間，你到頭來會成為贏家嗎？因為若是如此，那麼問問你自己。你贏到了什麼？看一下。看看你的未來。」她朝著落地窗揮了揮手。「你下的賭注很小，贏來的東西也沒什麼了不起的。也許你現在覺得沾沾自喜。可是我要告訴你，你沒有理由自鳴得意。完全沒有理由。」

母親這麼說的時候，瑞克的臉上燃起了某種東西，相當危險的東西，就像那天在社交聚會裡，他挑釁要把我扔過去的男孩們那種神情。他朝著母親欺身而進，把她嚇了一跳。

「亞瑟太太，」瑞克說：「這陣子我來探望裘西，她大多數時候身體欠佳而沒辦法說話。可是上個星期四，她心情很好，而我就坐在床邊，聽得一清二楚。她說她要請我帶個口信。一個給妳的口信，亞瑟太太，可是她還不想讓妳知道。我的意思是，她要我為她保守這個口信，直到適合的時機。嗯，我想現在時候到了。」

母親杏眼圓瞪而且眼裡充滿恐懼，卻默不作聲。

「裘西的口信，」瑞克繼續說：「大概是這麼說的。她說，不管現在怎麼樣，不管會有什麼變化，她都愛著妳，也會一直愛著妳。她很感激有妳這個母親，而且她從來沒有想要另一個母親。她是這麼說的。她還說了別的，關於錄取與否的問題。她要妳知道她不會想要任何其他方式。如果她可以重新來過，而且照著她的方式，她也會像妳一樣那麼做，而妳永遠是最好的母親。她是這麼說的。如我所說的，她要我等到正確的時機才可以告訴妳。我希望我決定現在告訴妳是正確的判斷，亞瑟太太。」

母親面無表情地凝視著瑞克，可是他在說話的時候，我卻注意到落地窗外有個東西，極為重要的東西。趁著瑞克說話的空檔，我舉起手來。母親對我視而不見，依舊看著瑞克。

「這是什麼口信啊，」她終於開口說。

「對不起，」我說。

「天啊，」母親輕聲嘆息說：「這是什麼口信。」

「對不起！」這次我幾乎是放聲大叫，母親和瑞克一起看向我。「不好意思打斷你們的談話，可是外頭有了變化。太陽出來了！」

母親瞥了一眼落地窗，然後又瞅著我。「當然。那又怎麼樣？妳怎麼回事，寶貝？」

「我們必須上樓去，我們必須立刻上樓去找裘西！」

母親和瑞克本來以困惑的表情看著我，可是當我說出這句話的時候，他們看起來很害怕。當我轉身走向門廳時，他們一個箭步就奔上樓，把我扔在後面，我只得趕緊拾級跟上他們。

他們或許不明白我在叫喊什麼，或許以為裘西有立即的危險。當他們衝進臥房，看到她睡得正甜，而且呼吸平穩，不覺鬆了一口氣。裘西一如往常側睡著，大部分的臉孔都被頭髮覆蓋住。太陽的圖案落在牆壁、地板和天花板各處，而且異常地強烈——梳妝臺上方一塊黃澄澄的三角形，鈕扣沙發上的一條燦爛曲線，以及地毯上明晃晃的條狀圖案。可是裘西的床卻覆著陰影，就像房裡許多其他角落一樣。接著陰影開始位移，我眼前的影像正在調整當中，那是管家梅蘭妮雅的影子，她站在窗前，使勁猛拉百葉窗和窗簾。百葉窗已經全部放下來了，她又把窗簾拉上，形成雙重遮屏，可是強光還是從角落鑽了進來，在屋子裡構成斑駁的光影。

「該死的太陽！」管家梅蘭妮雅咒罵道：「滾開啦，該死的太陽！」

「噢，不行！」我趕緊奔向管家梅蘭妮雅。「我們必須打開它們，所有窗簾都要打開來！我們必須讓太陽得以盡其所能！」

我試著搶過她抓在手上的窗簾，雖然她起初不肯放手，後來還是一臉詫異地讓步。這時候瑞克也出現在我身旁，似乎直覺到怎麼回事，跟著我把百葉窗拉高，把窗簾拉開。

頃刻之間，太陽的養料滔滔滾滾地灌注到屋子裡，瑞克和我一時感到暈眩而踉蹌後退，差一點就要跌跤。管家梅蘭妮雅遮住臉又說：「該死的太陽！」卻也不再試圖遮擋太陽的養料。

我離開落地窗幾步，這才注意到外頭依舊飆風颼颼，不只是樹木東搖西擺，還有許多漏斗狀和金字塔形的小東西，宛若用自動鉛筆畫出來的線條，在天空中飄忽飛舞。可是太陽破雲而出，我們不約而同地轉身望著裘西，彷彿房間裡的每個人都接收到一個祕密的訊息。

太陽照耀著她，以及整張床，宛如不可逼視的橙黃色半圓盤，站在床邊的母親伸出右手遮住她的臉。瑞克似乎猜到是怎麼回事了，然而我更在意的是看到母親和管家梅蘭妮雅似乎也領略到其中的重要性。於是在接下來的片刻，我們都靜靜地看著灑瀉在裘西身上的陽光越來越燦爛。我們凝神守候，即便那橙色半圓盤像是要燃燒起來似的，我們卻一動也不動。接著裘西翻了個身，乜斜著眼睛，一隻手抬高。

「喂，這陽光到底是怎麼回事？」她說。

太陽持續照耀著她，而她翻身成仰臥姿勢，倚著枕頭和床頭板。

「到底怎麼回事？」

「寶貝，妳覺得怎麼樣了？」母親低聲問，戒慎恐懼地看著裘西。

裘西把頭靠在枕頭上，仰望著天花板，可是她在舉手投足之間顯然有了一種新的力量。

「奇怪，」她說：「百葉窗是卡住了還是怎的？」

屋子外牆脫落的東西仍舊砰砰作響，我望著窗外，天空依然一片黝暗。灑落在裘西身上的太陽圖案就在我們的注視下漸漸隱沒，直到她躺在多雲的早晨灰濛濛的天光下。

「裘西？」母親問道：「妳覺得怎麼樣？」

裘西一臉疲憊地望著她，又轉過身來想要更清楚地看看我們。母親見狀便即趨身向前，或許是想要讓裘西躺下來。可是就在她扶著裘西的時候，她似乎改變了心意，轉而協助裘西找個更舒服的坐姿。

「妳看起來氣色好多了，寶貝，」母親說。

「到底怎麼回事？」裘西問道：「為什麼每個人都在這裡？你們大家在看什麼？」

「嗨，裘西，」瑞克突然說道，聲音裡充滿了興奮之情。「妳看起來邋遢極了。」

「謝謝你喔。你倒是看起來很不賴。」她接著又說：「可是你知道嗎？我覺得好多了，雖然還是有點暈。」

「這樣就夠了，」母親說：「放輕鬆一點。妳想要喝點什麼嗎？」

「也許來點水吧。」

「好啦，我們別瞎猜了，」母親說：「我們一步一步來。」

第六部

太陽賜予裘西的特別養料果然和灑瀉在乞男身上的一樣有效，在那個天空陰暗的早晨之後，她不只是漸入佳境，更從一個孩子變成了大人。

時光流轉，歲月更迭，馬克班先生的除草機也把那三片田畝的野草都割掉了，只剩下一片淡褐色的土壤。穀倉看起來高了一點，外形也比較尖聳，可是馬克班先生並沒有加蓋什麼外牆，在碧空如洗、都無纖翳的傍晚，太陽回到他的休憩地，我還是可以看到他在沒入地底以前漸漸落在穀倉的另一邊。

裘西認真上她的家教課，至於她要上哪所大學，大家有過幾次爭吵，裘西和母親各執己見，不過她們鮮少提到亞特拉斯．布魯金學院，而瑞克也不想申請了。父親的看法似乎和裘西以及母親大相逕庭，有一次還跑到家裡來堅持他的主張。我只看過他到家裡來那麼一次，雖然我很開心又看到他，可是我們都明白他這麼做違反了規定。

在這段日子裡，裘西出門走走的次數也越來越多，有時候會出去個幾天，去拜訪其他同儕，或是參加避靜。我知道這些旅行是申請大學時的重要部分，但是她不是很想跟我提到這些事，因此我所知不多。

在裘西康復初期，瑞克還是會固定來訪，可是時間一久，差不多在馬克班先生割過草以後，他就鮮少來探望了。雖說是因為裘西經常不在家，可是瑞克也有個計畫要忙。他買了一輛車子，把它叫作「報廢車」，定期開車到城裡找他的朋友。瑞克喜歡把車子停在碎石子路上，他說因為那樣子比較方便上路，而不必從他家裡再開出來，和那條狹窄彎曲的小路瞎折騰。於是漸漸的，瑞克是為了「報廢車」才會出現在我們家，而不是要來探望裘西。我上次和他聊天時，也是在碎石子路上。

那天早上，裘西和母親都不在家，我聽到外頭傳來他的腳步聲，覺得沒有理由不出去和他寒暄一下。他並不趕著要開車離開，於是我們聊了幾分鐘，清風徐徐拂來，瑞克斜倚著他的車，我站在不遠處，早上的雲層很厚，或許是因為如此，瑞克想到了那天的事。

「克拉拉，妳還記得嗎？」他問道：「那天早上，天氣真的很怪，太陽直射裘西房間的那天。」

「我當然記得。我永遠不會忘記那天早上。」

「直到現在，我仍然不時會想起它。裘西似乎從那天開始，就一天好過一天。也許是我的錯覺，可是我回想一下，應該是那樣子沒錯。」

「是的，我同意你的說法。」

「妳記得那天嗎？我們都累趴了，而且都很洩氣。然後，所有事情都好轉了。我一直想要問妳，可是妳似乎不想多談。我一直想要問妳那天早上的事，詭異的天氣和其他事情，是否和另一件事有關。妳知道的，就是我背著妳穿過田畝，還有妳的祕密協議。那時候我以為那只是愛芙的迷信而已，只是幸運符之類的東西。可是這些日子以來，我始終覺得事情沒有那麼簡單。」

他仔細打量著我，可是我久久不語。

「很不好意思，」我總算開口說：「我不敢冒昧談及此事，今天也是一樣。那是個特別的恩惠，如果我對任何人說了，即使是瑞克，我擔心裘西得到的援助會被收回去。」

「那麼我們就別談了，什麼也不必說。我一點也不想害她舊疾復發。可是醫生們都說，一旦撐過了那個階段，她就沒事了。」

「無論如何，我們還是小心為上，因為裘西的情況太特別了。可是既然瑞克提到這件事，或許我也可以談一下始終讓我憂心忡忡的事。」

「什麼事呢，克拉拉？」

「瑞克和裘西一直很要好，可是他們現在要忙著準備各奔東西的未來。」

他轉身凝望那段上坡路，一隻手撫摸著「報廢車」的後視鏡。「我想我懂妳的意思，」他說：「我一直記得我們重返穀倉的那天。我們動身之前，妳非常嚴肅地問說我跟裘西的愛是不是真實的。我們之間的愛情。當時我說那是真的，真實而永遠的。我想這就是妳現在擔心的。」

「瑞克說的沒錯。看到瑞克和裘西各自的計畫如此南轅北轍，讓我感到焦慮。」

他用鞋尖輕輕撥弄碎石子，接著說：「我不想要妳因為說了什麼事而危及裘西的健康。可是我這麼說好了，當妳說裘西和我是真的相愛，那時候的確如此。沒有人會說是妳誤解了或是欺騙他們。可是現在我們不再是孩子了，我們都祝福對方，也要走上各自不同的道路。我不會去申請學院，和其他落選的孩子爭搶那些有限的名額。現在我有自己的計畫，而且也應該如此。不過當時我沒有說謊，克拉拉。說也奇怪，現在它也不算是個謊言。」

「我不明白，瑞克是什麼意思呢？」

「我是說，裘西和我在某個層次上是永遠在一起的，一個更深邃的層次，即使我們奔向外面的世界而不再相見。我不能代表她說話。可是如果我到外面的世界，我知道我會不斷尋覓某個像她一樣的人。至少是像我曾經認識的那個裘西。那麼我就不是在說謊了，克拉拉。不管妳當時和誰有什麼協議，如果他們可以看透我的心，也看透裘西的心，就會知道妳沒有愚弄他們。」

我們站在碎石子路旁沉默了半晌。我以為他會逕自上車離開，可是他悄聲問我說：

「妳有聽說梅蘭妮雅的消息嗎？有人說她去了印第安納州。」

「我們相信她現在是在加州。上次聽說她申請住進那裡的一個社區。」

「以前我很害怕那位女士，可是後來就習慣了。但願她平安順遂，也祝福她找到一個安全的地方。那麼妳呢，克拉拉？妳也會沒事嗎？我是說一旦裘西上大學了。」

「母親一直對我很友善。」

「如果妳需要我的幫助，儘管說沒關係，好嗎？」

「好的，謝謝你。」

此刻我坐在這塊堅硬的地上，回想起瑞克那天早上說的話，我確定他是對的。我不再擔心太陽會覺得被欺騙或誤導，或者他會想要收回他的援助。事實上，當我向他懇求的時候，他可能早就知道裘西和瑞克註定要各走各的路，卻也知道，儘管如此，他們的愛情仍將永存。當他提出那個問題時——孩子哪裡知道什麼是真愛？——我相信他早就知道答案了，他只是為了我著想才那麼問的。我甚至在想，在那個當下，他或許想到咖啡杯女士和雨衣男，畢竟我們那時正好談到他們。或許，太陽以為多年之後，經歷了世事滄桑，裘西和瑞克可能會像咖啡杯女士和雨衣男一樣，在死生契闊之後重逢。

裘西的開學日越來越接近，家裡也多了一些年輕訪客。她們都是女生，大多單獨造訪，偶爾也會結伴到家裡來。有的會有司機載她們過來，有的則是自己開車，可是現在都不會有父母陪她們來了。她們平均會待個兩三個晚上，而我也會知道她們什麼時候要來，因為在一兩天前，新管家就會把折疊床和睡袋搬到裘西的臥房。

由於年輕訪客的關係，我才發現家裡的儲物間。當然，她們來訪的時候，房間裡擠不下我，況且我知道自己也不方便像以前那樣跟著待在房裡。如果管家梅蘭妮雅還在的話，我相信她會為我安排一個地方，不過在這個情況下，我還是自己找到了一個房間，就在頂樓的樓梯間。「沒有人說妳必須躲起來，」裘西曾經這麼說過，可是她沒有想到任何替代方案，所以我就住進了儲物間。

這幾週相當忙碌，即使是裘西沒有訪客的時候，我也聽到她在屋子裡踅來踅去，對著母親以及新管家大吼大叫。有個下午，儲物間的門被打開，裘西滿臉笑容地探身進來。

「原來，」她說：「妳一直住在這裡呀。一切都還好嗎？」

「我很好，謝謝妳。」

裘西雙手搭在門框上，彎腰打量儲物間內部，好像害怕不小心讓頭給撞到傾斜的天花板似的。她快速掃視了四周各式各樣的儲物，接著視線落在一扇小天窗上。

「妳曾經從那裡望出去嗎？」她問道。

「可惜它太高了。那應該是通風用的，而不是要讓人遠眺景色。」

「我們就來看看吧。」

裘西走進來，低著頭到處梭巡。接著她動手又抬又搬的，把儲物堆疊起來。她的快速動作讓我猝不及防，差一點和她撞在一起，她大笑說：

「克拉拉，妳站在一旁。到那邊去。我要做一件事。」

沒多久她就在天窗下騰挪出一個地方，然後把一只木箱推過去。她又挑了一個有密實蓋子的塑膠箱，小心把它放在木箱上。

「好啦，」她退了幾步，很滿意自己的成果，雖然儲物間裡其他地方變得凌亂不堪。「試一試吧，克拉拉。小心一點就好。第二層很高。來吧，站上去看看。」

我從角落走過去，輕而易舉地爬上她搭起來的階梯，站在塑膠箱的蓋子上。

「別擔心，那些東西很堅固，」她說：「把它當作樓梯就行了。相信我，它很安全。」

她看著我又笑了起來，我報以微笑，轉身從小天窗望出去。相較於從矮了兩層樓的裘西臥房後窗看出去，外頭的景色並無二致。當然，軌跡有些改變，一部分的屋頂也擋住了我右邊的視線。可是我可以看到灰濛濛的天空沿著割過草的田畝一路延伸到馬克班先生的穀倉。

「妳應該跟我說的，」裘西說：「我知道妳很喜歡凭窗遠眺。」

「謝謝妳。我衷心感謝。」

在那個片刻，我們默默地相視而笑，接著她環顧散落地上的什物。

「天啊，真是一團亂！好吧，我保證會把所有東西都收拾乾淨。可是現在我有事要先忙。妳不要自己動手。我等一下就來，好嗎？」

就像裘西一樣，母親這陣子也很少和我互動，有時候即便在家裡遇到我，也對我視而不見。我知道她很忙，或許我的存在也勾起她以前不愉快的回憶。不過有一次，她特別注意到我。

那天裘西一個人出門，由於是週末，所以母親在家。我大半個上午都窩在儲物間裡，直到聽到樓下傳來一些聲音，於是我走到樓梯口，很快就明白是母親在走廊上和卡帕底先生聊天。

我有點訝異，因為家裡很久沒有人提到卡帕底先生了。他和母親談話的語氣輕鬆愉快，可是漸漸的，我聽得出來母親的聲音有些緊張。接著響起她的踱步聲，我看到她正隔著三層樓抬頭望著我。

「克拉拉，」她朝上面叫道：「卡帕底先生來了。妳一定還記得他吧，下樓來打個招呼。」

我小心翼翼地走下樓時，聽到母親說：「我們的協議不是這樣子的，亨利。你當時不是這麼說的。」

卡帕底先生回答說：「我只是想跟她說說話，如此而已。」

卡帕底先生比那天在他的建築裡看到時胖了一點，兩鬢也斑白許多。他熱情地和我寒暄，接著我們一起走進開放式平面空間，他對我說：「我想和妳談一下，克拉拉。妳對我們會有很大的幫助。」

母親不發一語地跟著我們走進去。卡帕底先生坐在組合式沙發上，靠著椅背，這個放鬆的姿勢讓我想起在社交聚會裡那個叫丹尼的男孩，他同樣伸直腿坐在相同的沙發上。不同於卡帕底先生的坐姿，母親則是筆直站在客廳中央，卡帕底先生要我也坐過去的時候，她說：

「我想克拉拉比較喜歡站著。有什麼話就說吧，亨利。」

「別這樣子，克莉絲。我們沒什麼好擔心的。」

他收起放鬆的模樣，俯身對著我說：

「妳應該記得，克拉拉，我一直對愛芙很著迷，也總是把你們當作我們的朋友。一個教育和靈感的重要泉源。可是妳知道的，外面有許多人提防你們，害怕而且厭惡你們。」

「亨利，」母親說：「請說重點。」

「好吧，事情是這樣的。克拉拉，事實上，現在外界對於愛芙的爭議越來越沸沸揚揚。大家都說你們變得太聰明了。他們擔心再也搞不清楚你們在想什麼。他們看得到你們在做什麼；他們相信你們的決定和建議都是合理而可靠的，也幾乎是正確的。可是他們不知道你們是怎麼想到這些的。這些反挫，這些偏見，就是這麼來的。所以我們必須反擊，我們必須告訴他們說，好吧，你們因為不明白愛芙在想什麼而擔心，那麼我們為什麼不打開引擎蓋一探究竟。就像逆向工程一樣。你們不喜歡的是那只密封的黑盒子，沒關係，我們就把它打開。一旦我們窺見內部，不只不會那麼害怕，而且可以學到很多東西。許多不可思議的新事物。這就是妳可以幫上忙的地方，克拉拉。像我們一樣支持你們的人，我們在尋求協助，尋求志願者。我們已經打開許多黑盒子，但是我們需要更多的黑盒子。你們愛芙實在令人嘆為觀止。我們會發現許多以前一直認為不可能的事。這就是為什麼我今天要來拜訪妳們。我一直沒有忘記妳，克拉拉。我知道妳對我們的幫助是獨一無二的。拜託，妳可以協助我們嗎？」

他睜大眼睛盯著我，於是我說：「我很樂意協助，只要不會對裘西以及母親造成不便……」

「等一下。」母親趕緊繞過茶几站在我身旁說：「我們在電話裡不是這麼說的，亨利。」

「我只是要問問克拉拉，如此而已。她有個機會可以做出永久的貢獻……」

「克拉拉不應該落到那樣的下場。」

「也許妳是對的，克莉絲。也許是我嚴重誤判了。即使如此，反正我都來了，而克拉拉也站在我面前，妳准許我問問她的想法嗎？」

「不行，亨利，我不准你這麼做。克拉拉值得擁有更好的生活。我們應該讓她自己慢慢衰退。」

「可是我們不可以袖手旁觀。我們必須對抗這種反挫……」

「那你就到別的地方去對抗，找別的黑盒子，把它撬開。放過克拉拉吧。讓她自己慢慢衰退就好了。」

母親擋在我前面，彷彿要保護我，不讓卡帕底先生碰我，她的神色氣急敗壞，倉促之間，肩膀差一點撞到我的臉部。我不僅感覺到她的深色毛衣的滑順針織質地，更想起那一天她把車子停在「自製牛絞肉」的餐廳旁邊，坐在前座的她徐徐轉身擁抱我。我在母親後面窺見卡帕底先生搖搖頭坐回沙發，斜倚著靠背。

「我忍不住要想，」他說：「妳是不是還在生我的氣，克莉絲。妳一直在怪罪我。那並不公平。當初是妳來找我的。記得嗎？我只是盡力幫助妳而已。我很開心裘西終於康復了，我真的為她高興。可是妳沒有理由一直生我的氣。」

裘西要出發的前幾天，大家既緊張又興奮。如果管家梅蘭妮雅還在的話，我們或許會鎮定一點。可是新管家很多事情拖到迫在眉睫了都沒有做，然後才手忙腳亂要一次完成，因而增添了緊張的氣氛。我不想礙手礙腳，所以整天窩在儲物間裡，站在裘西為我做的平臺上，從小天窗遠眺田野，傾聽屋子周遭的種種聲音。有一天下午，在出發的兩天前，我聽到裘西走上頂樓的腳步聲，接著她就出現在門口。

「嗨，克拉拉，妳為什麼不下樓到臥房裡待一會兒。我是說如果妳不忙的話。」

於是我跟著她下樓，再次走進那間熟悉的臥房。許多擺設都變了。除了裘西自己的床以外，現在還有一張訪客睡的輕便單人床，而鈕扣沙發則是整個被撤走了。許多小地方也有所不同，比方說，裘西現在坐的是底下有滾輪的辦公椅，不必站起來就可以在房間裡自由來去。可是太陽的圖案還是像我記憶中和裘西共度的許多下午一樣灑瀉在牆壁上。我坐在她的床沿，和她開開心心地聊了一會兒。

「每個跟妳聊天的人都說他們不害怕上大學，」裘西說：「可是說來妳不會相信，克拉拉，他們有些人其實怕得要命。我也有點害怕，我不會假裝我不怕。可是妳知道嗎？我不會讓恐懼阻礙我。我鄭重對自己保證過。對了，我以前跟妳說過沒有？我們都必須設定這些正式的目標。五個範疇，各自要有兩個目標。我必須在表格裡填寫，可是我作弊，因為我想好了我自己的祕密目標，和表格上的一點關係也沒有。算了吧，他們才不會喜歡我的真正清單呢！而且媽媽也絕對不會知道！」她神采奕奕地咯咯笑。「就連妳也一樣，克拉拉。我不會把我的祕密目標告訴妳。可是如果我在耶誕節回來時妳還在這裡的話，我會告訴妳我完成了多少。」

在這段期間裡，裘西多次暗示說我可能會離開，這只是其中的一次。在她終於要和母親開車出發的那天早上，她再度提及這件事。

我知道她盼望瑞克可以來和她道別，可是那天他在很遠的地方，和他的新朋友碰面，討論他的匿蹤資料蒐集裝置。因此只有我和新管家站在碎石子路旁送行，看著裘西和母親把最後一只皮箱塞進母親的車子裡。

母親正要開車上路之際，裘西回頭朝著我走來，她小心翼翼地不讓踩在碎石子上的腳步發出聲響。她看起來既興奮又堅定，伸出雙手宛如要畫一個很大的Y字型。然後她緊緊擁抱我，久久沒放開。她現在已經比我高了，所以她稍微蹲低，把下頷擱在我的左肩上，濃密的長髮遮住了我的視線。她放開我的時候面露微笑，可是我也看到一點哀愁。她對我說：

「我猜我回來的時候，妳可能已經不在這裡了。妳一直很棒，克拉拉。妳真的很棒。」

「謝謝妳，」我說：「謝謝妳選擇了我。」

「那是當然的事。」她又匆匆抱了我一下，然後放開我說：「再見了，克拉拉。妳多保重。」

「再見，裘西。」

她上車前興高采烈地再次揮手，是對著我而不是新管家。然後車子就開上道路，穿過風吹簌簌的樹林，越過山丘，行駛在我和裘西從前多次遠眺的路上。

在過去幾天裡，我的若干記憶開始莫名其妙地重疊在一起。比方說，太陽援助裘西的那個天色陰暗的早晨、摩根瀑布之旅，以及梵斯先生挑選的那家燈火熠熠的小餐館，一起湧上心頭，融成單一的場景。母親背對著我，佇立凝望瀑布濺起的水霧。可是我不是坐在野餐椅上看著她，而是在餐館裡的餐桌旁。雖然我沒有看到梵斯先生，卻聽到他隔著走道傳來的嚴峻聲音。其次，除了母親和瀑布之外，烏雲漸漸密布，就像太陽拯救裘西的那天早上，而且有許多漏斗狀和金字塔形的小東西在天空中飛掠。

我知道這不是定向力障礙，因為如果我想要的話，我可以區分不同的記憶，並且把它們放入真實的背景裡。此外，即使我心裡浮現這種東拼西湊的記憶，我還是可以意識到它們不平整的分界，就像是一個沒有耐心的孩子用手把它們撕開一樣，例如說，站在瀑布旁邊的母親以及餐廳裡的餐桌。而且如果我仔細凝視天上的烏雲，會注意到它們在大小上其實和母親以及瀑布不成比例。即便如此，這些拼湊的記憶有時候歷歷在目，讓我好一陣子都忘記自己其實是坐在空地裡，或是這塊硬邦邦的土地上。

空地很大，從我的位置望去，遠方的塔式起重機是唯一聳立的物體。天空相當遼闊，如果我和瑞克再次穿越馬克班先生的田畝的話，尤其是現在割過草了，我們頭頂上的天空應該會是這個樣子。一望無際的大地意味著我可以沒有任何阻礙地凝眺太陽的旅程，即使在多雲的日子裡，我也總是意識到他就在我的上方。

我記得剛到這裡的時候，空地凌亂不堪，可是現在已是井然有序。我知道當時會有那種印象，是因為我說不上來許多東西的名字，還有東一條、西一條斷掉的纜線，以及凹凹凸凸的烤肉盤。細看之下，才明白場地工人們花了多少工夫把所有機器、箱子和一捆捆的東西就定位，使得訪客在經過這條清理出來的通道時，即便還是得小心不要踩到什麼竿子或電線，也可以逐一辨認出那些東西。

由於天地遼闊，也沒有高聳入雲的東西，因此只要這裡有訪客，我都可以立即察覺到。即使他們還在遠處，穿梭在一排排的物品當中，我仍然可以注意到他們的身形。不過訪客其實沒有那麼多，即便我聽到人聲，也大多是場地工人們在彼此叫喚。

有時候鳥群會自天空俯衝而下，隨即發現空地裡沒有什麼吸引牠們的東西。不久之前，一群黑鳥以優雅的隊形降落，棲身在我前面不遠的一部機器上，我一度以為是瑞克派他的機器鳥來偵察我。牠們當然不是瑞克的機器鳥，而是大自然裡的鳥，牠們在機器上怡然自得地棲息了一陣子，即使扶風吹亂了牠們的羽毛，牠們依舊文風不動。接著牠們又倏地飛走了。

差不多在這個時候，一個慈祥的場地工人駐足在我面前，跟我說南區有三個愛芙，外環區也有兩個。他說，如果我想要的，他可以載我去其他區域。可是我跟他說，對於我這個特殊的位置，我已經心滿意足了，於是他點點頭離開。

幾天前，有個相當特別的插曲。

雖然我沒辦法四處走走，卻可以輕易地轉頭觀看周遭的事物。我察覺到有個穿著長外套的訪客一直在我後頭走動。有一次，當我轉身，那個身影就在不遠處，我看得出來那是一位女士，她的腰間繫著一只看似煙草袋的袋子。每當她彎腰察看地上的東西時，那個袋子就會在她胸前搖晃不已。由於她站在我後面，我沒辦法就近觀察她，而且有那麼一會兒，或許是其他記憶襲上心頭，我沒有再注意她。接著我聽到一個聲音，那個長外套訪客就站在我的面前。在她彎腰凝視我的臉孔之前，我認出來她是經理，霎時間歡喜雀躍而不能自已。

「克拉拉。妳是克拉拉，對吧？」

「是的，當然，」我對著她微笑說。

「克拉拉，真是太棒了。等一下，讓我找個東西坐下來。」

她回頭拖來一只小鐵箱，在坑坑窪窪的地上弄得嘎嘎作響。她把鐵箱擺在我面前坐了下來，儘管她背對著廣闊的天空，我還是可以清楚審視她的面孔。

「我始終盼望可以在這裡找到妳。有一次，差不多一年前，我在這個空地裡找到某個東西，我當下以為那就是妳，克拉拉。可惜它不是。可是這次真的是妳。我太開心了。」

「我也很開心又見到經理。」

她一直對著我微笑，接著她說：「我不知道現在妳會怎麼想，在這麼多年後又見到我。妳一定覺得很困惑。」

「可以再見到經理，我只覺得歡喜莫名。」

「那麼告訴我，克拉拉，這些日子以來，我是說妳來到這裡之前，妳一直待在把妳從店裡買走的人的家裡嗎？很抱歉我要這麼問，可是我後來再也沒辦法獲知這方面的消息了。」

「是的，當然。我一直和裘西在一起，直到她去上大學。」

「那麼就算成功了。一個成功的家。」

「是的。我相信我克盡厥職，讓裘西不致於感到寂寞。」

「我確定妳做到了。我確定有妳的陪伴，她一定不知道什麼是寂寞。」

「但願不會。」

「妳知道嗎，克拉拉，在我照顧過的所有愛芙當中，妳無疑是其中的佼佼者。妳的見地總是與眾不同，還有妳的觀察力。我第一時間就注意到它。我很開心聽到妳說一切都很順利。因為那永遠是未可知之數，即使是如妳這般能力出眾的愛芙。」

「經理還在照顧愛芙嗎？」

「噢，不，沒有了。已經結束一陣子了。」她環視空地，接著又對我微笑。「這就是為什麼我偶爾會喜歡來這裡。有時候我會去『紀念橋』那裡的空地。可是我比較喜歡這裡。」

「經理只是……來找以前店裡的愛芙嗎？」

「不只是這樣，我喜歡蒐集微不足道的紀念品。」她指了指她的煙袋。「他們不讓我們拿走什麼大型的東西，可是小玩意兒他們就無所謂。這裡的工人都認識我。不過妳說的對，每當我來這裡，我都希望能夠和以前的愛芙們不期而遇。」

「妳有遇見蘿莎嗎？」

「蘿莎？有的，其實我遇過她。我在這裡找到她，噢，應該至少是兩年前的事了。蘿莎的境遇沒有妳那麼順遂。」

「所以她不喜歡她的孩子嗎？」

「倒不是那個原因，可是妳別擔心。別管蘿莎了，跟我說說妳的故事吧。妳有如此特殊的能力，我滿心期盼妳的孩子懂得欣賞它。」

「我想她很喜歡，家裡的每個人都對我很友善。我可以學習到許多東西。」

「我還記得那天，她們走進店裡，然後挑中了妳。那位女士先是說要測試妳，要妳模仿她女兒走路的模樣。那讓我有點擔心。妳走了以後，我還一直想起這件事。」

「經理其實不必擔心。對我而言，那是最好的家，裘西也是最棒的孩子。」

經理沉吟片刻，只是含笑凝視著我。於是我往下說：

「為了讓裘西康復，我竭盡所能。至今我屢屢想起過去。如果有必要的話，我確定我可以延續裘西的角色。不過結局還是皆大歡喜，即便瑞克和裘西沒有在一起。」

「我確定妳是對的，克拉拉。可是妳說『延續裘西的角色』，那是什麼意思？妳指的是什麼？」

「經理，我盡力在模仿裘西，如果有必要的話，我會做任何事。可是我不認為那樣子行得通。不是因為我模仿得不夠準確，而是不管我再怎麼努力，我相信總是會有些事超出我的能力範圍。母親、瑞克、管家梅蘭妮雅、父親，我始終不知道他們心裡對於裘西的感覺是什麼。而現在我很確定了，經理。」

「噢，克拉拉，我很開心妳覺得一切都有個最好的結局。」

「卡帕底先生相信裘西心裡沒有任何特別的東西是不可以延續的。他跟母親說他探索了很久，但是遍尋不著。可是現在我相信他找錯了地方。的確有個很特別的東西，可是不在裘西心裡，而是在所有愛她的人的心裡。這就是為什麼我認為卡帕底先生搞錯了，而他的計畫也不會成功。因此我很高興後來還是照著我的決定去做。」

「我確定妳是對的，克拉拉。這也是我每次再度遇到我的愛芙時都想要聽到的。聽到你們對於事情的結局都很開心。聽到你們說你們不後悔。妳知道嗎？空地的另一邊有幾個B3型的愛芙。他們不是我們店裡的，可是如果妳想要他們作伴的話，我可以請工人把妳搬過去。」

「不用了，謝謝，經理。妳還是對我這麼好。可是我喜歡這個地方，而且我有我的記憶要回味一遍，並且依序整理它們。」

「這或許是聰明之舉。我在店裡不會這麼說，但是對於你們這一代愛芙的感覺，我在B3型身上怎麼樣就是找不到。我時常在想，顧客或許也會有這種感覺吧。今天可以遇見妳，我真是開心極了，克拉拉。我不時會想起妳。妳是我見過最棒的愛芙。」

她彎腰起身，那只煙袋又在她胸前東搖西晃。

「在妳走之前，我必須再向妳報告一件事。太陽對我很仁慈，他自始至終都對我很好。可是我在陪伴裘西的那一陣子，他對我特別仁慈。我要經理也知道這一點。」

「是的，我確定太陽一直在照顧妳，克拉拉。」

經理說著說著，轉身面對一望無際的天空，用手遮在眼睛上面，我們一起仰望太陽片刻。然後她轉身對我說：「我必須走了。克拉拉，再見了。」

「再見，經理，謝謝妳。」

她俯身拉起剛才坐著的鐵箱子，把它拖回原來的位置，還是一樣發出嘎嘎聲響。接著她穿過一排排的雜物，我注意到她走路的模樣和在店裡有些不同。每走兩步，她都會往左邊趔趄一下，我不禁擔心她的長外套會沾到地上的泥巴。當她走到半途時，停下腳步轉過身來，我以為她或許會回頭看我最後一眼，可是她只是望著遠方地平線上的塔式起重機。接著她就離開了。

國家圖書館出版品預行編目資料

克拉拉與太陽
石黑一雄Kazuo Ishiguro著　林宏濤 譯
初版. -- 臺北市：商周出版：家庭傳媒城邦分公司發行
2021.03　面；　公分
譯自：Klara and the Sun
ISBN 978-986-477-990-1（平裝）

873.57　　110000616

克拉拉與太陽

原文書名／Klara and the Sun
作　　者／石黑一雄 Kazuo Ishiguro
譯　　者／林宏濤
責任編輯／陳玳妮
版　　權／黃淑敏、劉鎔慈

行銷業務／周丹蘋、黃崇華
總 編 輯／楊如玉
總 經 理／彭之琬
事業群總經理／黃淑貞
發 行 人／何飛鵬
法律顧問／元禾法律事務所 王子文律師
出　　版／商周出版　城邦文化事業股份有限公司
台北市中山區民生東路二段141號4樓
電話:(02) 25007008　傳真:(02)25007759
E-mail:bwp.service@cite.com.tw
Blog:http://bwp25007008.pixnet.net/blog
發　　行／英屬蓋曼群島商家庭傳媒股份有限公司城邦分公司
台北市中山區民生東路二段141號2樓
書虫客服服務專線:(02)25007718;(02)25007719
服務時間：週一至週五上午 09:30-12:00；下午 13:30-17:00
24小時傳真專線:(02)25001990;(02)25001991
劃撥帳號:19863813;戶名:書虫股份有限公司
讀者服務信箱:service@readingclub.com.tw
歡迎光臨城邦讀書花園　網址:www.cite.com.tw
香港發行所／城邦(香港)出版集團有限公司
香港灣仔駱克道193號東超商業中心1樓
E-mail:hkcite@biznetvigator.com
電話:(852) 25086231　傳真:(852) 25789337
馬新發行所／城邦(馬新)出版集團【Cite (M) Sdn. Bhd.】
41, Jalan Radin Anum, Bandar Baru Sri Petaling,
57000 Kuala Lumpur, Malaysia.
Tel: (603) 90578822　Fax: (603) 90576622
Email: cite@cite.com.my

封面設計／鄭宇斌
封面圖片／vvvita經由 Getty Images提供
排　　版／極翔企業有限公司
印　　刷／卡樂彩色製版印刷有限公司
經 銷 商／聯合發行股份有限公司
電話:(02)2917-8022　傳真:(02)2911-0053
地址:新北市231新店區寶橋路235巷6弄6號2樓

■2021年3月4日初版
■2023年11月23日初版7.5刷
定價420元

Printed in Taiwan

ISBN 978-986-477-990-1

城邦讀書花園
www.cite.com.tw

廣　告　回　函
北區郵政管理登記證
北臺字第000791號
郵資已付，免貼郵票

104　台北市民生東路二段141號2樓

英屬蓋曼群島商家庭傳媒股份有限公司城邦分公司　收

請沿虛線對摺，謝謝！

書號：BL5089　　書名：克拉拉與太陽　　編碼：

請於此處用膠水黏貼

讀者回函卡

感謝您購買我們出版的書籍！請費心填寫此回函卡，我們將不定期寄上城邦集團最新的出版訊息。

不定期好禮相贈！
立即加入：商周出版
Facebook 粉絲團

姓名：＿＿＿＿＿＿＿＿＿＿ 性別：☐男 ☐女

生日：西元＿＿＿＿年＿＿＿＿月＿＿＿＿日

地址：＿＿＿＿＿＿＿＿＿＿

聯絡電話：＿＿＿＿＿＿ 傳真：＿＿＿＿＿＿

E-mail：

學歷：☐ 1. 小學 ☐ 2. 國中 ☐ 3. 高中 ☐ 4. 大學 ☐ 5. 研究所以上

職業：☐ 1. 學生 ☐ 2. 軍公教 ☐ 3. 服務 ☐ 4. 金融 ☐ 5. 製造 ☐ 6. 資訊
☐ 7. 傳播 ☐ 8. 自由業 ☐ 9. 農漁牧 ☐ 10. 家管 ☐ 11. 退休
☐ 12. 其他＿＿＿＿＿＿

您從何種方式得知本書消息？

☐ 1. 書店 ☐ 2. 網路 ☐ 3. 報紙 ☐ 4. 雜誌 ☐ 5. 廣播 ☐ 6. 電視
☐ 7. 親友推薦 ☐ 8. 其他＿＿＿＿＿＿

您通常以何種方式購書？

☐ 1. 書店 ☐ 2. 網路 ☐ 3. 傳真訂購 ☐ 4. 郵局劃撥 ☐ 5. 其他＿＿＿

您喜歡閱讀那些類別的書籍？

☐ 1. 財經商業 ☐ 2. 自然科學 ☐ 3. 歷史 ☐ 4. 法律 ☐ 5. 文學
☐ 6. 休閒旅遊 ☐ 7. 小說 ☐ 8. 人物傳記 ☐ 9. 生活、勵志 ☐ 10. 其他

對我們的建議：＿＿＿＿＿＿＿＿＿＿

【為提供訂購、行銷、客戶管理或其他合於營業登記項目或章程所定業務之目的，城邦出版人集團（即英屬蓋曼群島商家庭傳媒（股）公司城邦分公司、城邦文化事業（股）公司），於本集團之營運期間及地區內，將以電郵、傳真、電話、簡訊、郵寄或其他公告方式利用您提供之資料（資料類別：C001、C002、C003、C011 等）。利用對象除本集團外，亦可能包括相關服務的協力機構。如您有依個資法第三條或其他需服務之處，得致電本公司客服中心電話 02-25007718 請求協助。相關資料如為非必要項目，不提供亦不影響您的權益。】

1.C001 辨識個人者：如消費者之姓名、地址、電話、電子郵件等資訊。
2.C002 辨識財務者：如信用卡或轉帳帳戶資訊。
3.C003 政府資料中之辨識者：如身分證字號或護照號碼（外國人）。
4.C011 個人描述：如性別、國籍、出生年月日。

請於此處用膠水黏貼